U0570289

國家清史編纂委員會·文獻叢刊

吕留良全集

9

俞國林 編

中華書局

勢云云。【評】此策士謀併之言。非孟子所謂得道也。天時地利人和三者。皆策士之說。孟子就其中取人和之說以發明本論。但策士所講人和。都是五霸假之爲招徠籠絡之術。非孟子所意之人和也。故孟子特下得道二字。見人和之本。謂得王者之道。實能發政施仁也。得道者自多助。不是要多助而求得道。這些子上便是王霸之分。而作爲亦別。於此不清楚。正墮策士權謀圈䙡中。此漢唐之所以終不能返於三代也。陶菴喜史學。習于功利作用。故未免夾雜。

以不忍人之心。行不忍人之政。是則所謂得道。孟子一生宗旨也。陳臥子文直以奸雄權詐作用當之。正與孟子作敵矣。

多助之至二句。止是申論多助。義無兩層。

附此章文

呂子評語正編卷二十七

孟子公孫丑下

孟子曰天時不如地利章

嘗與友人言。秀才不會應變處事。只是窮理工夫鈌欠。纔講作用便非。孔子曰我戰則克。豈作用之謂也。孟子此章。正要如此看。蘇老泉好談兵。著權衡各十以儗孫子。此意便低。若如宋襄公不鼓不成列。而公羊以爲雖文王之戰不是過。亦眞腐儒之論耳。

故曰域民不以封疆之界節

封疆正所以域民。山谿正所以固國。兵革正所以威天下。不以云者。正非弛關去險銷兵之謂。只要人和得道乃可耳。

黄淳耀文經營天物者。必收億兆之心。駕馭羣雄者。務集區中之屢衰其盛者人和也其衰者不得道之人和也君子言得道亦言人和其視人和非猶夫天時地利之人和也先有一不戰之意以求人和故仁漸義摩之事王者用之愈隱而愈顯其隱者得道也其顯者得道則人和而天時地利亦環至而立效也自天下言之天時地利人和無異也而吾以爲大異也天時雖精等而下之至不得與地利等地利雖險推而上之亦僅可與天時抗以言乎人和則皆不如也夫六神七殃不廢吉凶伊闕孟門不棄形勢然人和可以得天地而天地不可以得人和也不然以弱小而或受久遠之圍以富强而僅效堅壁之計宜多易奏之功矣而不勝者如是委去者如是則何故哉謂其不如誠哉其不如也自君子言之人和其要也而吾以爲尤有要也天下誰能助我者而自我多之則已不勝其多天下誰非助我者

大賢以王道言兵凡言兵者皆詘矣夫天時地利固戰勝之具也而必勝不如人和人主可不思得道以致之哉且天高地下人生其間紛爭而不得和而戰之事以起而所以戰之術以深凡皆以求勝也然有百戰百勝而不勝之理自在及未嘗一戰而必勝之理又自在豈其爲術特殊與抑求勝於戰之內不若求勝於戰之外也求勝於戰之時又不若求勝於戰之先也自君子不言戰而天下之言戰益多自天下爭言戰而君子之言戰益少遂疑天下之不善戰者莫君子若矣而吾謂天下之至善戰者則莫如君子何則天下求勝於戰之內與戰之時則曰天時曰地利曰人和君子求勝於戰之外與戰之先則曰得道天下言天時言地利亦言人和其視人和猶之乎天時地利也先有一必戰之意以求人和故生聚教訓之法霸者用之屢盛而

湯之於伊尹節

惟有不可召之臣，故君不敢召。

景丑以不敬責孟子，孟子正以不敬責齊王，則不敢召，何其敬也。

責難陳善，亦正孟子之敬王也。

管仲二字微讀，看得管仲一文不直下。不可召，說得管仲崖岸斬然，中間且猶兩字，躍然而出。

亦非極詆管仲，總要跌醒且猶二字耳。

孟子之平陸章

黃淳耀文　距心何罪，皆齊王之罪耳。評　亦是各當其罪，距心烏得無，但須分首從耳。

衰亂君臣，大約情相欺，過相委耳。孟子兩說，能使各正己罪，其義正在不相借處。謂大夫之罪本于王，推勘未嘗不是，然有失出人亦知以爵齒形德。然爵齒中又有賓主。爵爲德之對。齒卻是德之佐。彼爵齒同貶者粗矣。

故將大有爲之君節

文南英文大有爲之君。蓋嘗卑身戢翼。以觀天下之變。評漢唐英雄行徑。豈可與語尊德樂道之君。文視其臣皆吾平昔等夷。而常以握手定交結草莽之知。評一發與尊德樂道無涉。纔著此見定到殺戮功臣矣。文其君臣所蚤作而夜思者。固不必公庭之是咨矣。評如此則非則就之。乃或就之耳。不知不召之臣。乃師傅。非佐相功臣也。大有爲之君。其所謀卽王道仁政之事。非陰謀秘計也。就之乃尊德樂道。以師禮事之。非脫略儀節以示契密爲英雄作用也。此文全不道著。只演得一齣雪夜訪趙普耳。

之本。方見不敢與下敬字中內聖外王體用具在。

平生本領。只一箇堯舜之道。守堯舜之道只一箇敬字。故曰道二仁與不仁而已。是舍却仁義。便都是非堯舜之道也。不以此事君卽賊其君。是不陳堯舜。便敢於賊也。故此二句。不獨指一時敬齊宣云然。是孟子一生學問事功俱在裏許。

熊伯龍文 非其道也。聲色貨利之私。凡可以陷溺其心者。衆有口而莫能防。云云。評 非道不陳。是反激語。以起下敬字。此寔講得除仁義二字外。凡爲富強功利一切淫辭邪説生心害政者。都是非字中眷屬。都是拂性敝聰之説。非字不敢字。更字字著實。

文 學孔子之祖述。既不得不有他途並進之憂。欲齊王如反手。又不得不有抵掌侯王之事。評 語錯入枉尺直尋去。一見諸侯而大以王小以霸。且以爲不可。若欲齊王而不得不抵掌侯王。

而自我寡之則彩不止於寡惟至於得道則無不勝也。夫關梁要害。不忘修謹稱干比戈。不廢明威然人和而有不恃之地利。亦得道而有不求之人和也。不然以仇敵而生肘腋之中。以腹心而望河山之外。宜多相悖之理矣而所順者如是所畔者如是又何故哉謂其必勝。誠哉其必勝矣蓋天時地利。亦爲有國之需而得道人和自具兼收之效則天下之至善戰者。尚有過於君子哉孔子曰。我戰則克蓋得其道矣。

孟子將朝王章

不得已而之景丑氏宿焉節

堯舜之道全從此心做出君不能致敬於臣。則不尊德樂道。不足與有爲臣不致敬於君。則不能陳善閉邪。格君心使之正。此二典開口便說欽哉也。孟子之不敢陳非道。此心便是致君堯舜非仁義不可。仁義非堯舜不至。不敢不以此陳。告陳者陳其道。非以堯舜相奉也。此方是責難陳善之敬。

道對王便是堯舜。卽是諛語。道料王不能到堯舜。便非責難。看後云見王退而有去志。則齊宣之不合也久矣。

曰豈謂是與節

分明說尊有三。意中卻只有一。分明說各自爲尊。意中卻互相爲尊。三字中。有平勢。又有側勢。方得孟子當下語脈。

孟子未嘗輕爵也。但爵止居其一耳。

呆講爵尊不得。竟說爵不尊亦不得。重說朝廷不得。輕說朝廷亦不得。只於朝廷下加一則字看。便字字靈活矣。

講德字。須見鄒國學問源流。人但以功效設施作夸大語。只說出俗儒一肚皮寒乞相來。非孟子之所謂德也。

然則趨朝又何害。不幾反與章意相左乎。此亦不過做陳于王前四字。而下語稍不照管。便有病。

姜廷榑文不陳堯舜之道。必有非堯舜之道以佐其邪。而一陳非堯舜之道。反或借堯舜之道以文其說。**評**楊墨同非桀紂。陸王亦稱孔孟。新莽荆公亦說周禮。

非字要看。此一字中。有許多功利縱横邪說在。

不敢中有許多委曲。陳字中有許多責難陳閉作用。

一邊陳堯舜之道。所以責難。一邊卽不陳非堯舜之道。所以閉邪。兩路並到。責難中有無數法則。閉邪中亦有無數門庭法語巽言。潛移默奪。可知孟子有多少苦心大用。

敬王。不是說王就是堯舜。定做到堯舜。看王便當堯舜。如此說卻是襃獎尊頌。乃後世之敬。非孟子之所謂敬也。自己實見得君處不見聖賢義例之精細矣。

然則子之失伍也亦多矣節

陳子龍文賑卹者，救荒之末策也。評至論。文惟人主於平時慎選循良，假之事柄，使之勤心於田疇耕稼，以皐其源，而又精討於貴賤盈縮以制其變，雖遇凶歲，可無飢民矣，何必遠恃人主之帑哉。評極是，然須從人主正心誠意親君子遠小人始，不然，也難。

曰今有受人之牛羊節

則必兩字，緊接上受字來，只好於未受前審度，不得于既受後商量。

求牧與芻，應無不得，而字一轉頓然色沮，故而字前極鬆活，而字一轉便窘，而字前極擺脫，而字一轉便呆，其呆且窘者無他，只

要逼出反諸其人一條生路與他耳

天下大禍皆釀成於巧宦士大夫但講做官不復知有百姓使人君但講財利不復知用救民之官以致生靈塗炭害貽君國皆立而視其死一法爲之

附此節文

齊臣自有得爲之責罕譬焉而知愧矣夫大夫則未有無所得爲者也非反諸其人卽立視其死牧且有然而曰爾何無罪與嘗謂國家受才臣之患不若受庸臣之患深何則才臣之患在敢爲天下共見其喜功之多敗故雖有可原之心而其罪彰庸臣之患在不敢爲天下且共白其尸位之無他故雖有甚深之禍而其罪隱夫庸臣亦不自意其至此也惟避害之計切而匡濟之術無聞持祿之念深而進退之義不立故阿世苟容其患甚

於殘忍刻薄之所爲而庸臣之學術長爲厲於民生國步之間以平陸大夫論有大夫所得爲者焉有大夫所不得爲者焉有大夫所不得爲而自有其得爲者焉而大夫槩曰此非距心之所得爲也嗟乎其果無所得爲也哉夫老羸之轉有轉之者也壯者之散有散之者也此非大夫之所得爲也然有所得爲者在未轉與散之先卽老羸之轉雖欲不轉焉而不可得也壯者之散雖欲不散焉而不可得也此眞非大夫之所得爲也然不得爲而自有其得爲者在旣轉與散之際當未轉與散之先固有爲之求之一法焉蠲租賑恤之德沮格於下施亦請之之無術也悉草野之隱微而呼號爲可信審政府之通計而措置爲可行豈非所得爲者乎而大夫曰否此未知服官之難者也有成例焉不可以瀆告有上旨焉不可以逆攖於是舉其不欲求

與不善求之私而并責其罪於朝廷則求之一法廢矣然既轉與散之際尚有反諸其人之一法焉貪殘刻吝之政因循於已壞亦爭之之無人也不以膏脂事權貴則去就可輕不以催科博殿最則進退自裕豈非不得爲而自有得爲者乎而大夫曰否此未盡仕宦之巧者也將沽名乎無以保首領將植節乎無以長子孫於是隱其不肎反與惟恐反之意而盡諉其罪於功令則反之一法又廢矣譬之爲人牧焉既不求夫芻牧又不反其牛羊主者不以爲非牧人不以爲疚齒骼蔽野寵眷不衰僚友徒屬轉相秘授蓋自受事之始以迄報績之終獨有立而視其死之一法爲極良耳言及此距心之罪不可掩矣不得爲而遂無所爲何貴乎有康濟之略謂是勢之無可如何也無可如何之勢忠臣以之盡瘁鄙夫卽以之養奸若之何浚民之生爲

大夫養奸地也。且有可爲而終無所爲。何貴乎有明哲之謀。謂是情之必不得已也。必不得已之情。烈士以之殉身。僉壬即以之誣祿。若之何斂民之命爲大夫誣祿計也。然而幸也。大夫其猶知乃罪也。進無以匡時。退無以潔己。惟此引咎難安。猶足愧包羞集詬之倫。然而惜也。大夫其僅知乃罪也。進無以匡時。退無以潔己。雖或撫躬自悼。卒成夫玩世詭時之學。嗚呼。此距心有距心之罪。不得上歸於王。故王亦自有王之罪。亦不得下移於距心也哉。

孟子謂蚳鼃曰子之辭靈丘而請士師章

首節

今既數月矣。數月前。數月中。蚳鼃尚有寬解。旁人尚有觀望。即從寬解觀望盡頭處。轉出既字來。數月日日有責任在。不是忽然瞥過眞無可解脱。用既字以吸下，人亦知之，但下文云未可以言與，不曰可以言矣。若吸可以言矣，則既字口氣極嚴極正；今吸未可以言與，則既字口氣極尖極冷。

齊人曰所以爲蚳鼃節

爲字只是别人事，擔在自己身上，見得極閒極懈，尚且如此耳。

曰吾聞之也節

黄淳耀文 大賢以爲齊者自爲，而言與去皆不必矣。**評** 曲折反失當下當然之理。**文** 君子之居人國也，有輕世肆志、排難解紛之意，則不可受爵禄，爲其畫地爲限，不敢代庖也。**評** 都是詭玩心術行徑。**文** 彼國在可治可亂之間，吾亦置身於可進可退之介，高致妙用，莫過於此，齊人何足以知之。**評** 是何足爲聖賢之高妙。孟子之留齊。爲行道也。齊無學焉後臣之實。則不足與有爲。故不受祿。而王猶足用爲善。故戀望不忍即去。此孟子之仁義交至也。蚳鼃一事。但就鼃言鼃。齊人一論。則又就孟子言孟子。各有所當。無非至道。其發蚳鼃也。初不爲齊。何况自爲。言外推論。謂其即此有益於齊。而無傷於自爲。則得。若謂孟子以此爲齊自爲。則純是權術作用。非聖賢心事作爲也。篇中所言。竟是魯仲連論贊。與孟子毫無關涉。仲連戰國說客中之高手耳。詭時玩世之學。豈可與言仁義哉。

沈同以其私問曰燕可伐與章

齊人伐燕節

今以燕伐燕。何爲勸之哉。孟子終有戰國風氣。口角頗刻。

燕人畔章

陳賈曰王無患焉節

艾南英文云云。評庸妄人貶駁聖人。偏有他許多庸妄計較。庸妄証據。看得聖人作爲極迂疎。又要爲聖人惋惜出脫。讀之令人絕倒。然且莫便笑。後世學者好以漢唐情事議三代。以私鄙心術揣聖賢。謂古今智愚不甚相遠。大都皆陳賈家奴耳。

又艾文自記周頑民殷忠臣。貶武王。護管叔。皆得罪於名教。不可不辨。評使殷可圖復以爲忠。則微箕之罪。上通於天矣。此極背理大不道之論。得此足破千古狂霧。

見孟子問曰周公何人也節

看周公弟也四句。周公之過何等光明洞達。豈待後人爲之解說耶。蓋此時只宜有過。不宜無過。豎儒不具此識見。妄下一轉曰。其有過亦如無過。即蚍蜉蟻蠓之論矣。

且古之君子過則改之節

黄淳耀文古人身履天下之不幸。而卒不開後人援引之端。**評**王莽援周公。曹操援文王。曹丕援舜禹。李密援湯武。援者自援。但無傷于古人耳。**文**反吾意以全名。不如順吾意以全心。心全而名何恤焉。**評**古人之過。多從順理來。不從順意來。順意則眞過惡矣。**文**矯吾術以詭是。不如率吾性以存非。非存而是何傷焉。**評**此句好。古人之非。乃至是而不易明者也。古人之過。皆從理義上起。不從心意上起。理義有何過。此有二種。一爲眞過。一爲似過。眞過者。如有未至。有理義稍粗。以爲是矣。而未止于至善也。似過者。於理義極精。而於尋常之迹違。非庸人所易曉。又不可以告人。此古人處無可如何。只有引爲己過。其實盛德至善。卽聖人之所謂權也。只此二種。總於理義得過。故聖賢無時不憂危惕厲，而愈見其過多。惟釋氏本心自信其心無他，卽以爲無過。故其行猖狂，亦不自掩飾，但以其不掩飾處自認爲率性爲眞心。白沙名之曰天理，陽明名之曰良知。不知於理義不合處，皆成大過。蓋卽此一點信心無忌憚之意，本體渾純是過，從這上面發揮出來，安有無過之理哉。

孟子致爲臣而歸章

季孫曰異哉子叔疑節

仕宦衣鉢，梯媒恬無足怪矣。近來巢許家傳，最精此術，不禁爲之三歎。

古之爲市者節

黄子錫文云云。評處處是龍斷，箇箇是賤丈夫。世界平沉，此性不滅，不須改換排場。大家團圝拍手，眞所謂會哭不如會笑也。

孟子去齊宿於晝章

客不悅曰弟子齊宿而後敢言節

不是責客以安賢亦不是望王之聽客只是王無繆公使人之意則客非繆公左右之人旁觀作此閒周旋眞是沒要緊即謂客亦齊王親近之人然不能維持調護於未行則亦雖人而不算人矣

何以子思之側有人便能安子思何以繆公之側有人便能安泄柳申詳寔發其所以然之故方見其人之必不可闕無人則不能安是反跌語

孟子去齊尹士語人曰章

夫出晝而王不予追也節

天下之民舉安此是聖賢大事因緣平生志業在此栖栖齊梁諸

國無非藉以行道非欲興齊梁以代周也故此句是其眞實本事不是大門面語然作爲有本安天下之術不出安齊安齊之功須得王用王之用否是在天命逐步縮歸實地不用一句敷張方得孟子仁天下之心不同功利之士

陳南耿文 勿謂予用齊僅一山高乘馬之篇也**評** 用齊有王政本領在排斥管晏正是齊人病根是孟子治法

齊與天下一體由齊及天下有次第

天下之民舉安句有仁者之心有精微之學有尊王之義有天命之公有設施次第之寔有審時度勢之宜不具此識見寫不出子輿氏功業

金聲文 寬其情以畜君德大其心以觀世變云云**評** 一意見望字中功用是聖賢心術作爲

孟子去齊充虞路問曰章

五百年必有王者興節

題極多窮秀才大言愈濶紕愈卑鄙緣其胸中純從時命起妄想何用知非僕傲倖萬一耳不道孟子所信處只在天信天却只是信我若無知言養氣仁義禮智根於心本領此兩句亦與自家無涉看下文舍我其誰句便見此兩箇必字眞是孟子屈頭肩大擔不是輕易打誑語從天字看破宗旨方與符命讖緯說英雄者不同

下文時數平治專指王者而言若其間句止鋪張名世雖得自任之意然未欲平治則孟子之名世已在疑信之間矣處處根定王者王者興便是欲平治無王者便是未欲平治孟子之名世固可自必也

此句正要連上句看，方見其間兩字，亦非約略莫須之謂。

此必有，即從上必有爲斷；其間，即從上五百年爲限。須與上句看得成一，又看得成兩，始得。

吴次尾并上句說其間兩字，乃有著落。評：義重名世，不重王者。名世或先王者生，或與王者同時，而聞道先王者，故曰其間。蓋王者之所從學焉而後臣者也，非王者興而名世爲之應也。孔孟雖不遇王者，而無損其爲名世之實，故孟子謂天未欲平治天下，舍我其誰。看後來漢高祖猶祠孔子而尊其道，亦從學之義。後世王佐不聞道，故帝王之道亦微。可見名世非必遇王者而後爲名世。若必遇王者而後信，則孟子之言荒矣。故予謂並上句說乃有著落之評，謬也。秀才眼孔低微，竭力要靠王者擡舉，不道古之名世，乃擡舉王者者也。

金聲文云云。評于子云不講名世止講名世遇合之難低徊感慨洵矣愚謂文之不濟亦正在此三代以來因無王者故雖有孔孟程朱不成名世然必如此然後當得名世二字若漢唐以下止成得英雄君臣不可云王者名世也然其遇合之難則名世與英雄不異故感慨低徊亦復情深然畢竟不講名世便是本領不同自有沒交涉處在

黄淳耀文古者撥亂反正非獨其帝王能任之也蓋必有仁聖賢人翼戴其世而後功烈茂焉。評名世必王者師翼戴只說得功臣耳。文天之所授不可强也然大丈夫際此亦足矣。評粗氣醜語名世固無妄希天位心亦未嘗不以浮雲視勳名也三代以下一治一亂亦猶是也然其治亂皆氣數上事非聖賢理道上事故漢唐以來君相但可稱英雄不足當王者名世之實

名世必孔孟程朱其人。乃足以教導王者。旋乾轉坤。此非子房孔明之所幾。況攀鱗附翼。因人成事之輩乎。若乘時賢能之相。何代蔑有。以此當名世。則不應三代後平治之運會。反密且盛於三代也。

由周而來節

數時都從天降下民說來。方不同後代讖緯之學。

陳際泰文 今夫周。何以過其曆也哉。謂功德有厚薄。云云。**評** 講周過曆之故。又是別一話頭。此處數過言王者之不作。不是覬覦改革周命也。不然。則孟子之志荒矣。其數指五百。不指七百餘。過矣。乃指七百餘耳。五百年王者興。爲治亂常數。七百餘歲而王者不作。則亂靡有定。故聖賢以爲憂。若周過其曆。雖永命千年。止聖賢之所樂。又何爲不豫乎。後世英雄起草澤。奸人生窺伺神器之心。乃有讖緯符命之術。非孟子所云時數也。

符命讖緯。便是後世欺天罔人作用。

夫天未欲平治天下也節

只要說出舍我其誰四字。未欲平治如欲平治。特反覆以决之耳。

若徒作悲天憫人之語。即沒交涉。

呂子評語正編卷二十七終

呂子評語正編卷二十八

孟子滕文公上

滕文公爲世子章

章世純文人之所以自棄於下愚者起於自菲薄而遂尊聖賢之品又見庸愚之若是徧天下也則以多自慰以同自証遂安之爲固然而不復可以有立評天下學人大都犯此毛病遂不可治間有不屑多同者又走差性善外去文君子欲破其無畏而進其奮志未可以聖凡之平分論也則莫若尊凡庸之性而抗之使高評何嘗不是平分論只是其本來一耳豈孟子所得抗而尊之文吾抗凡庸於聖賢而人不能不疑則吾說猶未全也則又莫若抑聖賢之道而退之使下評以性善道一爲抑退聖賢之道更不通可恨其意終以性善之說爲不然耳艾千子抗

之使高。卽抑之使下。不必分爲兩樣。【評】性善是孟子極至之論。其理本天。上下聖賢無以易。大力却只當孟子偶然造爲之己說。可然可不必然者。至謂抑退之言。則是性善之上原有妙道。而孟子所言非其至也。其悖叛至此。而千子且以爲抗之抑之不必分兩樣。則豈聖人之道果可抗可抑者乎。使抗抑之說併而爲一。千子且以爲誠然乎。甚矣其謬也。同歸於不通也。

孟子道性善節

孟子平生本領盡在此二句。所謂舍正心誠意更無可對揚者也。兩句是孟子無假借。無妝飾。平生樸實頭本色學問。一著揣測機鋒。卽遊士之口也。

孟子道性善言必稱堯舜兩句。只作一意併說。爲是。下句總是發明性善實證耳。看下文道一。卽性善句。引成瞷三段。卽稱堯舜句也。

此節是孟子一生大本領兩句道理只一而爲說各有指皆立極之言性善者理之極堯舜者人之極也知理之極則不爲外說所淆知人之極則足以有爲而無暴棄之患兩句原並看大士文誤認言必稱堯舜句所以証明性善遂謂堯舜之說止一偏千子批謂罵孟子畢竟孩氣總由性字未明耳夫罵孟子豈僅孩氣哉。

徐秉義文世多縱橫之策士則所立談而取卿相者每在計功謀利云云評方見孟子此言是滕世子破天荒平生未聞之語文近世之智名勇功總非聖賢所屑計而惟循理去欲可以爲謀國之基評智名勇功正是迂遠不切事情之論文即盛代之井田學校亦非旦夕所得爲而唯法古立極乃以得養正之本評

呂子評語卷二十八 孟子 二

此意更進一層。方知井田學校亦末務也。

性善堯舜。固直窮本原。然正是接引庸衆以我固有之人皆可爲也。

性善反面。只對性惡一宗。蓋凡爲異端。只要掀翻善字。故性惡之説。是其正宗。善惡混。無善惡。知其説之駭世而不足以統攝。故又遁此二宗。則惑亂益巧矣。善惡混者。故降善與惡同等。援善入惡。所謂落水拖也。無善惡者。故擠惡與善同滅。所謂予及汝偕亡也。總是極憎這善字。必欲打掉了乃得。看告子先本作杞柳之説。後遁而爲湍水。又遁爲生之謂性。其話頭有轉換。宗旨只一而已。後來謂無善無惡心之體。便是這狐精狡獪。别無他法。

世子自楚反節

奬許疑字謂足與語道在此人亦能言但多說成世子眞有辨難話頭却不是當時相對機神要知世子復來見面坐立未定不曾開口舉似從何見他疑處劈頭一句喝破直令世子汗流下拜此是孟子知言窮理盡萬物之情當下薦機迅利處

章世純文 人與人豈有不一者哉 評 道一非人一也人如何一得堯與舜便不同矣

成覸謂齊景公曰彼丈夫也節

三段總爲世子決道一之無疑

一邊打破疑團一邊便鞭策篤信力行以見人皆可爲處只引證三段不下一指點語而指點已在言外

附孟子道性善節文

記大賢之告儲君首發性善之旨復引以盡性之人焉夫性善之

說古今之所未發也堯舜之盡性又古今之所最尊也孟子之告世子必以此敬世子乎悟之也嘗攷禹謨言心而不言性是性之名古未立也湯誥言性而不言心是性之理中古亦未明也至孔子始明其理然而繼善之言則猶就造化言之也相近之言則已合氣質言之也至子思則其理愈明矣然而言天命猶未嘗直指其故言盡性猶未嘗直指其人也聖賢豈能異同損益於其閒哉天下言性者少則其言渾而全言性者多則其言尊而正言性者大亂則其言斷而盡親而有據勢使然也於是孟子受業於子思而盡發其旨當是時天下言性者紛起有謂性無善惡者有謂性有善惡者有謂性可忽善而忽惡者至有謂性凡本惡者由其說不至於胥天下而桀紂焉不止孟子懼之爲之明其理且立其名曰性善而又爲之指夫全其理且

實其名者曰堯舜嘗以此教弟子待來學蓋稱述不衰矣至是滕世子就見乃卽以其說啓之何歟古之世子其教始於深宮阿保之年則固有之良出於本然者無損由是進之以勳華亦但充其義而盡其類故三公坐論而不驚今則宦官宮妾而已矣習俗深則必爲之返其原不則本基既失而後此之敷施何托乎抑古之世子其業成於入學齒胄之後則大同之量習於論說者既深由是極之以綏猷亦止尊所聞而行所知故五帝程功而不讓今則富强功利而已矣趣向卑則必爲之立其極不則規模既隘而繼此之法制安行乎昔者嘗三見齊王而不言事曰我先攻其邪心是言也猶此旨與然而孟子不明其意也世子又一無所辨難也而諄諄然而嚾嚾然但聞其委曲而詳盡者無非此理也其指陳而引據者無非此人也約略記之

則以爲道性善言必稱堯舜云吾於是而知性善之說爲至精也人之未生此理自在兩間兩間者善而已矣而分而爲陰陽陰陽皆善也自毗陽而亢焉毗陰而凝焉兩間且有不善矣而究不可謂所毗者非陰陽則究不可謂所毗者非善也化其毗者而善矣惟天地實化之天地亦僅全此善耳人之旣生此理具歸一體一體者善而已矣而列而爲仁義仁義皆善也自過仁而兼愛焉過義而爲我焉一體且有不善矣而究不可謂所過者非仁義則究不可謂所過者非善也正其過者而善矣惟堯舜實正之堯舜亦僅全此善耳此其理雖盡悉其說學士大夫猶或震之況世子之問未深矣而孟子以至震之說加易震之人以甚深之義施未深之問而且以難盡之語試之以不盡之詞信乎否邪吾固知其反也

滕文公問爲國章

黃淳耀文 井田學校之學。孟子於梁於齊皆略言之。而獨於滕君臣反覆言之者。何也。蓋學校不難設。井田不易行也。評 學校不難設。井田不易行。渠只見近時有學校而無井田。故云耳。不知今之學校非古之學校也。古之學校亦必待井田行而後可設。蓋其規制義指。與井田相依。與今學校絕不相同。故易則均易。難則均難。不可分也。文 齊梁之國。經界亂矣。强宗貴族以百數。遊士奸人以千數。故日趨於兼幷。而滕無是也。評 父兄百官不欲許行陳相亂政。滕未嘗無此患也。文 齊梁之國。壤地廓矣。田畞之多者幾及百同。户口之多者幾及千萬。故甚難於整齊。而滕無是也。評 整齊看其人立法作爲耳。豈以多寡爲難易哉。文 齊梁之國。潤澤難矣。其賢者務於首功。其不肖者湛於聲色。故先王之遺法，埽地俱盡，而滕無是也。評此所指齊梁與滕異處得之。知此，可知孟子詳略之故，有先後無異同也。文昔者荀悦之論，以爲井田不宜行於人衆之時，以高祖初定天下，光武中興之後，田廣人寡，尚可爲也。評本領不精，則必惑於枝辭鄙說此駁雜之害也。文此言獨可行於漢耳。去古愈遠，則雖開國之時，亦不可行矣。評安得此悖道之言。王者豈終不作乎。謂繼世守成之君難行則有之，然亦顧其人何如耳。眞聖人定不難。若開國之君，無不可行者。今謂漢以後去古遠，雖開國亦不可行，最是亂道。焉知天不生聖人邪。即萬世無聖人，聖人之道不可易也。況從來開國之君皆聰明有爲，其不能復三代者，皆輔佐之臣本領不濟，不能導之止於至善耳。亦皆此種議論陷惑深錮，故本領日下。學者不可不先破此見也。文若乃無輕賦之法而徒欲推兼幷之徒則破壞富室其又昔人之所戒哉【評】若不講井田輕賦亦止惠富室耳孟子井田之說略於齊梁而詳於滕非爲滕易行而齊梁難也齊梁之君溺於功利聲色嗜殺好貨其志趣根本未正故孟子三見齊王而不言事曰我先攻其邪心所以與齊梁言者皆興起其行仁之本而未暇及條目然恒產九一庠序孝弟之語未嘗異也滕文公爲世子時即能就見孟子聞性善道一之旨不忘於心其志趣根本已正故及其問爲國直告以條目之詳耳然滕終不能有爲孟子期之亦止曰王者師新子國後世子孫有王者而於齊梁則曰不王者未之有以齊王猶反手止以仁政得勢而倍速故齊梁易而滕難孟子所謂仁政王道只有井田學校舍此更無他圖只可惜齊梁之國易行而君無志滕君有志而國不足行若以滕文而有

齊梁之國。孟子之道必行。三代之盛復覩矣。後世儒者。亦習於功利詐力之事。自先信仁政必王不及。只在時勢利害上商量。直謂王道難行。貶損以就後世苟且之術。旋且張大以爲此即三代之意。蓋至是而二帝三王孔孟之道澌滅欲盡矣。此永嘉事功之害。朱子闢之與金溪同。凡熟講史學經濟。未有不墮此坑塹者。雖陶菴之賢不免也。

又黄文 時至戰國。蓋封建將廢之日也。及諸侯之尚在也。而亟講井田。使其說曉然大明。則雖封建竟廢。而井田可以獨行於天下。評 若廢封建而行井田。亦不必及諸侯之尚在。且既廢則俱廢。井田安能獨行哉。文 自時厥後。西漢有輕稅之名。文景有恭儉之實。而曾不一議井田。則過此無復可行矣。故生漢以後而言井田者。皆迂也。元魏始行限田。而盛於唐之口分世業。然自楊炎作兩稅而兼并者不復追正，貧弱者不復田業矣。故生唐以後而言限田者亦迂也。井田迂則出於限田，限田又迂，必也輕稅乎。併宂官，汰宂兵，使百姓之力得以稍舒，則亦今日之井田也。評輕稅又迂，柰何。陶菴亦爲此言，何望於學者乎。封建井田之廢，勢也，非理也，亂也，非治也。後世君相因循苟且，以養成其私利之心，故不能復返三代。孔孟程朱之所以憂而必爭者，正爲此耳。雖終古必不能行，儒者不可不存此理，以望聖王之復作。今托身儒流而自且以爲迂，更復何望哉。若因時順勢，便可稱功，則李斯之法、叔孫通之禮，曹丕之禪、馮道之臣、濟趙普之釋兵，皆可以比隆聖賢矣。此所謂曲學阿世，孔孟之罪人，學者不可不慎也。

陳子龍文民事之大者，曰井田，曰學校。夫今無井田，而民未始無食惡在養民之必井田邪。【評】畢竟不足食。【文】卽今無學校，而國未始無士。惡在教民之必學校也。【評】畢竟無士。【文】天下之亂，皆起於游食無業之民、無位橫議之士。聖人知其然，設爲貢助徹庠序學校之法以馭之。【評】此亦自戰國始有耳，聖人安得爲此而設。總不奈其離叛之說浸淫胸臆，侈然欲駕先聖賢之上，而議其罪過，不敢直指斥也，則又從而誣之，以爲先王不得已。嗚呼，是亦大亂之道也。

孟子曰民事不可緩也節

民事只農事，引起通章制產意，著民事二字，可見制度原以爲民，非爲君也。爲民正以爲君，又是轉一層語。此句實未及此，惟其爲民事，人君輒視之爲緩而不知其不可緩也。

民事二字，近則農功，遠而制產取民、井田學校，通章都是。

不可緩是王者仁心仁政所出。

晝爾于茅宵爾索綯若兩句作兩通讀便覺其緩兩句作一氣讀

便覺其不可緩。

宵爾索綯見得是日中未了之事方無寸晷之遺。

引詩所以証不可緩而詩語是冬閒乘屋只在末句中看出民閒

閒時他事勤渠都只爲此事乃見其不可緩之至。

民之爲道也節

恒產二字已包後分田制祿兼君子小人在內然此處只就民說

是故賢君必恭儉節

此節是制法之本。

此是下面十五節分田制祿總綱由心德而推爲治體由治體而

極之制度其閒煞有次第有包攝有綱目大小有歸重本原。

恭儉各有義雖曰養賢爲民然分田制祿兩者並重故又曰無君子莫治野人無野人莫養君子可互明不可側幷也若云賢君欲儉而取於民有制必先恭以禮下行之亦大費支離矣禮制相爲表裏

禮下二句是恭儉之實事亦是井田學校之實意不則恭儉不過聲音笑貌而下文井田學校等事亦僅帝王之糟粕矣

夏后氏五十而貢節

三代授田多寡之數不同耕斂賦稅之法亦異但是取於民者其實同是十一實字對數與法言不與名字對要之三代法數之異本是理勢不得不變非謂更姓開國必改易名號以新耳目也此皆後世私心議論漢祖唐宗以來只此一點心祖述暴秦嫡傳憑他制禮作樂總不能復返三代者坐此讀書人不可不

知。

多寡。諸解朱子亦取陳徐二說爲近。或云。易姓改步。異名同實。田數無增。只尺放長短以新其法耳。是將殷周聖王都說做朝三暮四。欺詐之狙公矣。亦是後世心術不正之論。最害道。

三代井田制度。朱子謂此難卒曉。以周禮爲本。而參諸說證之。然恐終不能有定論。但不可不盡其異同耳。詳味其言。眞見好古闕疑。無不知而作之意。又嘗云。今人讀書。欲卒乍如某也難。某煞用功夫來。乃朱子之所未詳者。而後人必欲取而論定之。其不至於穿鑿附會非聖叛道如郝敬之解經。不止也。

三代王者更制。純是天理當然。不得不爾。若謂開國創制。有不襲之名號。便是後世私心。

艾南英文 好詳之過。其勢必至於簡。此夏商授田之法。所以變而爲私田也。爲治者方患其太詳。而儒者猶思復古之道。嗚呼。亦愚矣。評 患詳便不是王道。第詳須精當耳。復古之精當。何害。

龍子曰治地莫善於助節

有夏初之貢。有夏衰之貢。有周初兼用之貢。有周末虐取之貢。龍子所譏。猶指周以前之貢言耳。要之夏后氏之初。必無是弊。後王酌劑踵事加美。而貢之不善乃見。亦從其弊後言之也。看後文請國中什一自賦。則當時之貢。又非龍子所言之貢矣。

陳際泰文 禹之貢。無有不善者。守祖宗之舊貢。足矣。不必助也矣。評 無此理。禹活到這時候。也須變助。文 皇之後不能不帝。帝之後不能不王。此固世運之遷移。而非關於聖德之高下。評 帝王升降。亦不可謂德無高下。但不損其聖人之體耳。且龍子自論貢助之善否耳。非以此軒輊禹湯也。孔子擬行夏時。乘殷輅。奏韶舞。豈非毁昭代哉。評者以爲善表白前人。周旋夏后。秀才針孔眼睛。眞著不得一些影子。可笑也。若謂不可十分抹煞貢法。則孟子國中什一自賦。已早斡旋矣。何待公等。在龍子此兩句中。却絶無周旋表白處也。且令下文如何説去。稱貸是何等事。窮民明知而爲之。豪民明知而脅之。只緣有必取盈焉四字在上耳。

夫世禄節

李葉文有世禄。則宜審乎世禄之所自出。使禄而出於公田所入邪。則厚乎臣者。仍不病乎民。固未嘗以損下爲益上。使禄而非出於公田所入邪。則取乎民者。始得厚乎臣。是不幾以厲民者病國乎。評公田世禄相爲表裏。與世禄非公田不可意。今日秀才巾箱本皆有是語。試問公田世禄。如何相爲表裏。世禄非公田何病公田而世祿何利則咋口不能道隻詞矣讀是文便要看其議論之精莫作叫破四鄰云我已從世祿折出公田便了事也。

詩云雨我公田節

此節見孟子無中生有善讀書引證之法。

此是孟子於無可憑據中巧尋出憑據來。

公田只與貢對較方合上善不善主意。

徹兼貢助孟子就徹中指出助來周字即徹字也。

孟子原講行徹而推本於助。

孟子原勸滕行徹而極言助之善見徹之妙正在助耳看請野節自見非欲廢徹而行助也。

每見人云先王改制以名新天下之耳目而實則相因是文武周

公以狙公賦芧愚人將聖王心術說壞大是害事蓋徹原貢助兼行後來助漸廢而貢加厲故孟子抑貢而申助謂徹法原以助爲主耳非徹卽助也

陳子龍文欲征私田者必先去公田去其公而皆縱民所自私則我可以擅賦之矣**評**雖想當然語然理定如是看宣公稅畝可見故欲復徹亦必先復其助也

又陳文我周自開關西土公劉有徹田之號而後世因之蓋已數世當是時商有盛王誰敢更其時制**評**當時實是徹田之制想於助法酌劑其宜自不妨更改不似後世便以此爲逆節也**文**我周自征伐關陝文考有九一之法而周公大之漸於四海當是時文爲服事必不變其國典**評**指陳周家情勢本末固宜但謂改徹卽叛商以明公劉文王之不然却是後來私心議論拘

於後世文法。褊小見識。當時聖人只以民事爲重。那有後世許多虛文忌諱。若云當商時不應更制。豈止徹田。如太王之立司空司徒。設皐門應門冡土。公劉之制三單京師。文王之出師類禡。何非帝制自爲。將盡責以僭擬邪。抑又有別說。而經不足憑邪。故後世見識議論。不可以妄例三代聖人也。

顧麟士 上文既列三代之制。而引龍子莫善之說以等差之。明是要公專行助矣。然獨奈何背周而從殷。故又引詩言周亦助者。蓋明其原未嘗背周以致其決也。按徹耕則通力。收則計畝。民得其九。公取其一。則當畊與收時。一井之中。公田私田只并混一處。然到得什而取一。則私田之中亦卽有公田。畊私田者便是助公田矣。故曰雨我公田。遂及我私。一田兩名。故一雨兩祝。詩人絕妙之辭也。雖周亦助。則是孟子說詩到絕妙處○一井之田中公外私此定制也然曰通力計畝則當耕與收時自無彼此之别葢人情日奸一日假令今以衆農通力未必無偷惰不忠之虞且合衆私以耕一公鹵莽滅裂苟簡卒事者亦必比比矣周之改助爲徹未必不慮此而究亦一助異名同實也楊子常按方里而井節明有中外先後之别註曰乃周助法則此雖周亦助知非孟子臆解詩之說矣楊氏云徹者徹也兼貢助而通力也故孟子曰請野九一而助國中什一使自賦八家皆私百畝其中爲公田所謂九一而助也國中什一使自賦則用貢法矣此周人所以爲徹也通者亦云徹者通也言其通用夏殷貢助之法也如此則通力計畝兩語似未盡徹解朱子又曰此亦不可詳知但因洛陽議論中通徹而通之說推之耳向余兩人卽又推朱子之意殆不足爲據熟玩白文前後義自相連

貫。斷斷主是說。雖余兩人之先後彼此。又不嫌異同耳。評徹法前註云。一夫授田百畝。鄉遂用貢法。十夫有溝。都鄙用助法。八家同井。耕則通力合作。收則計畝而分。按此則徹之取義。原以通用貢助之法。而其於用助。則又稍變通力計畝之法。本註原兼二義。未嘗專以通力計畝盡徹解也。顧楊自生葛藤耳。至子常欲竟主通用貢助。而廢通力計畝之義。乃据方里而井節有中外先後之別。註爲周助法。余謂此節乃指井田形體。及與鋤合耦之先後。與殷助同者耳。既曰周之助法。則與殷之助必有別矣。曰惟助爲有公田。則徹之公田必又有別矣。故二義不可廢一也。○雖周亦助。謂雖徹亦原本助法。其井制略同。而耕收少變。要是助法講究到至精耳。非謂但換名號而毫無更改也。看末後請野一節註云。周所謂徹法如此。又言大略潤澤。則勸公復周徹行十一之政，所謂取民有制，是孟子大主意，亦未嘗專要行助也。極稱助法之善，謂徹法雖兼貢助，而其至善者爲助。兼貢法乃其不得已，故後請國中十一使自賦，可見也。徹之與助，只耕斂賦稅之不同，其制同爲井田。戰國時井田法壞，不但不行助，并不知有徹矣。近文頗有謂孟子意在復徹者，其說非不佳，然細思不是孟子主意。孟子主意總欲復井田，既復井田，則索性復助法耳。蓋孟子時周法已盡亡，故其告君行王道，都索性從天理當然起論，如孔子夏時殷輅之義，未嘗有必遵周制意也。通節大旨只了莫善於助一句，借詩引證，亦只取公田二字，雖周亦助，謂周徹亦總是井田耳，非謂徹只更名而法悉同助也。

錢世熹文自記 徹勝於助，孟子勸滕行徹，非勸滕行助，下文自明。

雖周亦助。猶云雖徹亦助。非謂周之法是助也。若上文旣說周行徹。此又說周行助。不相矛盾乎。蓋此節與龍子節是一套。不過申言助法之善耳。是以助與貢較。非與徹較也。向俱憒憒。

評 謂徹法兼貢助可。謂徹勝於助未可。謂勸滕行徹可。謂非勸行助未可。看明堂章尊賢使能章。孟子平生實以助法爲至善。未嘗善徹也。請野九一節。是兼貢助。是勸行徹。亦爲國中難行助處。只得變通如徹耳。然國中行貢之地。原自不多。究竟以助爲主。故死徙無出鄉二節。單言周之助法作總結也。所論亦有矯枉過正處。中如雖周亦助。猶云雖徹亦助。善不善。是助與貢較非與徹較。却道得明快。

黄淳耀文 漢文之恭儉。二十稅一。而其不如唐以後者有一焉。曰尸賦不革。漢武之荒黷。告緡四出。而其勝於秦以前者有一焉。

曰田賦不加。至唐兩稅以後。仟一竟不可復。而宋人乃有城郭丁口諸賦。則戶賦復出矣。說者謂宋人議論多於事功。而於食貨一事爲尤甚。謀國者尚鑒之哉。評其論主於輕賦。不知法制不善。輕賦不可常也。

設爲庠序學校以教之節

庠序學校。原只是井田中事。到此乃民事之成耳。諸侯亦有國學。不專指天子之學。

學則三代共之。總釋第一句立名之義。四句一例。共字别無意旨。若道重學而共。則下皆字說不去矣。

皆字總結上八句。庠序學校。皆明人倫之具也。而所以明者。徒恃此法制之具不得。須歸本君德身教。所以之義乃精。

有王者起節

有字正不是望空妄想。

有王者起，是聖賢公心正義，不是鼓舞諸侯代周也。

孟子與齊梁之君言，曰以齊王猶反手，曰地方百里而可以王。與滕君言，只曰有王者起必來取法。此亦是當時事勢如此。王者必要歸結到滕君，反生支離之病。

詩云周雖舊邦節

孟子度滕勢之不能興王，因示以天下非甲爲，即乙爲，見聖人大公之義。然中主未免氣隨志隳，故又勉滕行王政，見刱垂可繼，未必無成功之理。特舉文王以勵之。文王終身不王，然武周王天下之道，皆不外文王治岐之政，此必法爲師之明驗也。

請野節

陳際泰文云云。評註中明云周所謂徹法蓋如此。第孟子特下箇請字定於徹法徹有不同處此文謂野用助國中用貢爲徹法而九一十一則孟子之所酌變未知果如何但云徹法九一在貢十一在助疑未必然卽註謂當時貢不止十一乃指徹法旣壞時事徹法用貢原止十一也助法未嘗有十一之說旣前註謂公田百畝中以二十畝爲八家之廬舍一夫通公私田耕一百一十畝爲十一分而取一則又輕於十一亦未嘗云十一在助也今欲發揮請字便硬埽徹法不妙自是文人過火處要之孟子卽於徹有所酌變亦是因精而益精耳

此是周徹法却不純是周徹法故孟子下箇請字周徹亦井田九一但公田斂法不同故下箇而助字徹兼貢法貢只是什一後來加重爲自賦故下箇什一字助法善必當復貢之名可不必復故下箇自賦字就滕壤而言故下箇野與國中字

請字是孟子經濟。

九一什一四字。孟子特地提出。是大宗旨。

徹田亦九一。但法非助耳。而字要有著落。

陳際泰文 國中田之不可井者。未始不可耕。田之可耕者。未始不可授。未始不可賦也。有法於茲。什一使自賦。云云。**評** 此則滕人固知之矣。滕之國中。恐原自行貢。但未必自賦什一耳。且此句不是勸滕行貢。正是圓足上句行助。謂惟國中不便行助。故可行貢之自賦。但必須什一也。大意在行貢之不善。推出行助。非從助後變計爲貢也。文中似欲從新行貢法起。則失其義矣。孟子主意只要行助。雖周亦助。正謂雖徹亦助。國中用貢。周法亦是佐助之窮耳。

卿以下二節

祝翼權文圭田以五十畞爲斷。蓋須祿有差等。固以别賢勞。而恩禮無厚薄。所以一孝思也。**評**恩意優渥。有限制。無計較。所謂法外意也。**文**餘夫以二十五畞爲斷。蓋服疇不逮成人。試之耕以觀作苦。俯仰無事經營。約其制以俟有成也。**評**先王之法深悉民情如此。豈如後世丁口版籍徒作徵科之具乎。

死徙無出鄉節

黄淳耀文云云。**評**在他處嫌生枝節。别義於守望句却正見王制精微。井田封建。聖人爲中國生民慮至深遠。井田壞。則兵法地利士氣民情俱壞。不止農賦之病。儒者不講。則王者何由而知乎。○守望二字。俗手只作防衛混語看過。經此一分疏。情事確然。故知天下義理。只是細細辨析不盡。却被邪說以簡易直截蒙蔽者多也。

方里而井節

助徹之義。上文已盡。此正實指井田形體之制。蓋助徹之妙。全在井制形體上。後世賦稅。未嘗不依傍十一作數。而取民無度。上下交病。終不能返於三代之治者。只此形體之制不講也。

井制斷不可不講。後世取民無度。其弊坐規制不定。易於遷就作奸耳。

止舉一井規制。而凡助徹之所以分田制祿。養君子治野人之法。已無所不具。須從形勢事理切疏其義乃得。

此其大略也節

此略字。並識大識小亦不可得。

以上數節是孟子事。此節是滕君臣事。界限甚明。程子向司馬溫公王介甫議論亦如此。

今人必云如何潤澤，則仍是孟子自已說，非在君與子之意也。

附請野節文

助不可不行，貢不可不可盡廢，通其意於徹也。夫井地之法，惟助當必行耳。然貢亦有可兼者，以佐助之難行也。野與國中分治之，其即周徹之遺意也歟。且從來新進喜事者，好言變更，然不敢顯畔祖宗之制，則必援返古之說，以售其私，而假借之術，其弊深於蔑古。老成守法者，力持由舊，然不能參劑朝野之宜，則必執非今之見，以絕其類，而矯激之過，其患即復於從今。此帝王良法美意，每壞於主張之偏甚者不少也。惟審乎地之所不齊，因乎時之所不悖，主古之善者，以兼行古之不善者，則善者固善也；復古之不善者，去今之不善者，以濟古之善者，則不善者亦善矣。如分田制祿，古法之最善者，助也；其不盡善者，貢也；兼善不善而通之者徹也由古法之不善而爲今之尤不善者假貢而爲今之自賦也然則滕今日宜何從三代之制互異而其實從同九一固取一什一亦取一也其爲善與不善所爭止在因革損益之間近世之號亦陽奉而其實陰違廢助固廢其九一用貢亦廢其什一也其爲不善之不善所分直在仁暴公私之際然則法古者但得其九一什一之意而已矣其詳不必盡合也救今者亦去其廢九一什一之害而已矣其名不必盡罷也此其道宜仍夫徹之遺意而變通之吾得而有請嘗聞周制國至四郊爲六鄉六遂凡十五萬家都鄙則在鄉遂之外所謂甸稍縣畺者也其於都鄙也爲之建其長食采者也立其兩佐貳也設其伍大夫五也陳其殷旅士也置其輔府史胥徒也縣之五十里有如是之都鄙乎則謂之野而已矣其於鄉遂也比長

里宰下士也閭胥鄰長中士也族師鄙師上士也黨正縣正下大夫也州長遂大夫中大夫也鄉老鄉大夫公卿也滕之五十里有如是之鄉遂乎則謂之國中而已矣且古之都鄙也叔伯之食邑在焉公孤之采邑在焉然且井牧其田野是知世祿之必出於助也於是小司徒制之井邑丘甸咸以四起數則其體方正方正則尤宜於助焉滕之野豈無沃衍之區足煩經畫者乎雖阡陌久更而都鄙皆野人則復古也易此不可不亟正之者也正之者亦正其九一耳而必復夫助焉環而耕者既忘會斂之文借而耕者已受班秩之誼如是而叔伯之所供公孤之所御庶幾其隆養也哉抑古之鄉遂也遂人以興耡利甿焉里宰以歲時合耦焉未嘗輸稅於郊畿是知徹田之專行夫助也然而大司徒制之比閭族黨皆以互相聯則其體奇零奇零則

可通於貢矣滕之國中況有溝澮之界久供任地者乎雖良法貴一而鄉遂依君子則輸將也便此其可以兼用之者也用之者亦用其什一耳即可使自賦焉尊其征者猶因斂賄之名寬其征者已損多加之實如是而利畊者及乎老穉合耦者洽其室家庶幾其徧德也哉蓋助法之善本無不可行之地況又有野之平曠者也蓋去國遠則凶豐難察故但行助而縣正以斂賞罰斂稼事則亦無曠土惰游之患矣或謂野兼山林陵麓未必能通九一之規不知隨地爲井則隨地爲助齒角羽翮之利此公於民而不損於民者也又何疑助之難復乎抑自賦之不善本可以不行之道而其如國中之錯壤何也蓋去君近則情僞易知故可行貢而司稼以年上下出斂法則亦未嘗有定額取盈之患矣或謂國中多闤闠朝市豈其盡同什一之際不知

國宅無征。則非穀無貢。園廛漆林之異。此輕其無田而重其非田者也。又何慮貢之流弊乎。況鄉遂地寡而都鄙地多。則行貢自不及行助之廣。且九一數厚而什一數薄。則行貢又正用行助之寬。徹法雖未盡詳。而大義已略備於此。

有爲神農之言者許行章

首節

其徒數十人。不是數十人從許行。是許行要數十人從己。如山農心隱之毆拳納拜。專爲惑天下耳。今日講堂實繁羣相鼓煽。大率類此。

陳相見許行而大悅節

賢者與民竝耕云云。異端之足以惑世。彼亦自有說焉。不盡其說而漫欲闢之。恐反爲彼所笑也。

趙衍文云云評先儒有言曰。做小人也須索性。此人必會作賊。正以其索性也。今之爲小人者。皆不索性者也。今之爲小人之文者。皆不索性者也。作聖賢議論。不曾痛快道得一句。作異端議論也。不曾痛快道得一句。然則今之爲人爲文者。皆賊所不屑者也。嗚呼。可哀也已。看此文見處。直透老莊之宗。方知許行立說。亦不是小小庸妄議論。道得他底底裏盡。正是自家底裏又精深耳。

孟子曰許子必種粟而後食乎節

許子破綻。只在以粟易之一句。

以粟易器械者節

且許子何不爲陶冶。何不二字不是要他爲。正是明知其不可爲。又要他自己說出所以不能爲之故來。

不說許子之不當如是。只問許子之何不如是。總要逼出他不可耕且爲也一句來。

然則治天下節

有大人之事。與下句只差一字耳。然此人字非猶下人字也。此事字非猶下事字也。卽此有字幷非猶下有字也。

引古語雖六句並列。而意止在勞心與食於人兩句耳。

當堯之時節

水道不合。一則古今遷變。一則孟子行文取大段。不屑屑作酈道元也。

汝泗入淮。淮不入江。朱子已明云記者之誤。而豎儒必欲牽合附會。令人噦吐。

大爾英文聖人不盡拘無事之知。而能平天下之險。評卽有變通亦必因其自然理勢。仍行所無事也。

后稷教民稼穡節

堯舉舜。舜使益禹稷契。但根堯舜之憂說來。使字已到。明出暗出。有字無字。皆可不拘也。或云。后稷上無使字樣。以后稷直起爲妙。不成后稷不受帝命而自行其教邪。到使契句。又須別增使字議論矣。

自舜使益以下。直至五穀熟而民人育。方一歇。此是聖人養民之憂。下人之有道也四句。又與前天下猶未平九句相對。聖人有憂之。與堯獨憂之句相對。使契爲司徒。與使益禹稷相對。乃聖人教民之憂也。故契爲司徒。另用使字起。而禹稷上不消加使字者。益掌火上之使字須讀斷。直貫至此也。

后稷教民稼穡教字。與並耕對駁。固是註意。然畢竟是言外疏解。

故註下一然字時作每於言中自作箋辨又似孟子爲誰下註脚矣。

陳際泰文凡物過昵則狎狎則褻侮生凡物過昵則厭厭則棄捐亦生相敬如賓即有間矣有間即日新矣評說得好夫婦離怨亦從無别來文凡物近於無恥者則廉隅易於不立凡物習於無恥者則嚴憚易於不生相敬如賓即不名之爲私欲名之爲禮義矣評可知原不是私欲以爲習近於無恥猶是渾身私欲見解在。

勞來匡直輔翼敎化之法已備自得二句又加鼓舞作新耳德字即上數句非德性之德故註作惠字又恐人誤解作財惠故又於答問辨明即上文敎化事。

自得在民使之自得仍在司徒故謂强有以使之者固非也謂任

其自得之者亦非也。

聖人之憂民如此。論本節與聖人有憂之相照，似應單承命契一件。不知此句直從堯獨憂之說來，作一總結，則統承爲得也。

憂民如此緊。與堯獨憂之句應。使禹稷契皆舜使之矣。此處復舉放勳之詞，正見大人勞心，堯爲重也。

憂民二字，是何等迫切。如此二字，包多少事件。

堯以不得舜爲己憂節

此下三節大意，只是爲天下用心，不於耕耳。百畝農夫分財教善，無名不與，總是文章賓客黏著便滯。

堯舜之憂不同，不爲所得之人有多寡大小，蓋君相之職分不同，則其所憂之大小又有差。看上文堯獨憂之及舉舜舜使等句自明。

禹皋乃總舉之詞，益稷契即在裏，非謂舜所憂不得止在禹皋，而益稷契不與也。

分人以財謂之惠節

此節正應繳前第六節爲天下得人應大人之事，仁字應勞心，爲天下得人者謂之仁，此不是贊歎堯舜之仁，只極言勞心爲天下之大耳。

總見勞心爲大人之事，得人二字上文已盡，復衍便失，謂之仁三字，又非本義所重，贊頌亦非。

上文數憂字，是緊接勞心來，此爲天下三字是緊接憂字落得人二字，亦從此三字中生出。

此仁字以恩惠言，與論語如其仁之仁字同。

所謂仁者，原只是惠與忠之道耳，惟其要盡人而惠之忠之，此其法非得人不可。得人正所以爲天下也。所以必要得人之故。得人所以謂仁之故。其著眼只在天下兩字。天下兩字。緊對上人字。

有天下。卽有天下之人。一世之人。自足以治一世之天下。特爲之得者無其人耳。此堯舜之所以任爲己憂也。天下字與上人字對看。衆寡何如。仁字與上惠忠字對看。廣狹何如。是之不憂更有甚事。

人不止是舜禹皋陶。自舜禹皋陶推去。所得之人。皆堯所得之人也。故曰堯獨憂之。然堯只要得舜。舜只要得禹皋陶。此之謂大人之事。有分殊。有理一。讀西銘便見得箇仁字完全。

堯得舜。舜得禹皋。禹皋以下至庶司。皆是勞心中人。但其勞心有大小耳。舜禹皋陶之勞心。皆爲堯得之而後勞。若未爲堯得。則亦無從勞也。論至此。則堯憂爲更急。而勞心更大。

古今來。人主爲天下之心。有公有私。爲天下得人之事。有義有利。爲天下所得之人。有大有小。若一槩不論。只爲天下得人便是仁。則漢唐以後求賢察吏之君。皆可與堯舜比烈矣。

孔子曰大哉堯之爲君節

大哉君哉二段。貌甚冠冕。而其神甚空。只要引起不用心於耕耳。

與此數語全沒交涉。

主意只說堯舜有所用其心。然語氣則要說堯舜豈無所用其心。句句要說得堯舜絕似無所用其心者。然後跌出下豈字來。蓋

以上數節。正是此節道理。却做不得此節註脚也。

吾聞用夏變夷者節

馬世俊文云云。評陳良楚産也。講周公仲尼之道。偏就膺懲尊攘

而言。蓋舍此則周公仲尼亦無道也。人以爲批陳良之逆鱗。不知正得陳良之心曲耳。然又有說。居侏離之鄉。而曰我自悅周孔而已。亦必無是理。所以爲陳良計。只有北學一法耳。許魯齋位列台重。而以爲悅考亭之道。吾未之敢信也。

昔者孔子沒節

周正之秋。乃夏正之五六七月也。秋陽以暴之。卽似今人家晒物必以三伏者爲良耳。非眞秋也。

聖人道个似便看得聖人分量不到極處。分量不到極處。便有可尙在從此破。入言下言外。乃有神會。

曰夫物之不齊節

金聲文 神農以前。無物可齊。自無物不齊。評 必無是理。巢窩毛皮皆物也。有天地。卽有物。卽不齊。此等議論。亦從二氏寓言得病。

文物之僞者，欲齊而情不可強也。評凡求齊者，皆僞妄不通之人，最怕分別，亦是至理。文一物而百其價，所以作物情而使之競者，正所以宣物情而定其平。評方見不價之説，亦不是小事。文以爲不如是，而精良受屈，楛敗倖勝，即一物足以干天地之和。評舉錯之理即得。

墨者夷之章

異端之所以别於吾道者，只是無等殺，無等殺便無禮，無禮便無天，從此一串差去。彼以爲等殺之禮，聖人造作以教人苦人，而不知其爲天也。此是儒釋劈頭分路處，程子所謂本領不是者此也。俗士猶云末異本同，三教合一，亦只坐不知天耳。

徐子以告夷子節

受字與親字不同，提一親字，便見一本之義。

且天之生物也。使之一本。原只在人理自然不可強處。指出天使。

呂子評語正編卷二十八終

呂子評語正編卷二十九

孟子滕文公下

陳代曰不見諸侯章

黄淳耀文從子之說，小可伯而大可王；從吾之說，則不免於窮而死。吾豈一節之士齷齷自好者耶？顧吾念之，懷當世之具者，無求於人者也；有濟物之思者，無利於己者也。此其道皆不宜枉。

評聖賢不是愚人，正在此間分脊骨耳。

孟子曰昔齊景公田節

在溝壑喪其元，志士勇士不必定設此境，定立此見，只是所守堅厲耳。聖人所取在志節，不在輕生。歎美虞人，與司馬遷傳刺客遊俠意，天懸地隔。

昔者趙簡子節

須知此節引來只爲範我馳驅不貫與小人乘兩句他處皆略

王良之與嬖奚所爭無幾不要太高看

若高看王良竟如孟子自比不惟孟子沒身分並下節且字神理不出矣只將王良與簡子嬖奚諸人寫來相去無幾然且如此而况不爲王良者乎

良工賤工頃刻變遷不足爲寵辱此是王良身分也孟子引來只爲節末數語至於請復彊可思一見其長以塞詬我之口是又非君子所爲不可便贊盡王良此孟子身分也

朱輔文天下士乘其急投之項當事者援引一錯誤入旁門後日勉負蓋愆亦已晚矣**評**門戶聲氣慣以此術籠絡天下士士之爲所誤者不少矣**文**一命而戒裝候輦此時良之聲價進退蚤爲奚操後縱欲自正所枉寔多是以君子惜良之不蚤自愛也

評古今犯此者不少。戒之哉。非戲言也。

又朱文賢豪長者。厠身販傭屠釣而不以爲屈者。正以屈身輕於没名。恥徇小節而功業不見於天下也。評戰國時議論果如是。是以孟子爭之。其實此一宗。於今爲烈也。文奚亦安能用我也。銜簡子命而來。猶然爲簡子使也。未嘗爲奚使也。即簡子亦安能使我也。假才人之聲價以增光倖士。是簡子爲嬖奚使也。艮未嘗爲奚使也。借乘以善藏其用。即匪人可比也。評老莊秘訣。晉人用之而禮義乃亡。文天下盡役也。舉世皆執鞭類也。而何必介然不屑以明高乎。評此轉刻毒。後世貴人心術總不出長班掌鞭腹中耳。文艮蓋就奚以陰玩奚。而奚未之知也。且就簡子以陰玩簡子。而簡子併未之知也。評好聽耳。君子曰究竟艮自玩弄而不之知也。文觀其以乘始。以不貫乘終。艮之爲艮始終善愚人，非自愚者也。評此法巧者以爲便宜，而其實拙極。○忽又爲王良曲出其罪，使良聲價十倍，高之爲魯仲連，次之不失爲東方朔，眞可謂滑稽之雄矣。然此説始於戰國而盛於晉。放乎良知之學，士大夫胸中皆有一詭時玩世之意，視天下事直行雲流水，而禮法節義有所不必拘，此其害有不可言者。而天下皆以爲高，其根中於人心者深，文人尤難埽除也。

御者且羞與射者比節

蔡新采文以爲世不可一日無君子，故屈膝侯王之廷，徐以大其功用，以爲君子不可一日無世，故伏處蘅茅之下，不妨少有變通。評三代以下人物，不離此意，孔孟程朱與世儒爭毫釐之差，正在此處。

景春曰公孫衍張儀章

孟子曰是焉得爲大丈夫乎節

此節只對定衍儀是妾婦之道。丈夫且不是。况大丈夫乎。意側在女子之嫁一截。丈夫之冠二句。帶來引起話頭。不即對大丈夫言也。

依唯順也。節烈亦順也。只成得妾婦之道。夫子自凶也。妾婦而順道也。衍儀而亦如妾婦之順。不道也。故妾婦而順或有合於大丈夫。衍儀而亦如妾婦之順。必見恥於妾婦。

居天下之廣居節

孫奏文論人必以天下爲重也。評重在廣居正位大道六字。虚張天下。壓衍儀不倒也。只緣天下二字看在外面耳。

歸有光文以心而視心。則微末而有限。以心而宅仁。則博大而無方。評廣居之理乃精。此是儒釋分界處。

周霄問曰古之君子仕乎章

首節

王庭文評 仕君子所有事也。及乎後世。以富貴利達加之。非其質矣。周霄意中是仕。孟子口中亦是仕。然孟子已知周霄意中之仕。非孟子所爲仕。每從題前剔清。便有見識。然不由其道意。却又在下。孔子公明儀欲仕之急。註解未得。

曰士之失位也節

犧牲不成云云。只要點醒則亦二字。見得諸侯固宜耳。而惟士亦然。則士之失位也重矣。此是孟子借襯法。

曰士之仕也節

下一舍字。便知是向來有的。無一日不須。無一日不用。出疆之時。正賴此爲先資。豈爲是而反舍之耶。

彭更問曰後車數十乘章

曰子不通功易事節

於此有人焉五句，只恢張其人之功，以激起不得食句。

先王之道，即上文舜受堯天下，及下文爲仁義是也，不單指孝弟而言。

曰有人於此節

食志，是彭更之遁辭，非食志，是彭更之敗闕。

萬章問曰宋小國也章

孟子曰湯居亳節

王者只爲義，所以但望人好，霸者只爲利，所以但望人不好。王者之於天下，每遲遲而後得之，霸者亦遲遲而後取之，然王者之遲遲者，冀人之悔也，霸者之遲遲者，益人之疾也，後世人心與三代懸絶只在這些子。

征葛與伐夏兩不相蒙如文王伐密崇豈爲誅紂哉艾千子文至謂欲伐夏而以葛爲端則不特伐夏爲大逆而征葛亦陰謀不道矣文字何足重輕秀才胸中所見如此却害道不小也

有攸不爲臣東征節

陳際泰文桀不登大亂之數所以殺湯功也兵未至而怨之何如兵已至而迎之故吾釋湯而論武王之事評何取悖謾之論孟子兩兩引來並無軒輊意救民取殘湯亦猶是也

金聲文末世用兵無術故或用撻伐以張天威或用撫綏以消逆萌二者相持而不相通也豈知王者之征綏不兩時直行其一致之用於天高地厚之中評征以爲綏他人尚須一轉解說此看得即征是綏更道得聖人心事光明體用合一可知後世經

濟事功總只在功利上商量與王政絶不相干。其君子二句是釋匪厥玄黄句不是從新形容言君子小人所以如此者以武王救民取殘之故以起下四海望之對針齊楚惡伐純要從君子小人看出救民取殘不可從武王看到君子小人。

孟子謂戴不勝曰子欲子之王之善與章

黄淳耀文古之賢君當其爲世子之時而已近正士聞正言積漸久矣故雖有小違無難救也今之人主諭教旣失於先時聲色又親於臨政此其視仁義禮樂若天性本無之物而重有所苦者夫奪其所樂進以所苦而復取必於立談之間雖伊周之佐不能評三代後人主難與大有爲病根只此數語。

首節

莊嶽之間言齊人之衆處非謂以地區也

子謂薛居州節

王誰與爲不善不善正對當時功利邪說言

戴盈之曰什一章

首節

戴盈之曰四字原只作一番好聽說話耳

不已是本心來年是名義

孟子曰今有人日攘其鄰之雞者節

唐順之文損日攘而爲月攘則鄰人孳生之計其畜之也無窮而在侵漁之圖其取之也有限評通身坐在貨財裏面打筭分明是貪殘作用却偏要妝扮多少善政條議名色曰我愛民千古小人經濟派頭如覩

月是甚言其時之久。一是甚言其取之少。如衡之有低昂。如車之有軒輊。然任其低昂軒輊。而其間有牢不可動者。一攘字也。

如知其非義節

孟子下如知二字。謂盈之原不曾知也。什一去征説來一句。做時須有幾許經營次第本末利弊。在盈之如何知得。不知而請輕待耳。漢武吾欲云云。故是謾語耳。

黄淳耀文 誠思速已則必速。言於王以定國家之經制。修井田平市價。使大命足以相續。則横斂雖去。而國儲富於今時矣。富於今時。則横斂之去者竟去矣。**評** 此亦是添出議論。然本領甚大。眞儒者經世之道。去者竟去一語可悲。三代後講卹民之政。雖善不可久。以其本領不是。不能復古法也。○義利不兩立。雖至義之事。自計利者言之。義亦爲利。如盈之之待來年。其不能速已者以利言也如以利則來年亦不可已也故孟子直折其隱謂其原未嘗知義義只是當下有箇是非便有箇可否斷決豈有此半間不界依違瞻戀之義哉纔如此便知其原在利上計較不曾知義也若知義便不利也須速已旣決然速已自然有已中商量經濟如文中云云此隨已而具非萬全而後已也萬全而後已卽是利上計較使有不全也待來年矣文於經濟本領極宏遠而根源一針尚有未淨盡處此正永嘉之病也

公都子曰外人皆稱夫子好辨章

天下之生久矣節

治亂是說主持幹旋事不是氣化上事雖主持幹旋也是氣化然聖賢不得已心事正便是天地不得已心事原不是兩件若泛說氣化則一治一亂自是常理不幾聖賢多事乎此二氏之看

治亂自以爲横出豎出而不知其終不出治亂中正是不關治亂之一物耳故治亂雖平列聖賢心事只有一治這一治都在一亂中生出方見聖賢不得已用處

當堯之時節

此一亂與後來人事感召之亂不同

黄淳耀文 後世之亂由人而其君自以爲天上世之亂由天而其君自以爲人 **評** 此其所以聖也

山川崩涸日月薄蝕若以數言之皆是定法常度耳然帝王正說不得定法常度以轉移氣數之責在帝王天人感應之繇在帝王予不得已無可推也彼必援引堯湯之水旱而謂天變不足畏者非愚卽諛凡小儒偶得曆占之術而未聞聖道鮮不墮此義也西人論戊寅熒惑守心謂當其留不以堯舜而避當其退

不以桀紂而廻，以故七政凌犯皆非災。一時士大夫皆喜其說。嗚呼。驗竟何如也。

使禹治之節

水由地中行二句，題面是從旣治水後見山高而水清，題意要從未治水前想手胼與足胝，纔與孟子好辨不得已之意互相發明，且更知孟子之功不在禹下。先儒非妄語阿好也。

上句是槩說水無不治，次句乃指其最大難治者而言。人作一滾說，便似江淮河漢由地中行矣。

用力都在行字。水不行則不治，四者乃所行之大道也。水源於山而歸於海，中間無行道則亂而不治。禹貢山曰自，海曰同，而其治法全在行道，所謂地中也。

水由地中行，聖賢經濟只平平地，與愚夫言，亦合了了，宜洪範九

幬之說不見信于歐陽了也

歐陽公不信洪範五行只坐看道理粗淺耳

堯舜既沒二節

陳際泰文夏后之季不登大亂之數殺桀惡也其殺桀惡所以甚商紂之殘而大成周之伐也評如此則古今善惡但憑後人私心抑揚矣抑且疑紂之惡未必甚矣雖昔人之論不可訓也文遲奄廉五十國於紂之後而需之以時所以明當時難易之勢評不是難易義當然耳文當時無周公武王不王矣評即無周公當文武之德亦不得不王

問除湯放桀一案而竟及武周何也輔慶源謂以類數至紂而大亂無以復加想見夏桀時未必有飛廉等與虎豹犀象之害此說亦似太泥孟子約舉古今治亂之槩不是定治亂之數止于

此也只將從來變局各提其大者而言堯舜時天地之變舉禹三代時放伐之變舉周公春秋時道統之變舉孔子則言紂而桀在其中言武周而湯尹在其中不可因文有詳略而別生蹐武周抑湯尹之論亦不可謂商周固一樣而爲欲夸張武周故且置湯尹也看篇終敘羣聖之統又次湯尹文王而不及武周豈又殺武周之道哉

投畀豺虎豺虎不食投畀有北有北不受詩人忠厚之至而其嫉惡也必如是而後快飛廉所以必驅之海隅而後戮之也

孔子懼作春秋節

無毀譽之直道即三代之行懼亂賊之取義即天子之事充類至義之盡理自如此非謂假天子之權以行其義也豎儒驚倒天子二字便道聖人正天下之僭竊豈身爲僭竊之事直是痴人

夢中說夢也。

天子二字。非指其位。指其道也。

天子二字。原從作之君師說來。指有此位之道而言。非凡有其位者之天子也。凡有位之天子。不能有其事者多矣。權未嘗不在。無其道也。春秋天子之事。爲其道在焉。未嘗侵其權也。充類至義之盡耳。猶云三代之所以直道而行也。豎儒不明大義。見天子二字。便震於權位。反謂孔子欲正人僭竊。豈有身爲僭竊以正人之理。其迂戾不通如是。豈足與論春秋聖人之義哉。

天子之事四字。只一公耳。凡人皆可取。特無孔子之聖耳。

從春秋硬裝凡例。配貼王者刑賞。皆落後儒之鑿。但明時無天子。有天子而無天子之事。孔子不得已。撥亂而返之治。功在此書。看老泉春秋論。純是私意耳。

聖人作春秋。爲天地古今衞道計。而其事實與位違。聖人誠有不得已焉者。非謂能諒此不得已者爲知我。不諒此不得已者爲罪我也。知我者亦罪我。罪我者亦知我。非謂分應此兩種人也。只春秋天子之事也一句內。知罪兩種道理並到。知我罪我。合下道理如此。聖人只在春秋上講。不管天下後世有此兩種人議論也。若爲天下後世人知罪我想。則似知我是而罪我非。望知我而病罪我矣。不道聖人知罪二字。只作一例看。乃見天理人情之極至。

王者政教號令。刑賞不行於天下。而有弒逆之亂。孔子作春秋。其所取義。皆王者政教號令刑賞之道。使萬世皆知亂賊之不可爲。故爲一治。道理本自分明。即胡文定謂代天子行王法。有何不是。安得謂之僭竊。但胡傳中所指褒貶義例。當時孔子之取義。未必盡然。惜無從考辨耳。若謂孔子毫無筆削褒貶。則仍是魯史之春秋。與乘與檮杌何異。又何足以見孔子之作。而為一治哉。朱子曰。直書其事而善惡自見。所謂直書者。即筆削褒貶也。非於直書之外。另有褒貶之說。字字有微詞隱義也。湛甘泉乃云。若筆之削之。烏在其為魯史之文哉。吾則謂若無褒貶筆削。烏在其為竊取之義哉。甘泉又云。竊取之意存乎經傳以傳實經。而斷案見矣。乃又云。左氏事實而未純。其餘皆臆說。然則三傳百家。既不可憑信。又何從觀傳以實經。而知聖人取義之旨乎。要之胡傳義例。固多牽彊未當。然其大義炳然。或悖乎聖人者亦尠矣。今以其小者而欲盡廢其大者。則其視春秋猶夫王介甫所謂斷爛朝報耳。況孟子引孔子知我罪我之言。正為其取義皆天子之事也。不然。何罪之有。甘泉亦自知其說之不通而穿鑿遁詞以爲兩我字指天下後世之人讀春秋者若美我刺我不知孔子當時安得預料天下後世之人如此且孔子曰三字如何忽然接下天下後世人口氣此細玩白文而其不通自見亦不足與辨也近頗有宗傳其說以彈射先儒惑亂不小故不可不辨

聖王不作節

諸侯放恣處士橫議此二句乃楊墨所以盈天下之緣起也諸侯不放恣則處士不敢橫議處士橫議皆揣摩諸侯以行其私有橫議而諸侯之放恣益甚夫然後楊墨得傲然立說而無所顧忌其原皆始於無懼無懼非無法也無天也孔孟之懼知天也後世陸王之橫議總不知天命而不畏也故懼之一字即千聖之心法所以達天之本

黃淳耀文 今之處士。未有能束脩砥礪者也。辨有口者倡之於前。愚無知者和之於後云云。**評** 今之奮然爭翼邪說者。皆坐愚無知耳。**文** 士習之與民風。共清濁者也。憑軾結靷之流。既日騰其口說。則列在四民者。亦必事雜言龐。退而趨禽獸之路。**評** 此佛教從而入中國也。**文** 自古極治之世。未嘗無亂人。惟立法以馭之。使無隕越而已。**評** 周法豈不善。只無王者作而行之耳。法固不足恃也。

董靈預文 爲之和會者。曰楊墨之言。卽堯舜禹與周公孔子之言云云。**評** 此卽三教合一之說。王畿周汝登謂禪正是聖學也。**文** 楊之言刻而隘。墨又變之以夸誕。共利則中於人心者尤深。故楊子之書不傳。而墨子獨傳。**評** 至理。故今日佛勝于老。○昔之異端易辨。顯在門外也。今則隱然伏門內。寇深矣。故辨之極難。

黄淳耀文自古夷狄之亂中夏與異端之亂正學皆乘虛而入者也。評原是一路香火。故佛教盛而中國衰。文今天下從乎申子韓非之言者若而人。從乎孫武吳起之言者若而人。從乎蘇代陳軫張儀犀首之言者若而人。吾皆置不論。而申申于楊墨。何也。諸子之學主乎功名。從之者多傾危刻薄之人。能欺人主。不能欺天下。故言未出口而是非已明。楊墨之言託乎道德。從之者多倜儻好奇之士。欺人主不足。而欺天下有餘。故身雖厄窮。而徒黨愈盛。然則亂今日之天下者。不在他氏。而在楊墨明矣。

評此一段議論精確明快。不僅作制藝看。能欺人主。不能欺天下。商鞅王安石所以易敗。從之者多倜儻云云。只看白沙陽明位下。儘多奇才異質。可惜壞却許多人材。文助此攻彼。所攻者之名亦愈高。逃彼入此。所逃者之家終自若。就其更仆迭起反若陰相羽翼于天地之間。【評】如金谿姚江亦詆禪。却正是助禪。【文】吾推其弊。一則至于無君。一則至于無父。【評】當下便是。不待推。不論其至。【文】夫無君無父。豈楊墨之初指哉。【評】初指便無君父。但詞餙耳。楊氏爲我。其初指但知自利。卽是無君。墨氏兼愛。其初指二本。卽是無父。止謂他本原處無君無父耳。不是其道本善。而立說有病。流弊爲害也。且如佛教毁棄倫常。蕩滅禮法。眞無父無君之至。然其立說。何嘗不勸人爲善。勸人忠孝哉。以其勸人忠孝爲善之言。曰佛固未嘗不道。豈不爲其所欺。試思胥天下皈其教。豈復有君父哉。【文】昔者趙盾未嘗弒其君也。以不討賊之故。春秋斷而誅之曰趙盾弒其君。許世子未嘗弒其父也。以不嘗藥之故。春秋斷而誅之曰許世子弒其父。故夫楊墨雖無無君無父之心。而卒莫逃無君無父之罪。【評】引例不當。

趙盾許止迹當罪而情可原楊墨則說似善而心必誅正相反也趙許之罪正以人理責之豈可以例禽獸之說哉【文】嘗讀列子之書而得所謂楊朱者其言寔與老氏相根柢老氏盛行秦漢間雖君如文帝相如曹參而皆用其術則猶之乎從楊朱也孔墨並稱迄兩漢皆然韓愈力能排佛而猶曰孔墨相用不相用不足爲孔墨則猶之乎從墨翟也向微孟子辭而闢之幾何而不以二子爲大聖人哉【評】孟子闢後今尚惑亂不已近且頗攻及孟矣【文】至於楊墨既衰而道釋兩家又與儒者分三教矣或曰道近楊釋近墨然則楊墨至今存云【評】不惟存而已道近楊釋近墨猶是魏晉以前之釋道晉以後道亦降釋釋則兼楊墨至臨濟出幷兼後世之儒矣故其術益巧而難破白沙陽明天分儘高尚爲所欺何況後生起處一段理明文暢眞可不朽

但所云欺人主不足。亦是魏晉以前之釋道。此後人主。但有信釋道。無信儒者矣。

吾爲此懼節

陳際泰文聖人之道。惟其辨之而無窮。攻之而無間。辨之而有窮。攻之而有間。則是不足以爲道。**評**如此入手。是辨兩家道術勝負而設。不是吾爲此懼落脈。况聖道不是與異端論有窮無窮有間無間者。且如此說。亦不勞孟子閑得矣。看率獸食人。落吾爲此懼。何等亂害。却只如此寬閒爭較。**文**吾懼夫先聖之義。先聖之仁。浸毀於楊墨之說。而天下遂至於無君無父也。從而閑之。**評**吾爲此懼。指率獸食人人將相食。非爲聖人之道懼也。閑先聖之道。乃所以治此懼者。故兩句必須截講。混倂不得。吾爲此懼四字。是孟子不得已好辨根由。須承上文來重發。見天下大亂大治。關係重大。若止與楊墨爭攻守勝負。以見吾道之正。便不成說話矣。【文】以先聖之道示人。則其宏大精密者。雖中智未能相承。而專明楊墨之無父無君。則其禍深創巨者。卽庸衆皆知所避。【評】此先聖之道。卽指君臣父子之大道。明楊墨之無父無君。卽其宏大精密者。不得說做兩橛。看聖人有藏頭露尾之智術也。

自孔子以下。以布衣任治亂之統。與上王佐得位行事者不同。故有東遷之亂。則孔子懼而作春秋。有戰國之亂。則孟子懼而闢楊墨。皆所謂不得已。故懼。吾爲此懼四字。與孔子懼三字相應正見其心法之一。此句最重。

昔者禹抑洪水而天下平節

此節是總上起下過遞語。從新鋪衍張皇。便失語氣。

三聖人不得已之心之事。上文已一一詳列。此節再總敘一遍。正爲我亦欲正人心句作引子耳。

前面分列各節。此只總敘大意。以起我亦欲句。昔者二字。緊對我亦二字。不是憑空追敘也。

三聖事功已分列上文。自昔者禹抑洪水至周公所膺也。總敘作過文。專爲我亦欲節。

陳子龍文 亂賊之人。其心甚怯。衆人讐之。則加勇焉。一人斥之。則或懼焉。故讐亂賊者。言雖甚微。其罪可誅。斥亂賊者。事雖無益。其功可旌。文舉雖死。而操不身篡。子雲一頌。而莽益自信。彼文舉猶若是也。而況於孔子耶。**評** 千古至論。儒者布衣。而足以持三綱九法之大。賴有此義耳。春秋綱目。何益於當時。而萬世亂賊懼矣。

匹夫有何權。空言有何益。然畢竟亂賊礙他。此非匹夫空言之足懼。天地之大義存焉爾。春秋以後。亂賊之局變。則其義亦變。賴朱子起而辨之。而大義更明。然至今攻詆朱子創立邪說者不少。彼攻詆者。皆懼朱子者也。綱目以後。天下之局大變。而義不明者。又誰爲之閑距乎。

或云。自秦以後。篡弑少矣。以君尊臣卑故也。余謂此論大謬。春秋侯國多。故篡弑多。周天子未嘗遭變故也。

我亦欲正人心節

我亦欲三字。直貫下三句。正人心。三句中又特重。

亦字前有羣聖人在。亦欲二字極自任。極急切。俗腕用柔腔裊娜。故作謙虛。既失好辨指歸。亦非巖巖氣象。此最是今人心術間病。不可不講明也。

不好辨而辨爲不得已。不得已爲闢邪。闢邪爲我適當其時。我當其時爲三聖之統在是。步步趕到盡處只有我亦欲三字。是眞精神。不得已三字。原從好辨中逼拶出來。

陳子龍文 夫與人言者。就其說而窮之。不足以服人。**評** 孟子正人心亦只就楊墨之說窮之耳。**文** 惟破其所恃。而使之索然無以自立於天下。**評** 楊墨至今種類未嘗不立於天下。只是賴孟子一辨。人心畢竟正也。**文** 人心之邪也有漸。楊墨乘運而起。日消其善以入於不正之域。而人始爲其所用也。**評** 如新會姚江。亦運氣所關也。不是要用他。只是人心都禽獸耳。**文** 大道日非。化爲殘賊。驟以其說加人。不能奪其所好而從於我。明以其教相告。不能捐其所習而游於度云云。**評** 孟子正以說加人教相告。爲正人心法也。對針楊墨之充塞仁義根承閑先聖之道距楊墨方是正人心本義此都落寛泛去孟子之好辯卽所以正人心非謂先正人心而後可使從吾說也孟子何嘗別有正人心事功當時人心亦何嘗便正而人皆爲孟子用乎只是能言距楊墨便是正人心息邪說距詖行放淫辭以承三聖都在這裏直至吾輩今日猶得執以辨異端之非可知吾欲正人心非虛言也

不得已直從我字貫來

歸有光文 天之愛人也至矣云云 **評** 從天字看出不得已是聖賢命根

能言距楊墨者節

黃淳耀文 任天下之大事者不可以多人多人則謀不決羣天下之後學以與楊墨角勢必不勝 **評** 只是無此事耳果羣天下之

後學攻楊墨則已大治，豈特勝哉。此與軍國事權不同，多人愈好，只是不能得耳。總不是此一家說話，此是作用權術事矣。文不爲三聖人之徒也者，是即爲楊墨之徒也者；不距楊墨之徒也者，是即不爲三聖人之徒也者。評逼拶得盡，可知此間無參和中立處。凡爲參和中立，即邪說之尤巧者。文雖家蔑典法，人扇澆訛，而有一二人者言之於前，又有一二人者言之於後，天命豈遂殆哉，吾道豈遂困哉。評吾輩於此緊著力，正好獨立而不懼。

人心之必須正，楊墨之必當距，此是生民天理上事，非儒者自爲其教興廢，自欲成就事功也。故纔著些作用權術與矜張意氣，便不是聖賢意旨，學者須細辨此義。

韓菼文亂之之端，至橫議而極，蓋其人始亦若有意乎天下之人

心而爲之說而其禍遂中於天下之人心而不可知。【評】象山新建之學淪入人骨髓遂令今日講學人皆其蝗螭也可歎可歎

【文】唐虞以前世尚無文章之患乃禹功既遠而邪說一作周道既湮而邪說又一作久矣夫邪說之爲禍漸也【評】須知後之一作其說更精於前之一作今日又可覩矣【文】商周之際世已多著述之才然猶不名一家而楊墨乃顯出其書不爭角立而楊墨乃各持其勝甚矣夫邪說之爲禍熾也【評】異端之說古粗而今精其爲吾道之害古遠而今近周衰邪說必是最粗至楊墨則已精至老莊則又精然其言尚有崖略至釋氏直指人心則彌近理而不可捉摸其說尤精矣然楊墨老釋猶各成一家至陸象山則陽儒陰釋更難識破然索性決裂到底至陽明出則變幻權譎晚年定論又包羅活蛻於朱陸之間矣譬之劫賊始

猶持挺而來。容易辨識。今則巾襴矣。始猶自門外入。尚可防禦。今更屋裏人矣。近來多講朱子之學。於立身行已。未必得朱子之眞。其憂有甚焉者。開堂說法。未開口時。先已不是。又何論其講義語錄哉。故今日學人。當於立身行已上定箇根脚。與師友寔下爲已工夫。窮村之士。便不可講。有用世之志者。便不必講。不開講。還全得箇我字。一講。則我便是邪說。我便是詖行。我便是淫辭。更誰息誰距誰放耶。此理亦易明。不然。妄倡妄和。毫無當於朱子之學。而他日爲朱子之學者。未必不反爲所累。同志者試審思吾言而共誌之。

臣章曰陳仲子豈不成廉士哉章

曰仲子齊之世家也節

他日歸。要看得極平常。不要看得太深刻。蓋歸固仲子之至情。特以仲子之操充之。當不如是耳。

與之是母。食之是仲。

是鶂鶂句之根。在頻顣句。惡用鶂鶂。是窮酸傲氣語。説時。仲子睥睨。其兄慙恨。是鶂鶂之肉。是富貴報復語。説時。其兄嬉笑。仲子憤激。

以母則不食節

充不去。正在則食則居耳。使仲子反而求之。亦應不得吾心。仲子非不欲充其類也。不能耳。若充之。必將不食不居。故曰蚓而後可。

是不能充。非不充。

就不能充類之中。便有多少悖行逆德出來。非刻論也。

呂子評語正編卷二十九終

呂子評語正編卷三十

孟子離婁上

孟子曰離婁之明章

黄淳耀文時至戰國先王之遺風餘烈掃地盡矣其上有剛毅戾深之君其下有阿諛順指之臣相與盡滅古法而放意於兵爭之間孟子逆知其後之無所底也上述唐虞下推三代以待君臣相得之朝講求其法而措之天下**評**惜乎潛溪諸公徒爲朱子後人而不能有所建樹也

首節

人謂任心者逸講求法度者勞不知其説正與聖賢之説相反人心雖至明亦止一人之明若法度則自從前許多聖人積纍下來以一人而較多人之智以未經歷人而較已過來人之智其

勞逸可不辨而明也。良知家欲奮其私智。而廢從古聖人之道。謂周公制作。堯舜何不先盡爲而待周公。必遇其時。方有其事。故但須心明。不須講求。不知周公若不曾講求堯舜之道。雖遇其時。心仍不明。如何制作。故夫子曰周監於二代郁郁乎文哉。周公之逸於制作者。正以其能監前古也。黃老清淨。與良知家惡講求。俱是棄逸而取勞。其所爲皆苟簡滅裂。而釀亂無窮。安能治天下哉。

故曰徒善不足以爲政節

陳際泰文云云。**評**法字卽指仁政。此竟作刑法之法。謬甚矣。且此節承上文起下兩節意。重在仁政一邊。故下句與上句有賓主欹側之勢。呆講亦失語意。

詩云不愆不忘節

此節只是愆忘行先王之政。重在過字。法之當遵。上下文說盡。此節專重過字。引詩正取不愆忘以決遵之必無過耳。

下節方說先王之法之善。此只決遵法之必無過耳。當時說士力破王政。以爲必不可行。如今人謂封建井田必不可復。猶是戰國學術。故孟子先破此說。通節重過字。過字從彼意中看出。須在遵後言。不是遵字前議論也。

過字帖愆忘說。

聖人既竭目力焉節

評家謂三段實有賓主。吾則以爲不然。三者有大小。非賓主也。看註中耳目心思未嘗分別。故慶源謂皆聖人所作。故作一統說也。仁覆天下亦包聯其用不窮。總是此節只重制爲法度耳。

政便是聖人心思。以有不忍人三字在也。聖人心思之旣竭。亦何從見之。只就政之委曲詳盡處。可以使千萬世見其心思。此正是繼字之妙。不是竭了後纔去繼。繼政外別有箇聖人心思也。仁覆天下。註補及後世三字。其義乃圓。而於上下文尤緊。

人謂語意重當法聖人。然上節已過。下節尚虛。若復上。即侵下也。只說聖人立法之善。而後人當法已在言下。

詩云天之方蹶二節

此二節。總是泄泄之臣。無往而可。無時而可。無人而可。上截是士大夫之箴規。其詞不堪之甚。下截是里閈之笑罵。其詞更不堪之甚。

故曰責難於君謂之恭節

古人所抱之道大。故視天下無不可爲之世。無不可爲之君。孔孟棲棲皇皇似與後世衒鬻者同然其道斷不可貶故所如不合。若可貶即非道也。後世人臣本自無道但從利祿起見安得不爲諂媚之言。諂媚似乎極恭不知其下者欺罔行私其上者以智術相籠絡。正不恭之甚者也後人妄論伊川之折柳問疾考亭之誠意正心爲迂濶不善進說止是諂媚不恭議論耳。

朱子謂陳善閉邪即是做那責難底工夫故就上句中緊一步說是正解。

此句所重在閉邪。然不知閉之之道則矯拂而不入故必開陳善道以曉之。則邪不難閉矣。

此兩句只是恭敬兩字落得好。若只云謂之忠。則便不見斯義也。

孟子曰齊人無以仁義與王言者豈以仁義爲不美也其心曰是何足與言仁義也云爾哲宗戲折柳枝伊川謂方春發生不

可無故摧折正合孟子之意温公聞之不悅豈可便謂之不忠若於恭敬兩字分量則煞有未盡在劉安世之徒老大以爲不然至蘇氏則竟成嘲謔矣古義不明可勝三歎然今日朋友間也只講得容悅一法所云責難陳善閉邪者或未之見萬一有之大爲迂怪而又何君臣之云乎

呂章成文尊主卑臣之說亦後世以勢位言之而非其誼也**評**自秦以後君臣一倫未嘗正故其治亦卑

孟子曰規矩方員之至也章

首節

歸有光文性學不明於天下天下之望聖人也過高而其自待也過卑而不知其道之所至不可易也**評**古今病根坐此

至字作極字解不作到字解惟規矩爲方員之極故天下方員稍

有未盡，將規矩一照，便見規矩立於此，天下許多方員必須從此做出。若云已至未至能至可至，則是規矩下別有許多方員式樣矣。

至字訓極字，不可作到字解。若云凡人不至而聖人獨至，聖人既至，則凡人可至，皆隔韡爬搔也。

至字該法字，其中變化無窮。

聖人原不爲人法，而然而人之法已盡。

後世人倫，都傍聖人至處辨别出來。

知有至，然後能法，不知至，便下達無底。

至之道日在目前，人自不出也。

人之不求人理，大都云聖人不可學而至，及其論爲人也，則又未立而講權，未正直而講圓通變化，又似滿街都是聖人，則是任其意爲方圓。無非規矩也。可乎。故天下不方圓之物。定畏規矩。戮人倫之人。定畏聖人。從畏生遁。從遁生侮。總不出孟子自暴自棄兩病。然兩病又只一病。惟其自棄耳。如程子張子從小便道聖人可學。是甚志識。

楊以任文云云。**評**陳選譏其通篇立論。俱從家庭說起。與下文君臣有礙。不知人倫二字原是通說。說人倫必從家庭起。亦聖賢不易之理。到下文只就人倫中提出君臣說。亦初無妨礙。豈必因下說君臣。而此句中亦删却四倫耶。最是不通之論。

欲爲君盡君道節

有堯舜而道之至乃見。堯舜者。至道之體質也。

二者皆法堯舜而已矣。而已矣者。再無別樣也。亦無所不盡也。只這些子也。毫釐千里也。

非舜事堯之道，分毫不可假借貶損，是舜事堯之道。其間正多變動神明，兩邊夾來，法字之理乃盡。

不敬二字，自庸臣至奸佞，到此二字都無辨處。

陳子龍文 士生後世而懷事君之心，則凡古之名臣賢佐，其可法者亦多矣。然苟不求乎至，而得其一偏，皆所挾之謬也。評 如是講，方與上至字相照。今日人品卑下，大都謂古人可法者多，何必出於聖賢一路，只此說一誤，墮落無底之淵耳。文 人臣之事君也，莫患於有差等之心，於君而易其當然之所由。評 此義極是。孟子非仁義不陳，齊人所以莫如其敬王也。文 相其君而代其位，舜之事堯，烏可法也。評 何必說到此，果然是舜之所以事君，而堯禪之，又何不可法，但曹丕等非其人耳。文 必堯而後事，則桀紂無臣；必舜而後可，則伊周無君。故夫法古人者，得其心

呂子評語卷三十　孟子　五

之所在而已【評】未說定法，先講活法。然則堯舜不但不足法，直爲害於天下後世矣。欲爲臣盡臣道，舜之所以事君，方爲臣道之至。孟子曰：我非堯舜之道，不敢以陳於王前。此所謂以舜之所以事堯事君也。說箇道字，便有多少義理事件。試看舜徵庸時，五典克從，百揆時敘，四門穆穆，烈風雷雨勿迷，主祭而百神享，主事而事治，百姓安，察齊曆象，時巡羣后，任用禹稷諸臣，多少平成事理，皆所謂盡臣道也，乃所謂當法者也。若謂不必論其事而即論其心，則何必以舜爲至而法之哉？或曰：照下文仁與不仁，似論心亦是。曰：注云法堯舜則盡君臣之道而仁矣，不法堯舜則慢君賊民而不仁矣。蓋以盡道不盡道分仁不仁，不以仁不仁分法堯舜不法堯舜也。故重言心而輕視道，便成顛倒謬誤，便失孟子本旨。人倫日用，必皆求止至善，孟子所以道性善而稱人皆可爲堯舜，未嘗放鬆一活路，令人可以假借胡行亂走也。只是後人自畫定，不能居仁由義，妄謂堯舜不可再。只要得其心，心是無形無據底，如何去法，徒借此說以自便其私，總由一點自棄之心，以逞自暴之論，學者所當深戒也。

孔子曰道二節

陳際泰文 爲君者必如堯而後可，稍不如堯，而將降爲暴君。爲臣者必如舜而後可，稍不如舜，而將降爲賊臣，則無以處乎湯武而又有以開乎不肖，是固便於天下之爲私者也。評 必求如堯舜，乃能爲湯武，如公言，乃便於天下之爲私者耳。孟子言必稱堯舜，謂人皆可爲，逼授到至處，不肎開方便法門，故引孔子道二之言。正言不爲堯舜，即爲幽厲，中間更無別路，如大士言，則道三矣。總爲後世庸劣者尋出路，將不甚而身危國削者，賢於

暴之甚者耶凡此等見識即是孔孟門下罪人學者不可不辨

孟子曰愛人不親反其仁章

行有不得者節

艾千子謂其身正進一步講方得註中自治益詳意不知自治益詳乃指皆反求諸己句非另有正身之功即所謂皆反求諸己亦即在前節說到盡處耳非謂仁知禮之反猶區區而此更進一步也

人見天下歸與配命多福數字局面唐皇便欲鋪揚盛大以爲冠冕此乞兒望門喝采不知門裏人事者也其身正即在反求內天下歸即在身正內節節要倒縮上去方得立言之意其身正三字當重讀是重難語下半句當急讀是找足語此而字轉與他處不同是歸併上半語

天下歸三字。雖受張皇。然非題意所重也。只在反求中深勘一步取正字。則天下歸。亦只於人親人治人答中考實一層耳。引詩不重福命。亦只取自求二字。而帶証天下歸原繳親治答三字也。

詩云永言配命節

引詩重自求。不重永言。

命福即在反求處。

須見福命之原。反求自得。不是歆動語。

孟子曰人有恒言章

此是孟子得曾子大學眞傳。借恒言發明。其本領極大。其用意深切著明。

恒言本無此義。孟子借作箇題目耳。

三句魚貫而下。身字本粘定家說。但一氣讀看。則壹是皆以身爲本意隱然言下。

孟子曰爲政不難章

陳際泰文內行淳備。有以陰開其天而塞其口。舉措得宜。有以深折其氣而服其心。而後一國與天下。從風而靡。而後人主之德教順流而下。評孟子但言爲政機勢所及如此。原重在巨室。不得罪三字中。固有本領。意却在言外。文能補出本領。固善。今欲申己意。反將孟子主意抹摋。以巨室一國天下一例瞥置。却不可也。

自巨室之國。一國之天下。其中次第各有實際。方到得溢乎四海。

孟子曰天下有道小德役大德章

首節

孟子德力皆天之説極精天有理有氣有道之相役天之常理也無道而順强大天之氣運也天心固以理爲主然有道無道是在人爲人失其職天亦無如之何但存氣運之治亂而已看三代以後天下之存亡皆以强弱大小爲斷可見孟子之説精不然則三代以下無天矣若謂强大相役便是天理此却不然朱子所以辨同甫漢唐之論也

章世純文 天之道主於扶德而已隨其世之有道無道展轉屬之未有易也已是故有時而行正道有時而行權道行正道則專屬於賢德行權道則若附於强大夫天豈亦畏强大者哉其能爲强大者必其小能自立者也不然亦其先世少有功德者也世無大德大賢則小德小賢亦能成其强大天意亦徘徊附之而其人亦遂能制小弱存亡之命**評**至理方見二者皆天之義

從後世功利眼中看來只有小役大弱役强信有道之天不過
從腐儒眼中看來只有小德小賢役大德大賢又信無道時亦
天也之說不過讀此文一過使兩家胸膽眼孔皆爲之一開
天下有道兩役字與下役字不同

今也小國師大國節

是猶弟子而耻受命於先師也不是訶其不受命正訶其爲弟子
不是怪他耻正是怪他師正是怪他失所耻正是要他知所耻

如耻之莫若師文王節

羅萬藻文云云**評**大意歸重德賢是矣然所以重德賢者以其仁
也師文王者行仁政也若陰謀柔節以圖大仍是師大國仍是
無道天下之講究正與下文兩節意反矣當時文人胸中只有
一副功利作用見識於仁字毫無把柄故其病每爾耳然其誤

總從史家陰行善錯解來。

詩云商之孫子節

陳際泰文善取天下者有所以屈人而非力也善失天下者有所以予人而非弱也仁不可爲衆孔子蓋爲周尊而又爲商解也

評三代前總未嘗有謀取天下之事歸仁去不仁自是定理聖賢去就予奪皆以仁爲斷非謂勢不得已而從之也如斯文將曹瞞當文王馮道當微箕乎臥子稱其胸有全史每能以古証今不知其熟於後世之史而闇於聖人之經反以今誣古此凡爲史學之大患也

此章原爲當時諸侯恥見役而不能自爲强弱言故無敵二字須指侯國講不指民下歸往也國君天下之辨正爲此耳

孟子曰桀紂之失天下也章

首節

聚欲勿施惡即仁也須說得醇細不可入驩虞作用

玩爾也二字有惟其如此但要如此必須如此之意

民之歸仁也節

首節是上感下此是下應上說應正所以滿足感下之理

孟子曰自暴者不可與有言也章

仁人之安宅也節

【楊以任文】仁有時窮君子之心有義扶之而起【評】將義合仁字是作者發明非題之本義且仁與義同生並有非仁窮而義出亦非用義以制仁也故要合仁字發明須見得理一分殊之旨【文】義之於君臣也云云【評】五倫中固分仁義然此義字却指心性日用之全理所以流行於人物間者

孟子曰道在爾而求諸遠章

此章有主天下人說者，有主爲天下人說者，當如何？曰：讀白文自見。曰求遠求難，明對當時邪說功利諸家舍却根本言道言事，故特地指醒箇目前現成道理與他看耳。全旨自當主立教擇術者言，不是家喻戶曉也。但末句却就天下人身上看，正見道理只得如此，故立教擇術，更無事外求耳。若末句責重爲天下人身上要到得人人親親長長，又多轉折，反失却指點邇易語氣矣。

上二句是喚醒他岐塗，末句是指示他寔地，指示正所以喚醒也。

求遠求難，孟子明有所指，非文法泛言也。

親親長長而天下平，是就現成本然之理示人擇術，不事他求耳。若要到人人親親長長，又須有使之道理在，但此章只重指點知所求處。故不重此義。然大旨責在主教倡治之人。則補此義更爲圓滿。

此只在道理上說。不在功效上說。若說功效。則到人人親親長長。豈是容易。有一人不親親長長。不可爲平。堯舜猶病。是反成遠難矣。蓋邇易二字。專就求遠求難者言。堯舜之道人皆可爲。不可求差了。自走遠難耳。不是說親親長長毫不費工夫也。

帝王制度文爲。都只是親親長長中條目耳。

人人便是天下。親其親長其長便是平。只就上面分出箇景象名目來。絕非兩層。方見得最邇最易。而字是直指語。非轉關語。亦非推一步語也。

末句只就上文點逗兩在字。以示人知所求。正要說得極邇極易。一侈張天下平。便覷面千里。

天下平。只在擇術正立說。

天下平。正見尊王斥伯。復三代仁天下本旨。

親親長長天下平。此理直至今日不易也。直至今日無人信及。

玩全節語氣。於此句下應有然則何不求邇易而求諸遠難哉之意。然白文却只此縮住。令人自悟。千載下猶若見其當前指點是孟子文章之妙。

陳際泰文 玄寂之學。其道使人離而親戚去。而君臣不復知有人倫之樂。此爲平天下者之害一。**評** 明切足破老莊之害。**文** 刑名之學。其法使人生之隘陿。用之酷烈。將盡喪其樂生之心。此其爲平天下之害二。**評** 漢唐以後經濟只在這條內修改妝扮耳。然要知此一害。原從前一害生來。**文** 黜異端之學。以其道不可以平天下也。**陳臥子** 儒者之攻異端。愼莫以其精者與之爭勝而已。蓋其精者或有非吾儒之所及。而其粗者亦卒無以易吾儒也。佛老之興。皆始於士大夫好言性命之學耳。此即孟氏近邇之說乎。昌黎原道諸篇。子瞻指爲慕其說而不知其味。此確論也。然聖賢之道。使人人能慕其說而爲其行足矣。又何用知其味乎。【評】讀大士文及臥子評語。可知一時士大夫其惑溺於佛老者甚深錮。而聖人之道不明久矣。方以精者遜佛老。而自處於粗。謂彼之精非吾儒所及。但不可以平天下。吾之粗僅可以處家國天下。而不足與爭性命之學。其迷謬如此。則固已屈膝乞命於其庭矣。而又曰吾儒也。例當與之強辨。則辨其不可以平天下而已。上自天子。下至公卿士庶。無不以人道爲不得已之俗緣。而別有一明心性離生死轉禍福之妙道。覩爲極至。惜爲俗緣所累。不得而究也。嗚呼。其亦勿思甚矣。聖人之道。其所以能平天下者。惟其窮理盡性至命之至精也。異端之所以不可以平天下者。正其不精於性命之學也。秀才未嘗明聖人之道。其胸中所見。更出異端之下。而又冐儒以闢釋。則其為闢也。適助之熖而已。如大士臥子者。謂之秀才則可。謂之儒固未可也。秀才者。異端之下駟也。

孟子曰居下位而不獲於上章

徐闇公前敘後斷。此定體也。評原不是前敘後斷體。孟子述為己論。未嘗稱引孔子而後斷之也。誠之改為思誠。固非異義。亦非敘非斷。此與曾子曰君子思不出其位相似。不是稱說卦象也

首節

此節從事勢挨推。有此節次。到誠身。則順親信友獲上並無節次要之誠身原不為順信獲而後誠之也。聖賢從人情物理指點

出歸根用力處。須如此分明耳。

　是故誠者天之道也節

只是一箇道理。離人身看。著人身看。有此各樣耳。因人人不能完得此理。在人身上難見。故另提出說。及至人完得此理時。原不曾另有一件。雖聖人亦未嘗有毫末之加也。離人身看只有理。著人身看只有心。然心不即是理。故必能思而後理得。思是人誠。仍是天。原無二道也。從思誠至至誠。是以人合天工夫。從至誠觀感動。是以人合天功用。惟同此天。故思誠者無不至。惟同此天。故至誠便能動。

孟子只換得一思字。將中庸博學之節。已櫽括在內。蓋明善乃思誠之本也。於思字中補出明善工夫。方得微義。

人但知思誠即天道之誠。謂上句合此句。不知得天道者亦必思誠。却是此句合上句。須見兩句分不得處。

至誠而不動者節

中庸天人。後面分說開去。其合處互見。故中庸至誠專就天道邊說多。此處不分天人。卽接至誠二字。是卽思誠以極其誠。由人以合天。如中庸致曲節之至誠也。中庸至字不說功夫。此至字兼功夫說。

陳子龍文 誠之用大矣。**評** 道著用便不是。**文** 能以誠動物。則天下之人皆可爲我用。**評** 爲甚要天下人爲我用。至誠自然動物。非欲動物而思誠也。說到要人爲我用。更不是。**文** 萬物莫不以情相感。而世之處乎時者。以爲儀文禮節之間至矣。此甚非也。**評** 儀文禮節。亦誠之道也。公自看壞一邊耳。**文** 世有屈平之流。蘇公伯奇之輩。所仰天而疾首者。而聖賢未以誠許之。則君子之所自勉者槩可知已【評】可知誠字不是粗淺語至誠根明善誠身來有多少工夫火候全體大用學問不是一眞心便了也此但作眞心兩字看故議論見解皆極粗眞心感人雖尋常忠厚人亦有之非至誠之動也

孟子曰伯夷避紂章

二老者節

有仁天下之心有治天下之學有超越天下之才識有歷練天下之精神方承當得天下之大老五字

英才與老成皆不能及此之謂大老

天下之父從天下之大老來大老名德之盛民望所歸故如父之統子而大老之歸又從文德之至皆天理無私自然感化上事非後世養賢圖大杖策從王之比

孟子曰求也爲季氏宰章

故善戰者服上刑節

天將開治必以殺戮靖亂殺戮必假手於殘暴之人凡猛將謀士皆天所用亦皆天所必誅故往往開國功臣不能善終者人多歸過人主猜忌不能保全實則其道有足自取者亦天理之所必然也惜此輩不知書耳若諸葛武侯郭汾陽曹武惠雖善戰其知免矣爲將者何可不讀書

孟子曰恭者不侮人章

陳子龍文 淵略之主不尚恭謹廣大之君不急纖朴必不得已而出於恭儉而猶餙詐以欺世云云評此論悖矣孟子要眞恭儉豈抹撥恭儉哉看對滕文言爲國首及賢君必恭儉後列仁政恭儉爲仁政之本豈小德哉恭儉二字看得輕小即與孟子所

見成觝忤。

淳于髡曰男女授受不親章

首節

雖授受而不親。不是不授受。

曰天下溺節

不援處。正是以道。發明不援。正發明以道。以道二字方見的切。所以不援。卽是以道。惟其以道。故人見謂不援耳。以道不援作兩層說便隔。

孟子曰事孰爲大章

首節

不失能事。不是兩件。

孰不爲事節

評家謂此節只申明上文大字意似矣。而未盡其解。大字只講包括本字纔推究其實。正是所以大處若仍在事親守身上鋪張。既複衍無味。亦失其義矣。全在事親守身推究到凡爲事凡爲守者。無不貫無不盡中間次第精密周通。方得本字之義。本對末而言。由本至末。中間正有條理。

曾子養曾晳節

若不見得狂士之志。則曾子之必曰有。亦止在口體上事。惟寫得曾晳志出。而後曾子之所養乃見。而曾子此一答之志亦見。

黄淳耀文有酒肉之時則誠有。無酒肉之時則誠無。是曾元而已矣。評若然則將以復進句爲剩語矣。養志養口體下面批斷甚明。養口體亦庸俗之孝。事原不曾說壞曾元。今欲於上面周旋曾元一番。幷謂曰無有亦是誠信。此却太過。

事親若曾子者可也節

可者僅可之詞。孝到十分。只盡已分內事。纔少一分。便是不盡分耳。細心體貼程子之意。方知可也兩字。極下得穩。

異端毀性滅親。而曰超度爲孝。俗宦絕養奪情。而曰顯揚爲孝。人類幾何而不滅也。

今人輒以貧無以養爲辭。反責望於遺貲。是父母當自養。并當養子孫也。異哉。

孟子曰人不足與適也章

君心之非。所以爲適間者也。格君心之非。所以治人政者也。

格君心之非。有正己本領在。

格字。有本領。有風裁。有作用。

格字有本有用。德盛而自化。本也。知微而潛移。用也。人多說得一邉耳。

孟子曰有不虞之譽章

非孟子達於事情。不能爲是言。

說到此等處。於人情物理之變。無微不矚。可知聖賢煞曾體究來。只是照管自己。機至自化。不若庸人以機生機耳。若謂聖賢不知世間有機事。是以愚視聖賢也。

註中脩已觀人。補出言外大意。見孟子此章用處。非僅作一番不平慨歎也。二義中又脩已爲重。

一凡人譽之。則自以爲有餘。一凡人毀之。則自以爲不足。近日奔競之徒不足言。即自號名宿。闇然有聲於時者。大槩不出此語。豈特凡人。直顛倒於下流之毀譽耳。

孟子曰人之患在好爲人師章

陳子龍文既曰師矣，則必羞言學。評凡爲學究先生及諸藝術之師，皆犯此病，故其道不高。浪得浮譽爲名士者亦然。文好爲人師者，果操何術哉？始於立異以示奇，而終於作僞以欺世云云。評語倒。始於作僞，故立異示奇耳。文今曰人師，必有一定之軌矣。行止必相隨，步趨必相傚，非惟人厭之，其徒亦必厭之，而無如有師之號也。即稍有自見，必無大功。評古聖人教人，亦必有一定之軌。此惑於良知家言，譏侮儒先，即前所云立異倡教玄虛誕妄者，大樽亦不自知耳。文終日危坐而不言，終身整容而不笑，非惟人苦之，在己亦必自苦之，而無奈好師之名也。即行已無玷，亦非俊士。評終日危坐整容，如此師世亦少有，但見一輩顛狂耳。此東坡侮程子，而朱子亦謂必被他無禮者。行已無玷，尚非俊士，將以無賴不檢者當之乎？文羣相倡和，以惑當時反以天下通明俊偉之流爲未聞道而輕之評都是艮知家罵程朱之說文高自位置以疑學者反以古人風雅史傳之作爲不務本而黜之評此東坡水心等誚程朱之說袁黄李贄之所宗也文原其始不過借以爲名高而人主者多厭而遠之惟其遠之而無聊也故益自迂僻立徒黨以自慰評將以孔文仲韓侂胄爲正論耶此章孟子欲學者不自足而求進然後可以爲聖賢盡人道若好爲人師則志氣浮躁而滿假淺隘不復可以成人故曰人之患爲人之自爲計非指數人師之弊也或借題抒寫師弊自作一則快談亦文人出奇處亦當依傍正學未嘗不可成名論不當佐邪說而訶詆儒先也即言人師之患亦虛玄畸異之患深而學究訓詁之患淺人師講學亦以陽儒陰釋非毀禮法而猖狂無忌之患大而拘牽末節修飭儀容而

中無實得之患小先王設教必以禮儀規範謂禮儀規範必本忠信實德則可不可謂去禮儀規範而專求忠信實德也況其所求並非忠信實德乎試看程朱之後雖數傳失其指然其淵源授受直至宋景濂方希直雖不能大有所爲而卓然尚有可觀靖難殺戮後此學方絶耳若陸子靜一傳而門人罵坐打人傅子淵以失心死矣王伯安一再傳而門人狂悖無行顏鈞以詐財笞獄梁汝元以不軌捕斃李贄以左道伏法矣此其爲天下後世之大患不昭然可鑒耶而臥子猶祖述其旨公然見之制義亦可怪也

樂正子從於子敖之齊章

樂正子見孟子節

從子敖後去見孟子必有多少不妥處正要從見時體勘出來方

覺孟子一喝，令人自發猛省。

須見責之正是厚處。

子亦來見我乎，突如一語，摸頭不著。先生何爲出此言也，是摸頭不著語，是自信不差語。

一樣昔者兩字，樂正子數來極近，孟子數來極久。

孟子謂樂正子章

人謂徒餔啜也四字難當，吾謂只子之從於子敖來一句已難當矣。

錢禧文　正子不必有餔啜之意，則徒餔啜而已矣。評　徒字妙義，要之徒便不可，況今之求薦引説事過錢爲子弟營進，不止于徒者耶。文　學古之道而以餔啜，是以古之道餔啜也，遠之則爲先聖淵源之玷，而近之則爲師門禮義之羞。評　諂事侯門，講學之徒。其間頗有未嘗傳習於先輩君子。而假借名號。且以媚大官者。對此能無愧耶。文然則士大夫學古之志。可不堅乎。評也須學得正。徒古不濟事。

孟子曰仁之實章

朱子謂此實字是華實之實。蓋五者之用最廣。惟此爲之實。先立乎此。而後其光華枝葉有以發見。極其盛。即有子本立道生之意也。以名字翻實字者誤。

實字是根本義。不是該盡義。

實字只作本字解。非與仁義作對待說。若以名字文字等翻剔。便似仁義假而事親從兄眞。其害道不淺。

五件道理極廣濶。然其實在此。

天下道理。無不根原于孝弟。此五段所同也。然其實只有上二段。

下三段又因上二段生出故曰知斯二者云云下三段正所以完全上二段者也粗心人泛看只是仁義智禮樂盡于事親從兄眞大顢頇矣

仁義智禮樂五者不是平列也不是隨意舉似粗心者看做一樣若云天下道理其實只一孝弟大段亦未爲不是然失其旨矣仁義兩件並立亦一亦二知禮樂又從上兩件見三者又不是平排亂拈由知而禮而樂道理相生與工夫節候皆有次第說到樂之實處道理似輕而工夫節候極深微神妙知此乃見朱子總註之精喫緊爲人處

首節

仁與事親義與從兄兩邊看得精粗大小遠近判然膠粘不上皆因中間不見關扭處故註中補出愛敬二字蓋仁義是性事親

從兄是事。若不明愛敬實地關扭。費盡分疏。終成兩件。

從事親從兄看到盡頭。從仁義看轉源頭。其中許多層次。

知之實節

講知之實二段。人但謂知二者是也。禮二者是也而已。不知知勿去與節文。乃是智禮。而知斯二者與節文二者。乃智禮之實也。若人言。則天下無所謂仁義智禮樂。只有事親從兄而已。仁義智禮樂皆揑造虛名。爲害道之具矣。奚可哉。

陳際泰文 人亦有言。天高地下。萬物散殊。而禮制行。此氣勢之說不足以明禮之本。而服行禮者之心。**評** 自不解經義。乃敢妄言樂記之言。正明本也。不知者不服耳。**文** 家庭有父子。非有人教其爲尊卑而自然有此尊卑也。**評** 此便是天高地下而禮制行。**文** 家庭有兄弟。非有人教其爲先後而自然有此先後也。**評** 此便是萬物散殊而禮制行〔文〕溯禮制之所從生而破從前天地高下萬物散殊之說之所由失曰禮之實豈若是其煩縟禮之實之說豈若是其迂濶乎哉而後孝弟之權重〔評〕禮何嫌煩縟迂濶但須明其實耳且孝弟豈爭權者人議其未解節文字大士曰說書上甚明可從鄉學究借觀之吾謂鄉學究與大士總一類鄉學究說書與大士此文總一類其不解節文字一也豈得以大士欺壓鄉學究哉

禮自禮二者自二者節文斯二者乃禮之實非謂三千三百非禮而孝弟爲禮也若謂禮盡於孝弟即不懂孟子之言矣

功夫到樂處乃盡故曰成於樂又曰不如樂之者

手舞足蹈不徒作形容語老萊子衣斑斕跳躍作嬉兒狀莫認作有心做作也曾子母嚙指而心痛何手足之不關父母兄弟耶

呂子評語正編卷三十終

吕子評語正編卷三十一

孟子離婁下

孟子曰舜生於諸馮章

地之相去也節

若合符節。只在得志大行上說。

合符節者。心之理也。

先聖後聖節

末節已推開說。是揆之盡。

揆一固是道一。然與道字不同。一即道也。揆之無不同。正于事理上見。孟子立說皆從實證。如三子不同道而趨一。先列其平生及所謂一。則仁也。趨非仁也。此章之所謂一者道也。揆非道也。言以事理度之而無不同。正指得志行乎中國句。人直作其道一也。則疎矣。

度之而無不同。故人皆可爲舜文。

子產聽鄭國之政章

黃淳耀文 乘輿濟人。在子產當自有説。而或倣此以從政。則末矣。

評 不以此一事槩子產則是。若謂此事又有别義則非。**文** 古制宜復。而憚違流俗之言。其弊也井田裂。封建廢。而民生不聊。今法宜變。而惡咈世主之意。其敝也淫樂作。慝禮興。而風俗大敗。此所謂日不暇給者也。**評** 漢唐以後儒臣名相。不能反於三代。病根只坐此耳。此非時文之士所能言也。世亂澤竭。民不聊生。爲連帥方伯者。能搏擊貪暴。興舉廢墮。則民生實被其仁。若煦煦子孑。以壺餐爲德。平反爲能。而縱舍大奸慝。食人而不聞。此失大臣之職。雖清謹自守。戶惠流傳。其實與浚民病國者同罪也。先生器識，眞得古大臣本領。至後幅所云，直中漢唐以來諸名臣隱微深痼之疾。又無論庸臣情事矣。伊川先生稱范醇夫唐鑒云：三代以後無此議論。若先生此文，豈與時文論傳不傳哉。

孟子告齊宣王曰君之視臣如手足章

曰諫行言聽節

後世人臣，只多與十萬緡，塞破屋子，便稱身荷國恩矣。諫行言聽，膏澤下民，與彼却無干涉。能言得行其志，不負所學，受恩正自不同。

唐順之文　人臣義有不合，而不容不去者，所以明進退之節，而不敢苟也。人君聽其去，而不必其留者，所以成人臣之志，而不敢强也。則臣之去也，固非悻悻然以薄其君，而君于其臣之去也亦豈能恝然自處其薄乎。**評**如此說去字。纔見君臣之義合當如此。不是曲護君子也。君臣以義合。合則爲君臣。不合則可去。與朋友之倫同道。非父子兄弟比也。不合亦不必到嫌隙疾惡。但志不同。道不行。便可去。去卽是君臣之禮。非君臣之變也。只爲後世封建廢爲郡縣。天下統于一君。遂但有進退而無去就。嬴秦無道。創爲尊君卑臣之禮。上下相隔懸絕。并進退亦制於君而無所逃。而千古君臣之義爲之一變。但以權法相制。而君子行義之道幾亡矣。其有言及去字者。諂臣媚子輒以二心大逆律之。不知古君臣相接之禮當然也。文正得此義。若但以斡旋君子立說。猶後世諂媚眼孔中見識耳。

三有禮是舊君自盡之道。其情文篤至如此。所以起爲之服義。若說做規例故事。卽成虛套。若說惟恐天下人議其薄。卽成矯飾。

若説所以勸誘招致即成權術如何能感人爲服哉禮字須看得好時文家纔説著禮便多擺設在外面自晉人以後讀書人眼孔只得如此

舊君是章義若泛作明臣拜颺賡語固是不切近則滿紙新朝故主如長樂老飲酒開卷讀所自述吏事各朝官階勳爵以爲榮思之無乃赧顏乎以此爲顧章旨所謂自取敗闕也

孟子曰非禮之禮章

唐順之文 經權一道也 評 此句得 文 禮本於會通之觀雖有定體而未始有定用也義本於物宜之象雖有定理而未始有定形也 評 道箇禮便具變化之理道箇義便具神明之用大人察理之精又與大賢以下不同所謂可與權者也 文 以禮從事而不強事以從禮以義徇時而不違時以徇義 評 語有病禮便是事

之理義便是時之宜禮義之原雖在吾心然無其事非其時禮義亦無從見一有事一當時便有箇禮義在分拆不得若說以禮從事以義徇時却早是兩件也有是迹即有是心所謂非禮之禮非義之義在其人之爲之者亦自其心認以爲禮義而誤故曰察理不精非拘迹者乃爲非禮非義而會之心者方爲眞禮義也艮知家看得天下一切有爲之迹皆是外假惟吾心之知覺爲艮知爲天理是即名禮義不知聖賢之禮義正在事與時上看事得其理時中其宜吾心之禮義乃完若于事與時察之不精憑心妄斷冥行自是正所謂非禮之禮非義之義也此處正須辨析

陳子龍文　天下所共駭之行嘗毅然而斷之此無他彼之所謂禮義者大也評精也非大也文有儒生之所謂禮義焉動必規矩

而言必準繩。亦經文之陳迹耳。評此是駡道學語。意思甚隱愎。然世間自有此一流可駡者。文大人嘗不樂修邊幅之行。不深却富貴之情。而成其廣大。評其私情亦自可見。章意不爲非禮義之禮義。言其於禮義知之極精也。平常中。自有至精之禮義。奇異脱略中。亦多非禮義之禮義。豈必不事小節。驚駭非常。而後爲大人之禮義哉。在外面有非。在裏面亦有非。大處有非。小處亦有非。唯窮理知至乃爲大人耳。此只到得晉人禮豈爲我輩設隊下。何足與語大人。

孟子曰人有不爲也章

孟子此言。眞勘得人心術學問盡。天下妄作苟取之徒。動以豪傑自命。曰成大事者不顧小節。此爲作用權變。試問作用權變之大。古今有如伊尹者乎。然孟子推其本領。止云非義道一介不取與得百里之地皆能朝諸侯有天下。非作用權變盡頭乎。然推其同處止云行一不義殺一不辜皆所不爲。由是觀之聖賢門下。豈有靡所不爲之豪傑哉。惟禪與良知家。自謂門風廣大。無所不可。故此一流下梢無不收拾其中。反謂程朱澹薄留人不住。遂皆歸彼而仇此。但觀今日詆毀程朱之學者。察其生平。未有不靡所不爲者也。

不爲有爲四字虛活。隨人所見高下移動。如不事生產而成大業之類。一錯解。其極如沈宏袾之七筆勾。有不爲人倫而後可成佛作祖矣。故朱子引敬夫仁義之説以實之。靠此發明。欛柄極正。但此箇關係。正在所見上辨。故程子下知所擇三字。又是欛柄之欛柄。

楊以任文 尋亦可枉。尺亦可直。止多一有爲之心。**評** 今人靡所不爲而好談經濟，幷非有爲之心矣。【文】利鈍不計，生於寧靜者也云云。【評】不是此義。人必見道分明，而後能肩荷重任，有所不爲，則於公私、義利、是非、大小、取舍、可否之閒，灼然截然，無毫髮疑蔽，故可以有爲，非僅謂澹泊寧靜，却紛守素也。程子知所擇三字，義極精，道極大。

孟子曰大人者不失其赤子之心者也章

看者也句法，是指示誘人使近，而不失二字中，藏有擴充知能實際。若體認不真，竟墮良知家阬塹矣。

其字卽在大人身上說。

陳子龍文 人天資不能高，神明不能妙，故依于學問之途，以爲簡束之具，苟非性與天道，豈能舍效法而任心胸乎。【評】謬談害道。自古聖人無舍學而任心爲妙之說。【文】赤子之見猛獸而不畏入險阻而能出者，其心無所惑也，而大人亦然。【評】不是此話。赤子之無惑，不知也；大人之無惑，知之至也。【文】大人者，不可以常理論也。【評】不失赤子之心，正指大人之平實，非揚大人之神奇也。道箇不失，正從學問擴充經綸精細處看出，非贊其不學不慮也。曰不失，謂全其赤子時純一無僞之體，非以赤子之心作比喻也。此文渾是莊列瞿曇之說，如所云嬰兒與婆婆和和者，直與孟子之道冰炭矣。

孟子曰君子深造之以道章

此章自得二字是要領。深造以道，有工夫次第；居安資深左右逢原，各有境界。

曰深須見邃進不已意，曰以道便有箇工夫方法。一著混話，止是君子造道，不但脱深字，并道字亦錯矣。

深造有刻入意，有積漸意，有不已意。

深造以道，有兩層義。以道是爲學次第條目工夫，深造乃進取不已。玩語意兩層中又側重在以道上，故註下而必以其道者句，其意甚明。蓋必以道，乃有所持循而能自得，不則深造箇甚。時文多略以道而單講深造，即有及之者，亦泛說得箇漸進意。如云君子深造之以漸，不知註中進爲之方，方字却有實事在此處，看得混帳，下面儘他說玄說妙，都無是處。

此節書朱子意重以道字，從來只了得深造耳。

深造以道，是自得之本。孟子正鞭策人做以道深造工夫，非教人忽然尋箇自得也。脫却深造講自得，既非；脫却以道講深造，亦非。

歸有光文　道可遇而不可求，苦心力索，常不免於扞格之患。評可知張横渠先生。程子尚道是道理生。

陳際泰文 君子一心。才用之府。然無所取而益焉。而僅憑一本來之心。則赤子扃之於尋丈之室。遲之於數十年之久。將有不能名一物者。故心緣學問而有也。評 此言雖淺。然足破良知之謬。心緣學問而有一語。直指聖要。

學者到左右逢源。直是一團天理受用不窮。然要非勉强安排之所能致也。只涵泳三則字神情。便有默識心通。自然而得氣象。到左右逢源處。更不分內外精粗。亦不見生熟甘苦之迹。却自不離故處。

自得之中。其火候固自不同。及到左右逢原地位。又只形容得自得二字之極。

孟子曰博學而詳說之章

學必至反約，乃爲自得。然非博而詳說，則無由約也。

博詳正爲反約，不可打作兩開。

博約是對待盡頭，其中用力却在詳說。說之會通處即約，非博之外別尋箇約也。博而不詳說，與不博同病。頓悟直指與訓詁記誦，總無是處。今人每謂學何必講，只行去便是，不知其行處都是錯也。不然，夫子何以又憂學之不講乎。即以文章喻之，空疎與餖飣，總謂之不通。通者，約也。空疎則無可講究，餖飣則不知講究。多讀書而精講究，則通矣。

歸有光文 會之而無所遺，然後通之而無所礙也；合之而盡其大，又必析之而極其精也。**評** 然後又必四虛字妙甚。題中層次乃出，人止見得博約兩頭，不道詳說反說中間正有回互經歷處，粗人一槩驀去，到先生手，如粟粒入篩眼，一點混帶不過，如此。

方見博約合一處與互根處截然處先後倒亂不得處水屑不漏○昔之邪說但有約而無博近知其說之不通又變爲先約而後博謂聖門一貫是初入門工夫得此頭腦在手然後去格物窮理自以爲包羅巧妙不知其與聖賢所言處處悖謬學者從此等文字平心體會自見其妄不須深辨也

陳際泰文博學詳說人之所諱**評**陸王之學諱之耳聖人正教人于此用力安有諱者**文**心性之學與格致之學之相譏也久矣**評**亦自陸王立說相譏耳**文**吾有道于此捃拾格致之學之所長以爲之始歸原心性之學之所擅以爲之終**評**只捃拾二字已見其輕格致矣格致與心性豈二事耶**文**夫人精氣聰明之有餘者强抑之使但從事於身心之間其氣必有所不降惟縱之使往而無所覩於其間則力已疲而意亦悔**評**然則聖賢何

若誤人如是。萬一力不疲。意不悔。豈不陷之耶。直是亂道。文精氣聰明之不足者。强聒之使遽參詣於太極之上。其心必有所不悟。惟泛之旁雜。而使有得於其中。則機已啓而妙可通。評此說差近理。但博學詳說。非旁雜之謂。文博學詳說。而又不廢其反約之功。評博學詳說。約在其中。孟子正說其一。大士却分爲二。惟其惑溺於陸王之說深也。

孟子曰以善服人者章

戰國惟以併吞爲事。諸侯相尚以力。其所效法。并是桓文之粗者。故上孟以力德言。此章即前意而深之。講到桓文精處。凡其定周朝王。急內攘外。無非以善服人。到底誰肯服來。此直說得精微。辨得王霸。徵霸以桓文爲極。王以湯文爲極。皆主諸侯服諸侯言。故人字斷指諸侯講。

孟子服人皆言王霸之辨。故朱子云以善服人。如張華謀吳。恐其更立令主之類。養人。如湯遺葛牛羊爲之耕之類。張南軒亦以齊桓首止晉文踐土證服人。則人字自當指諸侯言爲是。

楊以任文 善非養人之具乎。**評** 以善養。謂行善處不同。非善卽養也。服人者亦卽此善。

養字。有涵濡之大度。有漸摩之久道。

養字只是公其善。欲人同歸。非忘其名。使人不知之之謂也。但語求高深一層。便犯此病。

王慶章文 同一善也。忘其有善之名而可矣。**評** 養只是善與人同耳。非忘也。忘善是黃老家言。**文** 人主以理治人。不若以情治人之神也。**評** 理卽善也。

金聲文 筋骨堅强。而其志始可得而弱也。以服天下有餘矣。**評** 志何爲而欲其弱。如此則巧于以力服人矣。

徐子曰仲尼亟稱於水章

孟子曰原泉混混節

歸有光文 物之在天下也。恒顯其自然之理。聖人之於物也每觸其有感之天。仲尼稱水之意。有不在我而在物者矣。**評** 可見在物無非在我。聖人觸處都是。

從原而不舍。而漸進。而放海。節節有工夫境界。

固是歸重有本。然中有不已意。漸進意。必至於極而止意。俱是學道中緊要節目。不得瞥過。

苟爲無本節

秖是說水。而雨未卽水也。雨所以爲水者。似雨爲水之本矣。而雨之來無端。此無本之水之始耳。未可以爲卽是水。而固不得謂水之本也。人之得聲聞。亦必有其因。而因卽無本。猶夫雨也。不可謂聲聞之本情也。

君子之恥。正不必以其敗露也。聲聞過情。便已足恥。固不必俟其潰敗決裂也。然潰敗決裂。必隨其後。如響之于聲。影之于形。所以君子不敢蒙過情之名。此方是聖賢爲己之學。

陳際泰文 君子重實之甚者。其闇淡之意。不復求名。人皆知之。君子愛名之甚者。其護惜之殷。轉而務實。人未必知之。**評** 道箇轉便不是。

君子之恥。本不爲愛護聲聞。因涸可立待。而益加儆動耳。朝飲木蘭之墜露。夕餐秋菊之落英。古人之所謂聲聞也。今人以臭腐尷尬之物。亦名之爲聲聞。已足恥矣。況又有不實者乎。

孟子曰人之所以異於禽獸者幾希章

首節

幾希只言所爭無多耳村學究竟解作實字遂有云幾希之統者豈不大謬

幾希二字前輩謂是形容少字義非指一事一物故不可作名目然如時解動云存心則更謬矣本註謂全其性尹氏總註謂存天理後章註謂天理常存未嘗有存心之說所謂憂勤惕厲亦說存字不指所存者也還他幾希二字如後世阿堵中這些子雖虚字而實用似亦無妨但不可看做黑腰子耳

萬物皆備於我幾希耳

存之之字指幾希之理而言非心也即下章總註憂勤惕厲之意亦謂列聖以此去存之耳非謂存此憂勤惕厲之心也人多云

存心之統，是大謬處。

存字中工夫，下文全舉。

存之不是贊頌。

不但包貫下章帝王師相，實孟子自任道統之重在此存之二字。

正有憂危心事，惕厲工夫，止作稱揚古德頌，失之遠矣。

趙炳文云云。**評**存之正有工夫在，其言曰：日生日長，而幾希自如。日開日闢，而幾希自如，此其所以爲存也，所以憂勤惕厲，無時而可已也。入時手，不過做作君子，得之君子盡之而已。

舜明於庶物節

君子中人品正多，獨舜之生安不同。

歸有光文品彙之散殊，在宇宙之間者至賾矣，合之若不能以盡其大者，然性命之流行，孰非吾心之所寄。**評**入都在此處休去。

只此處不休便明察。**文**從其自有之仁義以妙應物之感。初不知天下有所謂仁所謂義者而勉以行之也。**評**由非行不可學。而仁義可學也。規摹生安體象。極其巍峻。正與人間路斷。而人皆可爲堯舜意。又隱約關通。蓋生安只在明察。由行處不同。庶物人倫仁義人人未嘗虧欠也。方見孟子歷敘大意。

陳子龍文舜也起于田間少而歷試其所留心于羣生之用者精矣。**評**明察雖生知。不廢功力。看中庸大智節自明。**文**物在于外。故明用其大。倫在于内。故察用其細。**評**物亦非外。倫亦非内。其義一也。

庶物兼事物。

由仁義正是仁義盡頭。

祝翼權文隨時而起。亦異時而變。當然者卽是耳。**評**道理在聖人身上看來極活。文矣念而合。卽應念而施。無不然者總是耳。評唯聖人爲然唯頭等聖人爲然。○舜之由仁義行。如規矩之于方圓合下便如此。只緣聖人踐形其耳目口鼻四肢渾是一團天理。所以如此。他人著意推高大舜。便似以仁義爲糟粕蟬蜷。却又錯了。此文看得獨好。只是看舜便是仁義。不是仁義之上更有舜之精妙在也。

孟子曰禹惡旨酒章

首節

看程子各因其一事而言。又云。非各舉其盛。聖人無不盛。可見泥煞此事上著解。不得。然如近人空說存心。而以其事支綴其間。做成混帳活套。尤無義理。是孟子偶然節舉。各節兩件。不必貫串。

後世必有以酒亡其國者，尚是利害第二層義，只當下便有間見聖人存心之密。

湯執中節

執中，有多少境界功候。

無方是法，所以無方，有存之之心在。

無方原頭，便是存之原頭。

無方儘受恢張，在上有無數權術，在下有無數條陳感憤，然皆與成湯無涉。與孟子引据之旨無涉，句句從憂勤惕厲中看出一片簡在上帝之心，方是存之嫡傳正脈。

武王不泄邇節

邇遠所指者廣，故不下註脚。朱子云通人與事而言，其意該矣。艾千子乃謂岐豐邇，邶鄘衛遠，始克商邇，卜世三十卜年八百遠直是粗鑿。或者又欲盡空而歸之心體。更入邪禪矣。又有謂武王不只此一事。不可粘定邇遠。亦不然。程子云云。恐人執煞反疑聖人互有得失。故於言外發此意耳。非謂不泄邇忘遠。可作通融影子話頭也。

遠邇。有人。有地有事。有候。不泄不忘。正指聖人心法精微。無所不到處。不得以偏義粗義了却。

周公思兼三王節

思兼。是聖人心法相傳一氣之妙。

三王四事。原不必是周公實事。總見其心如此。活看最妙。

思字中有經權妙用。

此心同此理同二語。人多誤混。人心最是不同。事理亦甚不同。所謂心同者。只同其憂勤惕厲處。所謂理同者。只同此事物當然之則聖人正於不同處推求得盡執兩用中惟精惟一故其同爲眞同孟子說周公所以能兼施正妙在其有不合一句此正千古聖人相傳本天之學也異流本心起教便將此不同之心認爲良知天理自以爲憑此施設無非聖人作用更不須講究事物之理傲然横衝直撞可以宇宙由我不知只此一點空疎無忌憚之心已與聖人絕遠心旣不同矣何從而得理之同乎兩思字境界不同不合從思兼處看出三王時勢互異方見精細非理有不合也繼曰極形其思之勤待旦極形其行之急

孟子曰王者之迹熄而詩亡章

孔子存之之功不止一時之義實舉舜禹湯文武周公之所存者而共存之其所存更大而難孔子之事亦不止春秋繼上章而言其大者故從王迹說起葢諸經爲孔子之教而春秋則孔子

之政也。

孔子以後存法一變。

此章是一篇春秋緣起大意、儘更了然。聖人心事明白顯易本如是。後來學春秋者無慮數十百家皆穿鑿傅會。只向一字半字尋活計。說得聖人朝三暮四。神頭鬼腦、不成箇分段。以胡文定之嚴正。猶且不免。朱子所以謂只恐地中夫子家奴出來說夫子當時意不如是爾、

解春秋依胡氏講、褒貶予奪。不無難通之處。然其大指正大。說自不朽、後人指摘一二齟齬節目、便欲盡廢其說。謂孔子止用魯史舊文。據事直書、毫無所更改。然則春秋只一魯史之功耳。即乘與檮杌。亦何嘗不據事直書。而是非自見者。豈亦得比於春秋乎。看孟子此章下二節、其理昭然。乃爲攻胡氏而併疑及孔

子更可笑也

首節

王者之迹原從上文說下

黃淳耀文聖人之道或書之策或引而被之天下之民其義一也自舜以至于周公固嘗引而被之天下之民矣其書之策者雖出于後世而不異其自爲若夫孔子之道則嘗書之策矣其引而被之天下之民者雖亦出于後世而不異其親見也**評**方見孔孟之道與文武不二其功用同也

王者之迹熄不是說詩因迹熄而詩亡詩亡後王者之事不行其是非得失無復著於天下傳於後世故孔子作春秋定天下之邪正爲百王之大法所以存王迹之熄非以繼詩教也如專爲詩教亡而作則孔子自有删詩之功與春秋無涉人但講經義

相比附代起，失其旨矣。若謂詩教，則至今不亡，當時那得亡？故註謂黍離降爲國風而雅亡，正以見王迹之熄也。故當重迹熄，說不重詩亡。

陳際泰文 王迹熄，向之所謂詩篇詩教者已亡矣。**評** 春秋繼王迹，不是繼詩。詩亡只是天子下夷于諸侯而雅降爲風。所以降爲風，緣天子無政教號令行於天下，不過王國一國之詩，故只可列風而不可入雅也。若謂詩篇亡，則東遷後之詩仍有；若謂詩教亡，則孔子自有刪詩之功，春秋不可以存詩教也。卽雅降爲風，亦道理自然不可易，不然，聖人刪正詩教，何難升風而爲雅？蓋升降之故在政教號令，不在詩也。

詩亡只作迹熄之驗，不是不哀詩，亦不說詩教。

詩亡只是王迹熄之徵，不重詩也。若謂詩與春秋義例並重，則孔子未嘗不刪詩。詩何嘗亡哉。王風降而雅亡。政教號令更無行者。此春秋所以存王迹。非繼詩也。故凡衡較詩與春秋者皆失之。

章世純文 夷厲而下。王事廢弛。而徵詩之政亦熄。**評** 陳詩止王迹中一小事耳。王迹熄後。詩尚多見于經者。不可謂詩竟亡也。第雅亡而王國之書降爲風耳。其降也。亦非刪詩者能降之。蓋王政不行。則朝廷無制作。公卿無獻納。獨有民俗歌謠猶存。不得不繫之風也。

人見註中雅亡二字。便道詩以雅爲尊。可謂粗矣。雅亡者。王降爲風也。王降爲風而雅亡。因政教號令不行于天下也。春秋存王者政教號令之道。所謂其義竊取也。于詩何與哉。若謂繼詩經則全詩當存。豈獨雅耶。

詩亡只是迹熄之徵。王教不復行於天下。故春秋之義。不得不取詩與春秋本無關連也。强爲牽合。徒見支離。近世儒臣解經。援春秋詩易分配奏合以爲巧。亦好奇之過。于義實無所取。

詩教之所以關王迹。正與春秋義同。褒貶並列而賞罰存。貞淫並列而勸懲見。其義一也。鄙儒乃以詩爲有貞而無淫。則春秋亦當著忠孝而隱亂臣賊子矣。

春秋固爲誅亂臣討賊子而作。然中如朝聘郊禘蒐狩卒葬。包舉許多典章制度在。故註云定天下之邪正。爲百王之大法。義始完備。自蘇明允著春秋論。只說得是非賞罰。今人往往脫却半邊。

其事則齊桓晋文節

首二句兩則字。是卑之之詞。

義字即在事文上見。

義者何，即王者也。王者何，天也。天者何，即人之所異于禽獸者幾希也。東維子自謂得史義，而正統一論惑于一時之私，而不知百世不易之道，正反春秋之義，而猶啜啜于當時，以瑕戮人，不知其非。非侯城生之辨論千古，豈復有春秋乎。故論史學當先明義字。自遷固以來，但知有事文二字耳。

謂春秋逐字褒貶，如先儒之說，固不無穿鑿傅會之失，然後儒一舉而空之，謂因史文無損益，是又因噎廢食也。聖人筆削，必無絲毫之不當其衡，但事遠義湮，自難以後世律例爲斷耳。

後世如温公之通鑑，史例也；朱子之綱目，經例也。温公只詳于記載，至于尊攘予奪之義，全未見在。得朱子綱目凡例一卷，而後大義炳如日星。朱子於通鑑，又何嘗辨一事，翻一案，以爲異同也。要知纔經聖人手中。便可爲天下萬世之法。後人讀星隕如雨傳。便要求未删春秋。豈不是癡人說夢耶。須知未删春秋。也只是今之春秋耳。

古人說經各有所發明。然其發明都從述而不作信而好古中來。故門戶不同。而指歸畫一。總以羣言淆亂。故折衷於正耳。今人未望見古人牆壁。便好論經學。必翻駁先儒。逞其穿鑿傅會之臆說。是既正之後。又生淆亂。正孟子所謂一治一亂也。學術之壞。總由不信先儒。眞知力行耳。何嘗有遵先儒之經說而得過者乎。故余每見今人著書說經。便心知其非。

孟子曰君子之澤章

首節

唐順之文 聖人之澤。無遠弗被也。評 眼孔大。志氣高。便見聖人之澤。不在五世而斬例內。孟子只取其去聖之近耳。

予未得爲孔子徒也節

予未得爲。太息深微。不指不親炙。

歷敘羣聖至此。自任得統意已自分明。却仍歸尊孔子。謂幸而世近有傳人得聞大道其自任意。正在自謙處領會上一句。似有恨於不及親炙。而當時親炙者。未有足與斯道之傳。直待孟子以私淑當見知之任。與末章世未遠居甚近意相照。此旨隱然言表。看私淑諸人四字。則曾思以來。雖源流井然。不足當此任也明矣。朱子之學。受之延平。推而上之豫章龜山亦源流井然。然序統則直承程子。蓋龜山豫章延平。亦所私淑之人也。

逄蒙學射於羿章

玩兩也字。有歉恨意。有欣幸意。有自解以興起後世意。

此章正羿之罪。非正蒙之罪。蒙罪固不言而明也。義重取友者。不重所取之友。

首節

以羿本身之罪論之。則爲首惡。以此處之罪論之。則爲減等。然此處減等。却卽從首惡中做出。

鄭人使子濯孺子侵衞節

孟子引此。止取善取友之得報。以證羿亦有罪之義。庾斯所處之是非。固不論也。

只就取友上說。不及旁意爲高。程子曰。學不講文義。全背遠去。理會文義者。又滯泥不通。如子濯孺子事孟子。只取其不背師意。人却就上面理會事君之道如何也。

追我者誰也句。在作文者眼光只在誰也。在當日孺子意思。只在追我者。

死字出孺子口中者輕。在其僕意中者重。庾公之斯也五字是也五字。若難言之。若諱言之。若不得不言之。其意中只是必死兩字。忽然接出吾生來。自使之不得不驚。

庾公之斯至。人謂此題只有一至字耳。吾謂此題方有庾公之斯四字。蓋至字有孺子意中之至。有其僕意中之至。有鄭師意中之至。若庾公之斯。則凡在孺子意中者。其僕意中者。鄭師意中者。至此方見其真面目也。

孟子曰天下之言性也章

此章論智。非論性也。開口便道天下之言性。未嘗言天下之性也鑿便是天下之言性便是所惡於智者。只反覆說明此意。

此章謂爲智而發。以開口便說天下之言性也。言性而不知言故。

不知故之本利。即是不曾知性而穿鑿以求勝耳。

或疑此章主言性。不專爲智而發。不知從來言性者。孰不因用智穿鑿錯卻。孟子言四端便是故。言乍見入井便是利。乃所以爲大智也。然則程子專爲智發之云。正對告子及荀揚韓蘇諸言性者而說耳。奈何看成兩件乎。況既知言性爲主。便不是性爲主矣。智字正從言字生來。如何以矛刺盾耶。

大意爲智者而發。如金溪慈湖江門餘姚。其不識性字總坐穿鑿之病耳。

首節

艾南英文　迹非性也。而非迹又無以見性。評　迹便是性。如何說成兩件。文　性之於人也。可得而知之。不可得而言也。評　經傳言性了然。如何不可言。文　性而可言。則天下之言性也。獨能言其故而已【評】宜言耳。非不能也【文】方其無物也。性也【評】有物時豈不是性。

異端言性。都從無處說。吾儒都從有處說。故孟子之說。只就情字倒推上去。

孟子言性。只言情言端。正是故與利處。

故者以利爲本。不是旣有故又有利。只凡爲故者必利。但言性者必當指其利處言之耳。凡人爲惡必澀。爲善必滑。爲惡必曲。爲善必直。乍見孺子入井。使有怵惕惻隱之心。忽然而感。卒然而應。固非意之能使爲不利。亦非意之能使爲利也。荀子言性惡。只坐不知利。因不知有故耳。

荀子云性惡。彼亦以爲故也。故必以利爲本。利不是人去做造出來。止是自然如此。

險阻艱難亦是利。

利只是人之生也直。

天之高也節

陳際泰文 曆元一失。將使民神雜擾。菑害並生。**評** 曆元失。亦不過曆法疎謬。何遽致此。況曆元亦止是爲算立法。得法。卽不須曆元亦得也。**文** 天體可見。而星辰不可見。**評** 倒說了。天體之行。因星辰而見耳。**文** 萬物相見於離。而衆星相見於復。**評** 衆星于復不相見。天行則起端于冬至。亦曆家算法也。**文** 其在野象物。在朝象官。在人象事。在五行之散氣者。旣有定法以考其分。云云。

評 此是經星占驗。于曆法又別。曆家各宿經度。不過黄赤道南北有限之度。羣星不相涉也。如此粗淺。于曆說經緯星度運旋之理猶茫然。然已驚壓秀才矣。

公行子有子之喪章

首節

入門從右師看出，只有一右師。入門從諸臣看出，便有無數目中之右師。

衆人意中只有右師，無孟子；右師意中有孟子，無衆人；孟子意中并無右師衆人。聚在一堂之中，面目不同，意態亦别。

玩兩有字，原不止兩項，總是諸大夫無一不爭趨進退耳。錯綜嘈雜，一堂如畫。

有進二句，總形容當時諸大夫無不趨蹌貢媚，只留出一孟子作案耳。拙筆便止寫得兩項人，有字者字都無描畫矣。從兩項中寫出四面來，嘈啁雜沓，淋漓滿堂，冷然有一孟子在旁，方與下皆字獨字作照。吾見今日拜塵吠籬，尻高首下，至有爲優伶輿隸之所不屑爲者。風俗至此。亦君子之恥也。此輩爲右師所厭。此孟子愈爲右師所恨也。

孟子不與右師言節

驩原看得諸君子輕。故愈求得孟子重。原喜得皆與言淺。故恨得不與言深。

孟子曰君子所以異於人者章

首節

心是活物。有道有人。人從道則聖。從人則狂。仁禮即道心也。以仁禮存心。即吾心中提起道心爲人心之主。非外面別取箇仁禮以强制此心也。但以字説得著迹。存字講得粗疎。反做成義外矣。

以存二字。人每以深求失之。猶云其居心以是耳。

仁字兼體用。禮字兼顯微。存字工夫乃盡。

自反而忠矣節

悻悻於禽獸者，固褊中之小夫，卽以禽獸付之悠悠者，亦非以仁禮存心之君子也。君子三自反中，所以救拔禽獸者至矣。及其奚擇何難，君子甚悲甚痛，更思有安全馴制之道，原未嘗於自反外，增一分自是絕物之念也。

是故君子有終身之憂節

錢禧文 晏安敗德，庶民之於禽獸，止爲專圖其便而妄思自快自遂於天地之間，有志者所大悲云云。**評** 激昂刻厲，皆老學鞭辟刺骨見血之言。余嘗於廣座聞人疾禮法而談脫灑，因語之曰：今時上自貴人，下至賤者，其一生汲汲所願慕而不可得全者，止孟子中九字耳。問何九字。曰：飽食煖衣逸居而無教。讀吉士文亦憂之深矣。

禹稷當平世章

孟子只爲出處立論，故止取顏子與禹稷較耳。若論其地不同，則禹之與稷，亦自不相通。若易地皆然，則堯舜皐契無不皆然也。

此章只論聖賢同道，並無歎無用聖賢之人意。空用感慨深情，都成隔壁帳耳。

首二節

平世亂世，只在聖賢失職不失職上看。

孔孟顏子，只無用之之人耳。此所以爲亂世也。

程朱終不得位以驗三代之復，可歎。

禹思天下有溺者節

禹思天下四句，是推出所以三過不入之故，不是虛論聖人心事也。若虚論心事，顔子未嘗不思，但無由己之急耳。

顔子不是不思，只不必由己飢溺。

顔子亦不是忘情天下，只責不在己耳。

顔子便與禹稷同時，而不任其職，則亦不思。

此思字是職分之思，非仁民之思。仁民之思，顔子之所同；職分之思，禹稷之所獨。故思字須帖定由己講，不帖飢溺講。

陸雯若 此與割烹章思字有别。彼是未任事之思，此是既任事之思。未任之思，要見其重，故重在天下；既任之思，要見其急，故重在己字。評 須知伊尹雖未任事，然已有个湯在。湯又有三聘在也，即是當平世也。華陰蘇門亦曰：名世任道，吾不知之矣。故此二思字，總在道當任事上看。

禹思四句，都爲下句著解，乃虚注語氣也。

大意注重顏子一邊。禹稷之同顏子易信。顏子之同禹稷難見也。看同道下。單說禹稷而不及顏子。此是孟子文章省文之妙。只用是以如是其急也一句。而顏子之所以不急已明。

事理不分大小。聖人只各急其急。便是參贊功能。

禹稷顏子易地則皆然節

正在時之異地之異處看出道之同。顏之樂。卽禹稷之憂。所謂同也。此猶兩人說。如伊尹畎畝之樂。卽納溝之憂。豈有異哉。

陳子龍文 君子出處之際。安可以不審其地乎。評 須看得道字分明。聖賢千變萬化。只是其道一耳。故論聖賢者。當審其地以明其道。爲聖賢者。却只審其道之是非。而地之宜然自得。不專主審其地也。

上節說禹稷。更不申說顏子。知此節之專重顏子也。禹稷易地爲

顏易信顏子易地爲禹稷難信故皆字語勢側在顏子辨顏子者孟子自處之道亦見

禹稷對副宜舉孔子而舉顏子者何孔子三月治魯人猶及信顏子平生未見施爲尤難信也禹稷同顏子人所易知章意固側重顏子耳舉顏子則孔子不消說孔子不消說則孟子自任可知矣于此處著解不特禹稷是陪客並顏子亦未即是正身

錢禮文云云**評**論意側重顏子之同禹稷以禹稷之同顏子天下曉然不消說也未必信顏子耳顏子之急生民其道固無歉亦須易禹稷之地乃得若謂簞瓢陋巷時即是急生民須推進一層說不然却看小了道字也知道則急生民在其中急生民不足以盡道吉士于此猶粗在只爲落了同甫止齋保社也

今有同室之人鬭者二節

通章大意原爲顏子一邊人發。故語脈皆側注這邊。講禹稷處顯明。講顏子處含醞。正是側重也。披髮纓冠。只喻急字。是以如是其急。上文已說明。末兩節正喻顏子之是以如是其不急。結明大意耳。

全理上已說盡。此只以喻言結之。兩兩相形。其義自見。是孟子文章醞藉處。

閉戶只是地異。道本同也。

張爾公 閉戶非胡越鄉鄰。只爲鄉鄰疏我。我無所施其救。外面似袖手旁觀。胸中却十二分皇迫。直是事勢無可奈何。**評**須知禹稷顏回同處在本領。有此本領。然後當平世能已饑已溺。當亂世能不改其樂。無此本領。便世用我。何以救鬭。即閉戶只成个閒人耳。不講到本領處。但說世親我疏我。無可奈何。與禹稷顏回直是沒交涉也。

公都子曰匡章通國皆稱不孝焉章

夫章子豈不欲有夫妻子母之屬哉節

是則章子已矣此句正對通國皆稱不孝說上文反覆辨白其不孝之寃却說他做孝子不得此句只還他本等是不斷之斷而孟子之與遊禮貌是不絕不是取之亦已不答之答須于虛字領會言外之意。

儲子曰王使人瞯夫子章

陳子龍文 君臣之間一懷伺察之心則上之不能行其道而下之不能安其身況乎來瞯之人非陰殘之奄夫則闒冗之末吏顛倒是非熒惑聞見君子惴惴焉惟求免患而小人外矯公忠之貌內結左右之人譽言日聞而賢者之去決矣**評**看孟子答語

則齊王之使瞯，雖疑亦驚重高奇之疑，非忌猜苛核之疑也。此不但說壞齊王，并說得孟子答詞亦權詐。然其發揮人君伺察臣下過失之害，直可作一則偉論，爲黼扆之鑒。蓋當時有大司馬受一邊帥荔枝金帶及他重賄，次日上殿，忽呼問：昨某總兵金帶花樣佳乎？司馬伏地不能對，奄掖之出，次日卽疏告病去。又首輔玉帶甚不堪，屢命易之。一日有鬻玉帶者，玉色製作俱絕妙，門客估値以千數，而索價止三百金，羣勸取之，相欲售，忽心動自止。一日朝退，駭謂門客曰：幾爲公等所誤，今日主上所御卽前帶也。以是益荷隆眷。然司馬雖非人，而相實權奸，伺察之無當而有大害如此，此大樽先生所以借題爲諷歟。

齊人有一妻一妾而處室者章

或云孟子特發此論，不是痛罵世人，還是憫惜之意居多，晨鐘之擊。山泉之響。使人猛下省發。急加蕩滌。若一味罵倒聖賢。不如是絕人已甚。余謂不然。罵至乞。痛罵之極矣。大聲疾呼以痛罵之。人尚未之或醒。故痛罵正是憫惜。非絕人已甚也。罵至乞人。而尚不是罵。必如何而謂之罵耶。昔人問乞恩例。程子曰只爲如今士大夫道得箇乞字慣。動不動又是乞也。以是觀之。其不以乞爲罵也亦久矣夫。

人只是志趣不同。君子志賢傑。惟恐賢傑之不盡。小人志勢利。惟恐勢利之不盡。志賢傑不盡得。則讀書尚友以求之。志勢利不盡得。則鑽刺攀援走空脫謊。直靡所不爲矣。齊人尚屬虛言。今人竟成行實。

首節

奔走貴人門牆。上之足致通顯。次不失聾喝爲閭左豪。是亦名士

則盡富貴也此一種口角行徑昔惟見門客方伎爲之後見詞客之終南捷徑也名士無不然已是可怪近則講師隱者亦津津揚揚矣

驕其妻妾齊人平時無日不驕不自此始

驕字就從其妻妾眼中看出耳未敗露時之驕滿面都是富貴相既敗露後之驕滿面都是乞兒相矣究竟富貴之于乞兒亦何分別近來直以乞驕人又驕術之一變

妻妾目中已知之驕是齊人意中未知之驕眞堪絕倒然齊人猶以爲未敗露而驕此猶知羞者也今人明明敗露而愈驕此直不知有羞者矣豈可與齊人比肩哉

由君子觀之節

君子之觀正與他人不同他人之觀極渾融君子之觀極分別他

人之觀極圓通，君子之觀極拘泥；他人之觀極寬厚，君子之觀極刻毒。

呂子評語正編卷三十一終

呂子評語正編卷三十二

孟子萬章上

萬章問曰舜往于田章

人少則慕父母節

慕少艾慕妻子慕君，各自有變相。然一言斷之，總不慕父母耳。人當慕此三者時，幾不知其有父母矣。江陵棄禮戀位，當時猶共非之，後且習爲故事，了不足異矣。此人倫之極變也。

錢世熹文忠孝之性出于一原，則慕父母者似不妨慕君。而吾與恒情比類而稱之者，則以其慕在少艾妻子之後，而非忠孝之初心也。**評**仍是慕少艾妻子耳，總與父母無干。

仕則慕君，須從世情極尋常處映射大孝之慕。俗文取正意，却將潘岳之板輿、毛義之捧檄爲辭，不但與本旨相悖，亦見其方寸之可誅矣。

不言得於君則熱中。而言不得於君則熱中。寫盡窮秀才巧仕宦躁妄之念。此時不知置父母於何所。熱字正如集糞之蠅。爭骨之狗。

終身兩字中。正有多少變故。而慕字無往不在。方是孩提至性。聖人至誠。

正從他人變遷中看出大孝之終身來。若大孝又何知終身之有。上數句大孝亦有之。不是摒當一切。專去慕父母也。正要從少艾妻子仕君中勘出。方見終身之難。

終身兩字。正有多少閱歷。多少鍜鍊。多少引誘。而慕如故。所以難也。

慕字有根。此人所同也。慕字無盡。此大孝所獨也。

終身之慕節少時之慕譬如樹之萌芽甲拆而干霄蔽日之勢已具及至干霄蔽日仍是萌芽甲拆者而已

慕只是少時之慕五十而慕猶然少時之慕耳

萬章問曰詩云娶妻如之何章

萬章曰舜之不告而娶節

萬章只疑舜之不告耳聞孟子之説以爲舜果不當告堯則何以亦不告是其意中仍疑舜在

方論舜之不告忽轉到堯之何以不告此正是古人論事精細四面八方眼光皆到處

帝亦知告焉則不得妻聖人作事上下四旁均齊方正正自如此

只亦知兩字便見有多少苦衷隱曲難言之處

萬章曰父母使舜完廩節

張嘉玲文大舜之不死人甚疑之而不知父母之身固不可以行殆也**評**掩井却只是行殆不爲順令看得好**文**親而不愛其子非人情也特一日之惑耳安知不悟于異時乎**評**如此說方是天理上事方見聖人行權正是守經○聖人所爲止是情理之極至然所謂情理者皆本乎天非庸俗之所謂情理也故以稀奇詫異看聖人者固不是卽以後世人欲心腸看聖人謂聖人不過如此尤不是

鬱陶思君爾誰道足下不曾思來越認真得可笑是卒見舜語是沒意思語是急中撰出語是若自解說非自解說語

　曰然則舜僞喜者與節

反覆所以喜之故方想出僞字來是然則二字之神

象憂亦憂象喜亦喜萬章胸中不曾有此識見有此道理有此至

性左思右量只有一僞字耳然則語氣只得如此今人見人纔學好事自忖必無此心便指他人爲僞此卽荀卿性惡之說其壞人心術不淺不道以僞道學加人人誠未必考亭也已不先坐定眞佹冑乎聞其言可以辨其類矣

萬章問曰象日以殺舜爲事章

陳子龍文云云徐闇公不明于後世事則不知聖人情法兼盡之妙今以吾郡文爲略理言事如此等題可以言理乎湛湛江水寫内則之篇此梁簡文之所歎也評似爲後世處宗室弊病而發非論虞帝事也其言亦殊通暢若言不明後事不知聖人情法兼盡之妙此却不然不明聖人之道不知後事之失之由耳舜之待象純乎天理仁義上事後世只在人欲利害上計較此有天淵之隔大樽此文也只在利害上立脚所謂略理言事亦

不誣此即理也何題可不以理言乎公等自作江水觀自投蕭綱兄弟位下宜其得此號耳

陳際泰文 舜與堯皆黃帝之孫也黃帝之天下遞傳於堯而不及瞽瞍評此皆信古史之誕而成陋論黃帝之後如瞍者不知凡幾安能及之甚矣眼孔之小也文古未有封建之法也舜於象始行之評焉知古諸侯由來無以同姓封者乎文封建之法惟功是視評此亦從項羽漢高之法言耳三代前封建未必然文吾獨疑舜之厚於象而薄瞽瞍瞍亦徒有天子父之名耳及其卒也舜郊堯而不郊瞽瞍生徒有其名死從而奪之斯亦後世之議之所從生也已評如公之矛則公之盾自敗矣以後世野言俚情論古聖貞成亂道文人不知道未有不出此者也○凡爲詭異者必反出庸常之下佛氏好言夸誕至恒河沙世界然

推其極也。與禽獸衆生等。而反以人道爲非。此可笑也。文人之夸誕好言太古不經然推其極也與曉近之情事親切而反以中古爲疑。亦可笑也。如大士此文非不奇快然皆以後代鄙俚之見論古聖人。此足以驚俗生。而不足當學者一笑也。

萬章曰舜流共工於幽州節

章世純文云云。艾千子言文武則貶武言堯舜則貶舜。此不獨薄福書生。輕狂小子。亦且淺陋可笑之甚。豈有學問人所宜見之文字耶。勸君抹撥雞腸狗肝。且細心讀聖人書。觀聖人大作用也。評千子先生此評眞有功於學者。文人好翻新出論。每自陷入于大不道而不知。究之其所爲新奇者。眞鄙俚不足道。亦天下無知小人之所嘗談耳。

艾南英文古道淳龐。未有殺降之慘。不過命其禁錮淹留。畢竊下之命。評殺三苗。是殺其君。亦非殺降之慘。文究其終于三危。似爲殺之之條。而考其服于三危。至有丕敘之實。評其國自不敘文至春秋。而其後猶得與允姓之戎。居於瓜州。評原未嘗殲其種類。强作解。何當於理。照註固未嘗有謬于經也。當時好妄論者。甚謂堯幽囚舜野死。及說到此。又謂聖人殺不得一箇蠻君眞可笑也。

黄淳耀文暴其罪而不戮其身。聖帝之所以待崇伯也。評死于殛亦戮其身矣。文觀舜之所以處鯀。而知鯀之爲罪。固未可與共驩並論者也。評若然。何統云四罪誅不仁。況工驩亦止流放。文鯀所際者。天傾地陷之世。其勝任者大神大聖。而非夫尋常之智所能爲。評此論平反允愜。然鯀九年自任勿辭。罪却難逭。文鯀所負者。堅强婞直之才。其得罪在獨斷獨行。而非有滔天之惡以禍世。【評】此何事而獨斷獨行。是卽滔天禍世也。【文】方鯀之舉以四岳而不舉以共驩也。蓋亦非比周乎小人者矣。【評】帝咨四岳。共驩原不得舉薦。何可以此曲爲之辭。【文】方堯之不用其子以登庸。不用共工以若采。而姑用鯀治水也。蓋亦以一時之臣無出鯀右者矣。【評】是帝所以始咈而終遣之故。非徇衆也。【文】舜自攝位之後權之。以爲鯀雖不殺一人。而洪水之所殺已久。是卽無異於鯀殺。【評】只此是鐵案勘辭。再無解處。【文】鯀雖殺及天下。而原其殺之者出于治水。是終與殺人有殊。【評】後世治河止爲國計。然凡潰決無功必伏法。況鯀害及天下乎。【文】夫惟苦其形神而不必殊其首領。所以聖子嗣興。無礙其爲幹蠱之地。【評】果殊其首領。亦必天理允當。何礙于聖子之幹蠱。嗣興此論極悖。【自記】趙岐注孟子。不言殛字爲何。鄭玄注周禮。則云殛以駁其罪。廢猶放也。舜殛鯀於羽山是也。陸德明釋云。殛誅也。曲禮齒路馬有誅。以言語責之。非有刑罰也。今以尚書竄鯀於羽山證之。則鄭陸之說良是。但鯀死於竄所。故洪範云鯀則殛死。春秋傳云。堯殛鯀於羽山。其神化爲黄熊也。以殛爲殺。向屬沿悮。

【評】按蔡傳。殛則拘囚困苦之。亦未嘗訓殺。然洪範云鯀則殛死。祭法云鯀障洪水而殛死。其非輕罪可知。蓋共驩三苗害在一官。禍及一方。鯀之禍害及天下。故共驩三苗。曰流曰放曰竄而鯀曰殛。則鯀罪重于共驩三苗。非輕也。故謂殛非殺則可。謂鯀罪輕而曲爲之出脫則不可。其所以必欲曲爲出脫者。以禹故也。不知鯀殛禹興。皆天理之所當然。非若後世刑賞德怨之私。又何礙于禹而爲之曲說乎。近見論者以爲鯀若伏誅。則禹與舜讐。必不肯臣舜而服事。此說至悖。周官曰殺人而義者令勿讐。讐之則死。乎人殺之而義且不可讐。況聖人而作君乎。春秋傳曰。父不受誅。子復讐可也。以舜誅鯀。有不受者乎。舜之誅鯀。天道也。天可讐乎。凡君誅臣。臣之子必讐君。則爲天下君者。亦不勝讐矣。父子之仁。君臣之義。並行於天地之間。皆天也。故皆仁也。知有父而不知有君。是知仁而不知義。則并其所爲仁者。私心也。非仁也。告子外義。以生爲性。釋氏本心。以理爲僞。皆不知天而無忌憚。此等說數原出於此。自以爲仁孝之至。而不知其爲大逆不道之論也。

金聲文　父既見殛。子復事仇。不得已以幹蠱爲承考。評　若是。仇則聖人必不事。父之應殛。天也。天可仇乎。或不知此義。又造爲未嘗誅鯀之說。皆不知天命而妄言之耳。

親之欲貴。愛之欲富。自是合下如此。固未嘗有斟酌計較也。封之有廩。方是斟酌計較出曲全之法。此舜之所以處象。然亦必遂其所欲而始已耳。今人著手。便先是斟酌計較一片私心。此即是後世弱支去偪之意。仁人固如是乎。

誠心曲術。合來纔道得欲字之意盡。

俞可弘文 處兄弟者固有幸不幸矣。幸而俱聖。俱聖則俱貴。俱貴則俱富。仁人之用情順云云。**評** 此纔是欲富欲貴十分圓滿境界。其所以處象者猶不得已耳。然於此正見欲字。

敢問或曰放者何謂也節

金聲文自記 因閱一名作。謂象化于舜。自不干預國事。非舜制之。若象兇暴。舜亦不能制也。其說似迂。蓋舜當日處象明是放之。孟子曰封。亦戰國談鋒耳。在他人則誅之。在弟則封之。雖親愛奚至差別若此。聖人爲天下而棄其子。是何等肺腸。**評** 此論太乖角。看不得二字。固知象自不干預之說爲迂。然遂謂舜有桎梏處制伺察之法。純從利害起論。然則充類盡義。舜亦日以殺象爲事矣。至引聖人爲天下棄其子。以證實放象。不知聖人不以天下與其子。亦正是富貴之而不得有爲于天下耳。中庸所謂子孫保之。正見聖人親愛其子而使之得所。原未嘗棄也。總之看商均。便該與他天下。看象。便該殺。輕也須放。此是後世庸人肺腸。如何可與論聖人。聖人于子弟。未嘗無商量安頓。然總在親愛中曲成。如正希所云。盡是私心作用矣。此亦是禪學流弊。看得人心卽道心。人欲卽天理。乃謂孟子之說亦戰國談鋒。其悖道橫議。皆由信凡情而不信聖賢也。正希先生文章節義自足千古。而惜乎其熟于禪。讀其臨終與家人書。令其兄與子女學佛。此自謂親愛。而不知其甚於放殺也。朱子稱富鄭公趙清獻爲人。自其質性。非禪之力。亦先生之謂與。

象不得有爲於其國。天子使吏治其國而納其貢稅焉。二句正是其似放處。看下句直接故謂之放。其意自明。直至雖然欲見句又轉出親愛意。然時人爲做似放之故。竟將後世監制親藩不仁之術入講。則盡失孟子立辨之旨矣。故註中卽補處之如此則旣不失吾親愛之心。此義最好。方見其似放處。正是仁人親愛經營。

故謂之放。是辨其非放。非因放而解其義也。

總是推論所以致或曰放焉之由。皆從形迹疑似上來。虞舜當時。只一片愛弟之誠。而愛民之仁。成物之智。又未嘗不周。見聖人仁至義盡。知明處當。正辨其不是放。時人純於作用上起見。反爲做眞實是放。而體統非放。皆後世封錮親藩。猜忌殘薄之私。

與聖人心術正相反矣。

看世間讀書人，自謂能識道理，及至一事至前，不覺首尾衡決，手足無措。只是讀書時，于處事接物，不去體驗，書自書，人自人，不相關涉。作此等題，亦只依樣葫蘆而已，究竟糊塗鶻突，無益也。

咸丘蒙問曰語云盛德之士章

孝子之至節

咸丘蒙只疑孝子可以臣父，原不曾道舜不是孝子。故孟子只以孝子所以爲孝之常理折之，則臣父可不辨明矣。

是辨臣父之誣，非頌舜遇之盛。只從孝子心情中推勘至盡，齊東之疑，更不須辨。

祝翼權文云云。評：以人子之至情，論千古之盛事，兩莫大，兩層折出，纔見舜是古今帝王中第一箇孝子。動天地，感鬼神，旁薄日星淵淪紘極咸丘蒙之說不辨而自失矣。

看至字莫大字則尊親中等級正多。

孝子之至四句只虛論情理下四句纔照舜事故尊字境位尚博自天子以下至大夫士更推之爲聖賢豪傑之父皆尊親也尊至爲天子父尊止矣而舜幸得之在舜當時亦不冀及此然至此舜亦只如固有緣孝子之分有定而心無窮天下有一步尊處孝子之欲尊之心必不留餘第不是定以爲天子父爲孝之至也兼士庶帝王講爲是爲天子父亦從道德功業來有舜之聖而後能尊親爲天子父此豈人所得而妄覬者哉。

大意在辨臣父故說到尊親盡頭處然須知聖人正以孝致之不是必以得此爲孝不然莽操昭炎之所爲皆可援孝以自解矣。

推勘到德遇之隆全從論孝人意中看出方說得此理圓滿無

疑。

孝子之至四句。從論孝子者著解。自無語病

舜是古來聖人破格事。

李來泰文以得天下爲孝。而加功德於其親。與以孝得天下。而貽令名于其親。其廣狹有閒矣。評爲孝子而至尊親天下養。乃爲至耳。非尊親天下養。卽爲至孝也。漢高心善家令言。乃尊太公。故是分羨餘智耳。豈得爲至孝哉。是作深得此意。與余論中庸大孝章有合。如時文言。則古來作賊窺伺神器者。皆可謂之行孝矣。可乎。

舜之尊養。原以孝得。非以尊養爲孝。

從臣父立辨。人皆知之。正雖其辨之正而無病耳。何謂病。若但以尊養之極爲孝。則叛臣亂賊。皆可取其志耳。惟舜之尊養。皆從

大孝得來其至德協帝處便是尊養之至處及其尊養亦不過止于尊養不以亂天下之常經大義方見聖孝之仁至義盡

黃淳耀文 禘黃帝而郊嚳遡道所自始而推之乎顯親其義同祖顓頊而宗堯明位所自傳而反之乎一本其情篤 **評** 此見舜之尊養適合當然未嘗以私失天下之公則濮議大禮之是非見矣

玩註既爲則當字爲天子父四句是側落不是平分

韓菼文 舜自以孝而得天下不以天下而得孝也 **評** 二語眞說得道理盡孟子於天子父天下養下即下詩云永言孝思三句正要人活看上八句只論心不論事事有窮時心無盡處以要見至孝之心斷無臣父之理耳不是勸人生妄想也不然篡逆僭竊皆可爲孝思耶如此看中庸說舜說武周道理都成一片

思字卽從上兩至字生來不說如何尊親如何養親而獨曰孝思維則此方是至也纔說至便已不是至極力寫出思字至字之理方足至字理足而臣父之鄙妄固不足辨也

引詩二句照上孝子之至四句作結也是籠統說不單指舜之尊養亦不是教人以舜爲則尊親備養總是孝思所致人能長言孝思而不忘卽所謂孝子之至其爲尊養自能極盡可以爲天下法如舜者卽詩所謂能長言孝思而足法者也豈有臣父之理哉蓋尊養乃孝思中事非以尊養盡孝思亦非尊養難致而孝思易法也若云舜之尊養不可及而止取其思則失語意矣

引詩以證尊親養親之至明臣父之說之妄重一則字此則字卽從上文兩至字看出見此理是亘古亘今橫塞宇宙不易之常道則齊東鄙瑣之說正如日月出而爝火息自無可置喙處矣

則字卽人倫之至至字。孝中大孝中孝小孝。層級正不同。必至此方盡盡處。纔是則。若是遮上面還有一層。便不可以爲則。引詩只明此意。以見孝到極盡處。斷無臣父之理。不是扯武王來陪論。亦不是借武詩頌舜也。

引詩只斷章取義。非以武舜較尊養也。以舜武衡論便非。

引詩只謂爲天下法則耳。非引武王也。

不是論武。只是辨舜。

書曰祗載見瞽瞍節

父不得子。正從底豫後看出。註所謂不能以不善及其子。而反見化于子耳。時文每喜醜詆瞽瞍以爲笑柄。仍是咸丘蒙見識耳。

萬章問曰人有言至於禹而德衰章

金聲文　啓賢。禹亦以爲簡在帝心之賢耳。而斤斤曰予子也哉。

評此是實義文聖人不憂宗祀之絶續而憂道統之絶續聖人以道統爲宗祀也評道統自道統宗祀自宗祀聖人無混合之理文堯以舜爲子舜以禹爲子謂舜禹者實能父之而承繼其道故天下大器付之嫡嗣而支庶莫敢奸焉評天降作君師原無付嫡嗣之義文獨至禹之子而承道統之人與承宗祀之人自合爲一耳評知此則固當分看矣文禹不幸以此蒙德衰之譏豈知堯舜之未始不與子禹之未始不與賢也哉評禹止欲與賢適賢在子耳故謂與子原是與賢是實義非巧話也因而回互說堯舜亦是與子是欲作巧話而不知其謬于義矣蓋宗支世系是父子一倫中事帝王授受是君臣一倫中事一從仁生一從義生自是天地閒並行兩大事合併不得天位原只有傳賢禹未嘗差差在啓以後耳後來竟將天位作父子傳授家

當混看此濮議大禮之所以紛紛謬戾也才人行文只取立說巧妙然此等處關係極大不可不辨

只有和尚之教道統即爲宗祀付法者即爲嫡嗣此正是無父無君孟子所謂二本故然耳要之此一種識解議論亦自禪學得來近日講學者又學和尚各建宗旨譜源流支派爲異端兒孫而欲篡聖賢統位更可畏矣

艾南英文 必以傳賢爲定局則軌服不到之處必有爲一姓之說與恢復之圖以遂私者而陰謀圖度之雄必有假恩威之柄收中外之心以覬禪者云云**評**滿肚後代史案皆與三代之道無與如所引禪廢慘禍皆家天下所致又何嘗爲與賢而然哉

首節

金聲文 洪荒以來父有天下傳之子此天定地設不可亂也至唐

虞之世則有不然者。評 謂傳賢在傳子之後。則人言當云至禹而復古。不當云德衰矣。此亦以後世疑上古之弊。

丹朱之不肖節

黄淳耀文 朱均特未有天下耳。安在其不肖哉。況所不肖者二帝也。評 曲説出朱均。却詆孟矣。文 擊石拊石。百獸率舞。堯德所以格鳥獸也。陶于河濱。器不苦窳。舜德所以被泥土也。二子之質視鳥獸與泥土則有閒矣。何至惛然無所感化哉。評 强詞奪理不知天下原有可感之鳥獸泥土。而有不可化之人。雖聖人無如何也。文 二帝之于賢。子肖亦傳之。子不肖亦傳之者也。評 如此却是私心。文 度二子之材質。皆中人以上者。苟假之事權。皆可以備一官名一器。而賢之得天下。不安天下之繫屬于賢也亦不固。評 果如此。則賢何必得天下。此顔山農所謂堯舜不能殺舜禹索性以天下結識之說也【文】誅凶舉才堯皆使舜任之而舜之於禹則使之隨山刋木旁行天下者無寧日焉皆所以樹兩人于天下而陰以晦吾子也【評】此是私心作用【文】惟二子知之憒然聾其聽昏其明愚其智使天下聞之或曰頑矣或曰傲矣於是迫舜禹而起而舜禹始無辭于天下此二子之志也【評】然則朱均可謂至德矣幾疑桀紂亦爲湯武地耶且如此舜禹亦是私心總以後世事理論古人以庸俗心情窺聖人凡熟于史者其病每如此

【金聲文】使二子有天下則天下必受其害以聖情論非所以爲天下計也使二子有天下則其身亦并不能安以常情論亦非爲其子計也【評】二義的的見聖人處得仁至義盡無一不得其所啓能繼禹之道全在一敬

久遠郎上文多少。久未久比較不齊。是總説三人却是止説一人。全爲解説禹德之不衰與益所以不得傳之故歸之天命。其説已盡。然天命是渺茫渾淪語匹夫以下數節。又推明天命所以然之理。

萬章問曰人有言伊尹以割烹要湯章

首節

割烹要湯有兩層意。時人撰此説。專爲自己苟且卑汚解嘲。萬章述此言。爲孟子守禮義不見諸侯規諷。

孟子曰否不然伊尹耕于有莘之野節

聖賢于出處去就辭受取予上不肯苟且通融一分不是他不識權變。只爲經天緯地事業都在遮些子上做毫釐差不得耳。自作用之學興。竟分體用爲兩截更精而講合一。則索性以作用爲本體引得一班苟且無忌憚之徒妄作妄取輒以英雄自命曰成大業者不顧小節外間靡所不爲只不管自己身心如何雖其中亦雅俗高卑之不同然下梢總歸于小人即諺所稱光棍耳且道自古來作用之奇且大有過于伊尹者乎看孟子說他本領却只得非義非道則天下弗顧千駟弗視一介不與一介不取若不是後來一番事功也定說他有體無用矣

陳際泰文 道義見于取與之際而藏于一介之中評便見一介取與不是小事文古之有爲者恒致詳于平居之時而力爭于毫釐之際評今之有爲者反是文一介之誤不自一介止也他日秉權用事取與之干清議者或重于丘山評此義殊不論後日只當下便是若說他日作用大則仍看得一介小矣由其見處未的竭力欲說得一介大不道反說得一介小也蓋一介之不

取與，即是伊尹通身本領，體用全副在此，不是一介取與小，後來任天下之重乃大也。道義只是一箇道義，在一介不曾欠，在天下不爭多，不待推廣勘驗方見其大。只爲後世盜賊之行，皆可以爲君相，看得此理不同，遂謂成大事者不顧小廉曲謹，一班無恥無行，靡所不爲，皆以英雄豪傑自命，不道開天闢地一箇極奇極大功名作用之聖人，其本領却只在一介上做起。蓋一邊純是道義，道義不分大小，一邊純是利，利則有大有小矣。

湯三使往聘之節

袁蕃文云云。評：吾豈若使是君爲堯舜之君哉三句，是伊尹止爲堯舜之道轉計，正見其出處之正，非爲身與君民功名事業起見也。先儒云：汝道讀書做到狀元便了，却耶遮上面更有事在。又云：天下事非甲爲則乙爲，豈伊尹見不及此？此篇扼定道字，下語親切。直是所見者大。若但鋪張際會。說盡君民吾身關係處。只寫得如今秀才胸中耳。博一舉人進士。便了却半生讀時文一場辛苦。何嘗不道致君澤民耶。許大世間橫術廣廣國中無人。對此眞堪痛哭。

天之生此民也節

首句此民中。便有予在。等民也。只覺處分先後耳。方見下予天民三字神理緊接。

唐順之文 先覺矣。而不覺後覺。則是爲天心之所獨厚。而不能體天心之所均愛。非天所以惠民之意。亦非我所以奉天之意也

評 體貼出聖人一片赤心。本天直下。不徇己私。亦并不徇天下。即有罪不敢赦罪在朕躬之意。當時君臣一德。是何擔任。是何敬畏。予天民之先覺者也三句。正見頓說明命之旨。著一點矜

情浩氣，便是後世英雄自負大言。與聖人分上無涉。不涉聖人分上，便純是私意。其自負大言，正是割烹伎倆矣。【文】吾將因其不息之體，而通其暫蔽之機。【評】道本在斯民，此等語無本領者必不能道。卽讀此亦忽略過去。【文】使天下而復有先覺者焉，吾固可以安于畎畝而無所事也。今而未見其人也，非予覺之其孰能覺之。【評】跌起誰字好。方見聖賢赤心，不是妄自尊大。孟子舍我其誰，亦是實語。痛切語。

思天下之民節

思字剔出聖人心事，是孟子設身處地相見處。

思字向堯舜之道生出，幷不在民身上。

思字直從樂堯舜之道來，已字從吾身親見來。

思字粘煞伊尹說，如早晚做个話頭，直說得口中念念有詞，越做越呆矣。孟子却是從他前之樂道後之伐夏體貼出來。思字。人只做得伊尹濟世澤民。急任功名一邊看來與畎畝樂道意思。打成兩截。人則伊尹竟是始終參差蒼黃反覆一流。幾不免嶽嘲隴笑淵愧林慙矣。能從樂道中看出思之源流。方見伐夏救民正是畎畝樂道中事。與堯之憂民舜之不與。禹稷之飢溺。孔子之蔬水。顔子之簞瓢。孟子之好辨。聖賢揆同趨一處

劉思敬文以天下之民之衆也。其自堯舜之澤而外皆溝中也。**評**正是危微本旨。不是功利熱腸。**文**達道之君子。法做之卿士。盡可作匹夫匹婦觀也。豈必保全愛養之爲堯舜之澤。而矯勵懲艾之非澤也哉。**評**伐夏救民。正是堯舜之澤。方是伊尹之思。匹夫匹婦卽民。不過言其少耳。不作兩層。

堯舜之澤。指除亂興治。兼教養實事。若單講覺字。便容易蹉入禪

去。

下面二十五字只襯筆一个思字之盡且急耳。但思字却有箇根源。若止向天下事功上著想。止寫得後世豪傑志量。到不得聖人心上。

此際之憂。便是向來之樂。因時遇而分露。其實未嘗分也。讀朱子感春賦云。樂吾之樂兮。誠不可以終極。憂吾之憂兮。孰知吾心之永傷。歎聖人心坎中憂樂同原。直自具一箇天地。後世學者胸窩。只有一副私心。以得喪爲憂樂。如何見得遮箇道理。

其自任以天下之重如此。此句最易說入豪士急功名。英雄試經濟著一分意氣。便不涉聖人心事。天下之重。正爲堯舜之道在我。堯舜之澤。亦在我。更無可諉處耳。

天下之重。正指堯舜之澤。不是虛說功名。

天下之重。只在道上看。自任只在天上看。如此方見就湯伐夏却是正已潔身内事。若注眼但見就湯伐夏一節。任重不覺說向外去。反爲割烹左證矣。故此句須對下節講。

熊伯龍文 尹惟見吾學之大小。必以天下爲驗。而天下之治亂。遂不得不與吾學相關。**評** 只完全一箇自已。便是任天下之重。**文** 我所覺者。非人之所喻。則我所任者。亦非人之所知。前有千古。後有萬年。此際實具危微之機。**評** 人苟見道分明。自不放當時後世非謗在眼裏。實實如此。纔是眞自任。自字與下已字對。天下之重與下正天下對。但有正已以正天下。無正天下以爲已之理。故任天下之重。全在一自字。句句鞭辟向裏。方得闢割烹本旨。

如此二字。愼重之詞。非夸大之詞。重字乃不敢苟且意。非不肯狹小意方是闗割烹本義蓋此句原兼處畎畝與就湯說就湯固爲任重弗顧弗視與囂囂却聘亦正爲任重也人只說得後半截耳正己乃所以正天下天下天下是己分內事天下不正于正己尚虧欠兩邊夾說方盡

放桀放太甲直是開闢來未曾有之事自伊尹敢犯手創爲之只緣伊尹胸中有箇堯舜之道在堯舜之道中有箇天在逼得箇伊尹不敢不犯手做後世抱不哭孩兒者固不能學敢于篡奪無忌憚至以作用爲即三代者又伊尹之罪人也

吾聞其以堯舜之道要湯節

緊扼定堯舜之道便可放鬆要字要字愈放得鬆堯舜之道愈扼得緊割烹之誣不辨自明

既云堯舜之道便不可謂之要矣而云要者此是孟子善辨亦戰

國人口氣如此。承認要字。正是辨白要字。若一推開。反認煞矣。

萬章問曰或謂孔子於衛主癰疽章

於衛主顏讎由節

彌子之妻一段。止爲孔子與衛靈膠粘不著。不意中生此奇緣。與子路敘親。正伏孔子線索。旁外扳擔許多眷屬。都是梯媒關節人意中籌願。因歎世間奔競之徒。乞婚納嬖。聯譜贄宗。以黷賄營進。陽陽驕人。而恬不知恥。使得一彌子之妻門路。更不知如何榮詡矣。

孔子進以禮退以義。此二句原從上有命二字。推補出聖人欛柄。須知聖人不是一切委之數命。其知命也。正以禮義耳。看道之不行已知之矣。而栖栖卒老於行。此豈委心任運者耶。故此二句指平生大段說。不指處衛一事。禮義亦不專在進退上用。

觀程朱立朝進退之法。便知孔子。

聖人不言命。間或言之。特爲下等人說法。使易開明耳。於此中略存懸望計較之意便非。今人不信命固不可。若一向委之於命。而不修人事。尤極壞事。須知命字上又有一層。人惟見不到上一層。故并信不煞下一層耳。

孔子不悅於魯衛節

主司城貞子二句。只敘貞子去就。便見貞子之賢。只贊貞子之賢。便得孔子之主。

吾聞觀近臣節

門戶厲階。至今爲梗。此古人所以謂去朝廷朋黨難也。然使爲人君者。能識觀近臣以其所爲主觀遠臣以其所主四句。正可從此辨出種類耳。只要辨得一二閣部大臣。便可辨朝士。便可辨外僚矣，復何難耶。明此方知歐公朋黨論，猶未得其要領。

萬章問曰或曰百里奚自鬻於秦養牲者章

百里奚虞人也節

孟子開口第一句，只虞人也三字，抵得多少辨難。傳家第一句云某者某人也，然彼是土著人籍貫，此是流寓人來歷，下文多少事故盡要于此六字中見之，方好，莫粗淺看。

要説得百里之忠，與宫之奇同，而見幾明決，又高一著，若但做避難自全，隱默圖利，是奸也，非智也。智字識得不錯，纔勘得此一重公案。

百里奚不諫句是案，下節是斷。

知虞公之不可諫而去之秦節

此節孟子文法極錯綜變化之妙。

全節只智賢兩義耳。智見其知所不爲。賢見其品行必不爲。忽幻作六段。反覆藏頭隱尾。極跌蕩精妙。

出脱百里奚。只在知虞公之不可諫一句。下面但反覆申明此句耳。

唐游文 不原其不得不去之由。而深信其所以必去之故。則興亡之際。朝齊暮楚之徒。且將以賢智爲口實。而始進之羞。又其不足辨矣。**評** 見好事者造言之由。方知孟子辨析關係不小。

好事誣奚。正爲當時苟且干進者地耳。由其言。必且以名教節義爲桎梏。以興亡去就爲浮雲。故孟子直舉其入秦之故辨之。令好事者更無指摘處。

奚不相秦。顯君。其賢智自在。百里相秦事功。他無可考。于春秋見殽之師。而秦穆之誓。聖人取之經。此題君傳後之實。可知一部春秋大旨。與六經同歸。凡爲聖君賢相。事功莫大於此。

自戰國開功利之說。後世許多學術門徑。總出不得此二字圈子。欲爲君者。不論篡弒僭竊。曰逆取而順守。欲爲臣者。不顧喪身失節。曰枉尺而直尋。孟子一生所憂所闢只在此。故弟子皆以不見諸侯爲疑。割烹癰疽食牛數章問答之意有在。非泛作一卷史論辨疑也。

呂子評語正編卷三十二終

呂子評語正編卷三十三

孟子萬章下

孟子曰伯夷目不視惡色章

孟子曰伯夷聖之清者也節

清之上再舉頭看聖之兩字乃得要之清字原不同也聖人所爲使于天理人心有絲毫未當處便不可謂之聖又何有于清清字從聖字看出謂其於聖人中較分明嚴肅則清處爲多非謂其以清爲聖也勿寫入孤高一流作獨行傳贊去

清字從倫常義理界限分明處看方是聖之清

是聖之時不是以時爲聖

聖之下加箇清任和時纔見孟子辨析之精言語之妙聖所同也清任和時所獨也若說孔子以時爲聖則時字便小聖亦不大

惟清任和各露在聖外。故皆見其偏。惟時字加出聖外。故獨見其高。并聖字亦高一層矣。卽是下文聖由於智之義。

只一時字。包得三聖。惟其智也。

時之義。正在變化不同處見。有統看有拆看。統看者千古只如一時。而元會運世春夏秋冬。無所不有。拆看者一時各有一天。而治亂寒暑晝夜呼吸。無所不分。

唐順之文 學未至乎聖。而遽欲爲其時。則心無所主。或反流于猖狂縱恣者矣。漢儒反經合道之論可鑒也。**評**曰聖之時。先須得其聖。而後論其時。此意好。**文** 時非聖人不能用也。**評** 時字是聖人勘語。道著用便不是聖人。亦無用時意。**文** 至聖之所以爲聖者。不外乎中而已。**評** 提出中字。正見發明。看末節註。三子智不足及時中道理自得。張評不必拈出中字。此俗眼講究。非學者正法也。時之妙正在中。不知中而言時。未有不流於猖狂縱恣矣。此正荆川精于理學得力處。爾公何足與言此。此種說數似乎高老。足以惑後。故辨之。

自古未有以聖稱三子者。稱之自孟子始。是孟子實實見得如是。故足爲千古定論。評家每謂孟子欲尊孔子。故聖三子以極尊之。是三子之聖。出於一人之私。而非萬世之公。并孟子亦權用。而非尊信之實矣。此等議論最害道。竊嘗論三代以後聖人。惟明道文公爲第一等。惜無孟子其人出而定之耳。

孟子願學孔子。而其任處氣象實似伊尹。故其稱尹處尤極精采。割烹太甲二章。闡論嚴正。微旨可見。或議孟子勸齊梁爲湯武爲不可訓。此小儒齷齪之論也。伊尹孟子所見在天命民心。小儒所見但在名位。此正有伊尹之志與無伊尹之志分辨處。霍光學伊尹而安漢，王莽學周公而篡漢。若伊尹孟子不可訓，則周公更不足法歟。

孔子之謂集大成節

集字包衆小成在内。

金聲而玉振之也。解集大成之所以然。開下聖智之事，孕下聖由於智之意。

金玉二者，在衆音之外，只一用而已。

黄淳耀文　旋音始于黄鍾，而上生者，三分益一，下生者，三分去一，則有迭爲宫角之理。苟有函胡而無清越，有隆大而無纖微，是失其所以迭爲之本也。評　旋宫雖小成，獨奏亦然。不切集大成。集大成謂兼統衆小成耳。函胡清越，隆大纖微咸備是已。却不論迭爲之本。

凡樂皆有終始。惟金聲玉振爲衆始終之始終。凡聖人皆有知聖之事。惟孔子知聖之事。能包函羣聖人知聖之事。時人止道得聖人必以知始以聖終一層。不是看得孔子與三聖無異。便看得三聖人於知聖之事有虧欠矣。三聖原無虧欠。只是孔子更全備變化耳。

歸有光文 窮理盡性以至於命。而知之皆眞知。**評** 眞知二字不切。

淸任和皆眞知也。孔子之知更全且盡耳。

凡聖皆以知行爲始終。但非集大成之始終耳。

三子自有條理之始終。知與始條理終條理之始終不同。

所重在條理皆貫耳。

上節分列聖號。言各造其極。聖字之理已明。此突出个智字。正分別孔子之所以兼三聖處在乎此。

上是疏集大成三字，就樂説始條理者以下，方轉合到孔子身上説，亦共曉也。忘却條理二字，一任説知説聖，總不切孔子一句矣。蓋條理各有始終，惟金玉又總始之總終之，猶三聖各有知聖，惟孔子能包舉之也。此旨分明，下節聖由於智之義，已隱隱逗漏。

理無不全，只是人心之明，收拾不盡。下節之意，即從此見得。

智譬則巧也節

上節聖智分説，此節説聖由於智，而首二句尚平列，巧力敵重不得。

附末二節文

惟時聖能合三聖之全，智異而聖益不同也。蓋孔子之異于三聖者，實以智聖合三聖之大，而其所以能合者，則尤在乎智也。觀之樂復觀之躬不可得其獨尊之故哉且以天下視聖人凡爲聖人無異也以聖人視聖人而後悟聖人亦自有其偏全焉不知一聖之全不知羣聖之偏也不知一聖之所以全亦不知羣聖之所以偏也觀其後見并包之量有甚宏遡其先見本源之際有獨至此其說可善喻而得之吾列敘四聖而分系之以名得無謂淸任和之與時各專一聖人之號而莫能相兼將同類而並觀也哉此明乎聖之謂聖而未明乎孔子之謂孔子也今夫春秋冬夏析之無不可以極一氣之理而必以備序者爲元運之周遲速久處仕分之無不可以盡一聖之德而必以統同者爲變化之至也然而時也者循環而不見其始流行而不見其終是可以觀孔子之聖而未可以觀孔子之聖之事矣則猶未明乎孔子之謂也孔子之謂集大成夫春秋號樂統名金奏詩

頌和平。必依磬聲。蓋以建中和而總條貫。以降天神。出地示。實惟金聲玉振主之。何則。編金之鏗也。編石之辨也。匏土之函胡也。革木之隆大而無餘也。絲之哀而竹之濫也。大不揜細。短不凌長。分而觀之。始終咸具。此所謂條理者也。然八音各自有其端。而不能共爲端。各自有其止。而不能共爲止。合同而化之外。有爲之綱紀者焉。則金聲所以始條理。而玉振所以終條理也。吾于是憬然于孔子之事矣。洪纖清濁。翕然萬殊。始之所以極其變也。清越和平。詘然一貫。終之所以成其章也。故有鎛鐘以宣其氣。而有特磬以飭其歸。猶之有神明以開其天。而有化裁以入其域。知事也。聖事也。孔子之集大成以此。然而智也。聖也。不弟孔子有也。知清而後能清。知任而後能任。知和而後能和。三子未嘗非知也。知清而必底乎清。知任而必底乎任。知和而必底乎和三子又未嘗非聖也然而集大成必歸孔子者非其聖之有至有不至而由其知之有大有不大矣此其理猶射者然射而不至直不可謂之射至而不中則已及乎百步之外矣雖失鵠焉若毫釐固不爲病然有發必破的者過之終不若其至而中者之巧力兼絶也然則三子之止于清任和也聖限之乎知限之乎孔子之集大成也聖異之乎知異之乎以是知賦受之散殊雖聖人不能無厚薄惟克盡夫賦受之量斯散殊皆可以盡性學聖者固恃有力行之功而理道之中正雖聖人不能無明蔽惟推極大理道之原斯中正自出于窮神學聖者尤貴得致知之要其在易曰知至至之致知也知之在先故可與幾知終終之力行也守之在後故可與存義然而皆統乎知矣則智也聖也在孔子者一而無端在學孔子者分而有序

北宮錡問曰周室班爵祿也章

黃淳耀文 昔者三代聖王。皆起于侯伯者也。身有正天下之功。而其時之莫大諸侯。亦未嘗有亂天下之罪。使一旦舉封建廢之。何以謝元德顯功之後哉。評 何故處心積慮欲廢此法。文 吾之所因者勢也。後世子孫之所因者法也。法不足以維其勢則治之功歸于勢。而亂之罪歸于法。是天下無賴有天子也。故定爲一切之法。使後世變吾法而得亂。則吾亦無罪于天下焉已矣。

評 看三代聖王。皆憑勢得天下。此却是大害道之言。聖王亦無以法維勢之意。其法皆天理之自然。後世多此種議論。由其胸中先有是郡縣非封建之意而發。文 吾聞先王建都。置諸四達之地。使後世有道易以興。無道速以敗。則其視天下猶公器也。

評 可知無私。安子孫意。文 惟是子孫不安則天下亦受其亂。內勢不重則子孫不得而安欲避私子孫之嫌而反成亂天下之勢非得策也于是分天下爲九州云云【評】只是天下不安子孫亦受其禍耳內勢之重亦天理自然之等殺豈爲安子孫而重哉後世舉天下皆私其子孫子孫又何嘗得安哉【文】以至在官者食其勞在田者食其力而皆以爲環衞天子之地【評】理勢固然然以此爲制度之意便悖【文】黃池爭長之時稱王者忽降爲伯秦楚爭伯之日竝帝者仍退爲王云云【評】觀此爲法足維耶抑理足服耶【文】將欲按王國之籍而正其爵按侯國之籍而正其祿非命世大材崛起在位者不能【評】須聖人耳命世大才何代無之〇看其經營指麾直有管仲孔明作爲氣象惜乎本領差只在權勢功利上起脚不見三代聖人全體大用耳

自柳州著封建之論都以私意窺測聖人遂使後生讀之謂封建

爲必不可復。余以爲先王之經理。彌成。不過度量宏分寸明耳。然則雖一家一邑。非此不治。況天下乎。張子宋公必不吾欺也。五兵作而殺戮多。封建制而爭戰烈。聖人豈不知之。然必不可已者。其利害有大小也。後世不知聖人深意。以一姓之私。廢生民之公。究其子孫受禍尤酷。流未有之毒於無窮。則何益矣。此余讀史至秦之銷兵爲郡縣。宋之杯酒去藩鎮。未嘗不痛恨切齒也。而腐儒猶以古爲不可行。以彼爲妙用。何不識死活哉。其亦未之思耳。

章世純文先王之班爵祿。要於足以相馭而已。**評**便只說得勢力。**文**臣與臣不欲其太別。不甚別。則可通協恭之義。兼可爲犬牙之制。**評**此却以暴秦之肚腸。揣摩三代聖人之法制矣。臣與臣何嘗不大別。卿與中下士相較。不止十倍也。**文**千里猶終不足以馭百里也。先王固已無奈何矣。評何不爲郡縣。然則暴秦智勝先王矣。聖王制度。皆本天秩之自然。以爲節。爲其理當如此不從勢力相制起見。有德易以興。無德易以亡。聖人意中。原無私爲子孫世世爲天子之謀。雖上下相馭之道。未嘗不在其中。然非其本義也。若爲子孫謀。從勢力起見。斷無出于廢封建爲郡縣者矣。然秦以後有天下者。反不及三代之長。其子孫受禍亦慘于三代之革命。而儒者猶言封建不如郡縣。並誣三代聖人之制。亦從勢力相駕馭上商量。豈不悖哉。

陳際泰文封建者。聖人公天下之大端。要亦以自利焉。其爵位祿入。一與天下共之。然後人主之勢。蟠于天下而不易動搖。評如此說。只成勢利。雖曰公天下。皆私矣。豈足與論古聖人制作哉

文天子者。自天言之。有可之大者也。評提一天字。便可見封建

之初。文諸侯大者百里七十里而遥。小者不下五十里而近。衆建而少其力。示易制也。評此賈生利漢策。非三代以上意也。文凡言封建不可行者。慮各制其國。或至戕民耳。不知戕民起于旦夕之任。不起于世享之君。令其有社稷而長子孫。夫何所不拊循以自固。評此郡縣制行天下所以多酷吏也。文凡言封建不可行者。慮各據其國。或以名亂耳。不知名亂起于悍侯者小而遲。起于無悍侯者大而速。令自有其土而自戰其兵。夫何所不挾持而因以自延。評秦亡之速。宋亡之慘。可鑒也。看他古今之說。雜揉參和而出之。然到底今多古少。蓋其隱微深錮。皆今說所浸灌。而古說之至者未嘗有聞。漢唐以來文人多坐此耳。

天子一位節

内有公卿大夫士。外有公侯伯子男。不是必如此而後天子之尊爲不可及，專要尊秦以後心法也。

艾千子：封建公侯卿大夫，原以四海之大，兆民之衆，與之共理，方是聖人之心。今作者耑講入防微杜漸、制馭鈐束、事制曲防上去，將先王公天下之心，爲秦人郡縣自私、漢高猜忌功臣之心，後學如此作文，眞不讀書也。評：千子之論至矣，陸機、柳宗元尚不明此義，況秀才之猥陋乎。

天子之卿節

祝翼權文：以內制外，以重馭輕，此亦法制之善，勢使然耳，先王何庸心哉。不然，意主外重，則侯服而稱王者有之矣；意主內重，則世卿而分國者有之矣。先王亦安能逆計其變，而曲爲之防哉。吾故曰此公天下之心爲之，而非有私也。評：後世如唐重藩鎮，宋重禁軍，都是私意耳。重內輕外，此老生之常談，而後世經國者亦只講得犬牙相制然則立制之初已純是一團權詐又安望其後世之無弊也讀此覺如太陽當空翳霾盡消而世且必曰此老生常談也奈何也只爲偌大世界千百年來總是一个私心結成牢不可破耳

耕者之所獲節

【王綱文】農夫終歲辛勤猶不免于窮飢而官司之守不耕不獲坐飽富强之利則又誰不樂在官【評】近日此輩橫極買一闕有至萬金者矣【文】庶人身辭畎畝既無望於秋成而官家之事一不當刑罰隨其后實則稍廪不充彼又何樂于在官【評】此俸薪工食之所以不可薄正所以責其廉也此節原只爲庶人在官者定制祿之準則從此推之則君卿大夫士之制祿義亦盡此而凡祿之制皆起於農則爵位之原亦起於農天生民而立君師

義皆包舉矣。此言外微意也。

章貞文 自代耕之義不明，而吏胥羣役因得以侵奪愚民，其時公侯卿士又但知剝民自奉，而先王重農之旨，於是乎泯矣。評 後世民害，盡此數言。

此節根源却在上三節結句中。

此節耕者二字直起，原從上文代耕二字生來。代耕之義，上通於君公，直至天子，亦不過代耕之盡耳。天生蒸民，俱合一夫百畝，特人各致其能以相生，故有君卿大夫士之祿。君卿大夫士俱合一夫之食，特其功大者其食倍耳，皆所謂代也。叅看並耕章，此義更分明。

須知天子以下皆代耕耳。

爵祿從上看來，似推到庶人住；不知從天降下民看來，其義原從

庶人始直推到天子佳耳天子亦代耕之極地也

不是先王于極細碎處皆寓深心天下大道理原從此起如九章之始于九九七政之始于日行聲律之始于管吹先王建法必從此起卒明耕者所食之等分以之起算直至天子之祿皆由此定但言庶人在官者以耕者以上貼身一級人言也庶人在官者與下士貼身一級卽中士由此節節推上次第分明到底可見先王井田封建之原都只從耕者立義而天降下民之意與聖人本天制度之道亦昭然可見矣

天生民而立之君必足以濟斯民而後享斯民之養故自天子以至于一命之奉皆謂之天祿天祿本于農祿自農生故差自農始由庶人在官者逆推至天子止此一義故以此結通章不僅解在官一類也古之天子諸侯卿大夫皆視其祿位爲苦事今

則皆視爲樂事，惟以爲樂，而民生之苦有不可言者矣。

差字之義甚廣。人自認煞在此節耳，不知此節固差之根也。祿由農差，則爵亦由農差。上次五等，即五等六等之上次也。

周官一書，安頓府史胥徒幾許人。孟子此章言制祿之法，大國次國小國，必說到庶人在官，而此節又提出另講，以爲差祿之始。竊謂周官孟子，何切切以此輩爲計？自今觀之，乃知天下惟此輩極難安頓，後世天下不治，只坐此輩無處置法耳。後世上自公卿，下至守令，總不能出此輩圈䙡。刑名簿書出其手，典故憲令出其手，甚至于兵樞政要、遲速進退，無不出其手。公卿守令猶傀儡也，而彼實其牽線提掇者也。使一刻無此輩，則宰相亦束手矣。是以老吏蠹胥，蝗蝻衣鉢，幷爲一羣，牢不可破。如此則天下安得復治乎？然後之儒者，商之亦久矣。如差役雇役總無良法。周官孟子之遺意。難言之矣。

卽據周禮中府史胥徒計之。已自不少。外而侯國家臣。更多可知。想當時必先安頓此一輩。而後其上可得而安也。則周制授田多于古。亦或其一端。

此輩正要安頓得法。亦須體量其意。三代致治。未有不由此也。

自封建變郡縣。仕宦如歷傳舍。而胥吏坐長子孫。仕宦素不練習。而胥吏皆諳熟典故。朝廷一舉一動。必不能出此輩之手。天下者。胥吏之天下耳。然猶五方雜用。自朱賡作相。盡以其鄉人布列各衙門。而線索始一。更盤踞深固不可破矣。

陳子龍文周封建之法善矣。而卒有六國之禍者。何也。代耕之法廢也。故天子尊。則在官者爲陪臣。春秋是也。諸侯尊。則在官者遂爲說客。戰國是也。**評**說客另是一種。如秀才失職而爲游客幕賓與衙役又別。但亂天下則同。【文】秦不師古。以吏爲師。則向之所謂說客者。盡爲深文舞法之人。不則爲揭竿斬木之徒矣。故秦之任吏。不始于焚先王之書。始于廢封建之制耳。【評】畢竟始于焚書。故孟子亦云惡害己而去籍。

天下任道。則重在師儒。公卿大夫皆師儒也。故天子亦曰作之師。天下任法。則重在吏胥。公卿大夫以上。無非吏胥之術矣。此患由井田封建廢來。代耕者之義。井田封建之本也。秦以後純是在官者用事。只是任法。不得不然。非三代不用吏胥。亦不是三代吏胥天生好也。

萬章問曰敢問友章

首節

論交在今日。但有勢利耳。此挾不賢以爲賢。彼挾不貴以爲貴。幕賓謁客煽詡成風，詩文講學爲籬落之吠嗥，布衲幅巾爲馬首之舞拜，相誇爲交友之大榮，恬不知恥，引得一輩小才後生都顛狂，嗚呼，其亦可哀也已。

陳際泰文 知所爲命友之意，而挾者陋矣。**評** 不止一陋。**文** 爲狗馬，爲子女，皆庸俗馳騁之宜，然無志于友則已矣，夫既謂吾徒而來，則此中之律度，似當相程耳。**評** 此吳門人所稱大老官與老白相者也，今日聲氣中人，不過此一流耳，而自謂道德文章之交，豈不可恥，要知三挾中只有挾貴一途最利也。

非惟百乘之家爲然也節

董楨文 德隆則從而隆也，如是而惠公之心安，而子思之心以安，**評** 其所以安之故，以其定于天也。**文** 無德以相使，即遇有可使者，反謙讓未遑，以外釋其嫌疑之迹，則遂繆致恭于王順長息矣。評燕昭之師郭隗亦權術耳。中庸言親親之殺、尊賢之等，親親之殺易知，尊賢之等難知，然二者皆天也。既出于天，則其輕重差級固有一定而不可移易假借者矣。是故高之非亢，卑之非諂。惟世不明此義，遂有謂此節末句難安頓，并有增出一番斡旋者，皆小兒强解事也。

舜尚見帝節

凡書中而字之上必有一讀，是天子而友匹夫也句略逗斷讀，語意尤醒。

倘云天子友宰相，諸侯友諸侯，友匹夫，天子友天子，天子友孝子懿親，昆弟相友，猶未爲奇，惟天子而友匹夫，遂成奇語。

丁序珙文五典之内，莫不有友焉。以父子言之，則有父事之友矣；以兄弟言之，則有兄事之友矣；即以夫婦言之，亦敬相待如賓

矣。獨施之于君臣之際。似覺不符。而不知其于友誼較切也。評

自秦漢以來。不知此義久矣。

自秦之尊君抑臣。繼以漢家叔孫之禮。迄今遂不復古。至如宋朝之寬仁有禮。而殿上坐講。當時猶以爲怪。豈勝歎耶。

用下敬上節

用下敬上四句。章意本側。然連下二句讀來。尚是平語。則此四句不弟側。未得并互說不得。

附此五人者三句文

進斷大夫友德之心。惟自忘故能使人忘也。夫使獻子而有不能忘貴之友。是猶獻子之有挾也。斷以不與之友。而五人之忘貴也可知。則獻子之不挾也更可知。今天下諸公子爭下士。士應之以千百計。謂非賢公子能自忘其貴不至此。嗚呼。此正震震

然以貴收之耳使其身生韋布即折節相傾納如今日豈有歸之者哉友之者曰吾以如是之貴而下士則莫不爲我致也其致以德仍致以貴也爲之友者曰彼以如是之貴而下士則安得不爲之死也非死其德仍死其貴也蓋其視貴也重而以輕用之天下阿合苟容者流鮮不爲貴所驅使固無足怪獨柰何有下士之德而挾貴以行其所得士止阿合苟容阿合苟容之出其門士之所以不至也亦甚愧于孟大夫之取友矣大夫之友無大夫之家固也使人大夫而自有其家大夫之友亦必久矣不與大夫友亦固也然亦幸而大夫之友無大夫之家者耳倘不能無大夫之家即無之矣或陽示以貧賤之肆志而陰感其富貴之輕身或外飾以脫略之形骸而中藏其精工之媚術辱車騎于市井之閒爭飲食于傳舍之内以就好賢之名而成輕

侯王之節。若此者。無獻子之家。而實有獻子之家者也。於是聲聞于諸侯。而權重于國。封地日以侈。奉邑日以廣。大夫即欲不自有其家。何可得哉。然則幸而大夫之友。無大夫之家者耳。而又不然。大抵權門赫奕之氣。多成于承旨藉餘之人。居勢者不自知其勢之可尊也。有慕勢而來者。而勢尊矣。有來而善張其勢者。而勢益尊矣。推崇之事盡。則箕踞少閒。遂驚其有屈己之奇。知其庭必無賢者之跡也。此固獻子之有賴乎五人也。若夫賓客諛佞之風。又多開于驕矜縱恣之主。附勢者不敢遽謂其勢之可親也。有乘勢以招者。而勢親矣。有招以益重其勢者。而勢愈親矣。頤指之習成。則迎合至深。反謂其有忘形之雅。知其人必無正直之交也。此則五人之有賴乎獻子耳。不然者。五人有高世之行。而獻子無樂道之誠。此五人者必不得合。即合焉。

而嫌隙生于燕媟之閒，讒譖來于忌嫉之口，獻子之家，又安得五人之名而稱之也哉？且獻子以百乘之家而求友天下，聞聲影附，進于前者不可勝數，要皆求友于獻子者也，而獻子之友卒僅以五人著。是五人以外，皆不與之友矣。其不與之友何也？有獻子之家者也。然則大夫之友無大夫之家，其以爲幸也亦宜，非幸獻子，幸五人也；幸五人，即所以幸獻子也。不然，此五人者亦有獻子之家，則不與之友矣。嗟乎！世流日下，朋友道衰。布衣昆弟之好，每見棄于仕宦之時；平居道路之人，忽言歡于顯榮之日。至于曳裾侯門，雖執鞭有欣慕焉，或且挾其聲勢以奔走天下，天下不以爲非，交遊不以爲恥。若而人者，不惟孟大夫所斥，亦五人之罪人矣哉。

萬章問曰敢問交際何心也章

曰請無以辭卻之節

請無以辭卻之。辭字與却字不連。請字與無字不連。

曰今之諸侯取之於民也節

充類至義之盡也。本句解猶盗之云。言外見非盗之義。

曰然則孔子之仕也節

兆是端倪。端倪即從本體流露。但有大小微顯之分耳。非于大道外。另有隱曲周旋作用也。大士文甚暢晰此旨。而不覺手滑時。又忽墮作用界去。亦熟處難忘耶。

孔子有見行可之仕節

王掞文輒大不孝。美謚以愧其心。評後儒之解春秋。每有此論。朱子辨之明矣。

孟子曰仕非爲貧也章

此章論聖賢出仕之大略。盡于是矣。顧人之自處何如耳。毛義奉檄而喜。伊川不爲妻乞封。其義一也。

退之爭臣論。永叔司諫書。俱從此章脱出。

始進以正。爲貧爲道皆有之。

美官不過多得錢。此宋太祖愚弄武夫之言。不謂今日學士大夫竟奉此爲安身立命之術。

爲貧者辭尊居卑節

爲貧之仕。只合講富。如何論尊卑。尊卑所以爲貧富也。

辭尊居卑節

惡乎宜乎抱關擊柝。此中止有學問。并非傲物玩世之謂。

學者果有本領。便自無所不可。只問今日我當自處何等當如何盡職耳。纔説有輕世玩物之心。便非聖賢學問。曰非百里才。又曰大事不糊塗。小事糊塗。只是本領不濟耳。

孔子嘗爲委吏矣節

貧仕固不爲行道。然其所以不爲行道者。卽貧仕之道也。辭尊富而居卑貧。卽行貧仕之道也。故位卑立朝。易地則皆然。會計當牛羊茁壯長。卽是地平天成。萬物得所手段。事有大小。道無大小也。若位卑時身不行道。立朝時亦無道之可行矣。孟子引孔子作樣子。豈爲貧仕者開方便法門乎。

歸有光文君子不能行道于斯世。而至于爲貧而仕。宜若可以苟焉爲之。而不知禮義所在。無時而可苟者。**評**此透頂之語。人不解道。**文**使其出入無悖。芻牧有方。云云。**評**會計牛羊中。卽見全體大用。此便是曾點暮春一段。其堯舜氣象也。○仕原主行道爲貧而仕者。仕之變。而行道之體用。未始不在其中。處處從末後一句倒折入來。方見爲貧原不在道外。可以苟且得者。但責任大小輕重不同耳。是亦道也。人講兩而已矣。語意直是輕忽此于會計當牛羊茁壯長中。看出絶大本領。方見聖人仕止久速。無時無事。不是半成手段。直至堯舜事業也。只浮雲點太虚此是甚境界。如是講而已矣。豈是苟且了得。此不是太僕莫想容易道著也。

位卑而言高節

道不行句。應仕非爲貧也句。位卑言高句。應有時乎爲貧句。結所以然之故也。大意側重爲貧者辭尊富而居卑貧一邊。

萬章曰士之不託諸侯章

曰君餽之則受之節

子思不受之下。蓋字之前。正有下節善養意在其中間。

繆公此閒正要想出法來。奈何以無餽便了。今日之臺無餽。正由于前日之亟問亟餽也。蓋字只是直接。更不再作一轉。商量出善處之法。

曰敢問國君欲養君子節

只是鼎肉兩字。上節讀得略重。此節讀得略輕。上節讀得略遲。此節讀得略快。中閒許多意思便已了了。此程子點掇念詩之妙也。

萬章曰敢問不見諸侯章

且君之欲見之也節

艾南英文爲其多聞而師之。評萬章原不說師。孟子謂多聞。則已可爲師耳。

欲見賢人而不以其道節

本爲不見諸侯。說到君欲見賢。夫義路也以下。又轉收到賢人身上。若再根見賢。則顛賓失主。却又脫離不得。

夫義路也四句。緊承欲入閉門句生出。不是辨讚君子。正是責重諸侯。君子所以不見。正爲諸侯不以義禮耳。此正對荅不見諸侯何義一句。詞意隱嚴。

能由出入。都在平素學術上講。不專指見君。見君義禮從此出耳。

章意重義字。義之所出爲禮。非二道也。但上文從門字落入易認禮字爲重。不知引詩只說義。故註云證能由是路之義。

孟子謂萬章曰一鄉之善士章

此章不是推廣交友。正極言取善之法。節節從自己分量識見恢廓上去。可見誦讀論世。即窮理格物之功。正是身心性命關通處。非永嘉博辨古今。徒成个没頭學問也。上蔡熟舉史論。程子斥其玩物喪志。及程子看史。却一字不遺。上蔡初頗不服。後乃悟其妙。做話頭接引後起。熟思此章之義。此話頭如桶底脱矣。上節言人之分量。下節乃言其識見耳。上節數層。只要襯出爲未足三字來。以見其尚論之識如是也。若分上節爲友一鄉友一國友天下。而以下節爲友古人。兩節一串直下。有層級而無異同。則眞不會誦讀詩書者也。

須知論世尚友。不是教人輕作史論經解。妄批駁古人一通。如蘇氏文章。定以翻案見奇。後世祖述。不論義理。開訶佛罵祖之訣。此又尚友之罪人也。孟子大旨。是教人去格物窮理。即所謂思知人不可不知天耳。明得此義。上下節本是一串。

首節

鄉國天下是分量。不是地方。

天下善士。是頂一號人。如郭有道、黃叔度諸人。猶未足以當此學者。伸紙舐筆。便要見得其人身分始得。若徒作聲氣應求之言。猶是八寸三分帽子也。

以友天下之善士爲未足節

取善無限量在人志識耳。以爲二字要說得好。

熊伯龍文 云云 **評** 他所見只到得論古二字。不道此章總爲一箇善字。是大脫卯處。

又尚論古之人句逗住。是接應上句語。虛籠下四句。下四句是此句之緣起方法。頌詩二句要跌起下知人論世。

陳子龍文 有志於天下者。必結納當世之偉人。而以意爲之。**評** 此章原不爲得志天下而設。開口便粗。與章意無涉。**文** 老師鄙儒。守章句。拘文辭。茫然于時勢之殊。而是古非今。遂使大略者一槩罷去。【評】吾嘗謂講章所以招邪說，卽此意。然只爲茫然于道理，故并時勢不知也。【文】儒鄙之家，好論其理，至于空虚，而必入于迂腐，其治亂興亡之故不知也。【評】好論理，安得空虚？空虚迂腐，正不明理耳。明理安有不知治亂興亡之故者？【文】浮慕前修，强求其合，則以上古之事可興于末世，而天下受其害。好挑一說，必求其全，則自大賢以下不免于謫議，而通人疾其奸，不知世固有異同矣。【評】古道未始不可興于末世，只是見淺力小耳。其意專譏程朱，乃所謂不論不知也，況此豈止異同。【文】匹夫崛起之人，不見經籍，而行事暗與古合，或偶舉古人一二事而瞭然能知其成否，此其能審大勢論大端也。【評】然則不必誦讀，而竟論之知之乎。全不是論世知人道理。須讀論知，總以求古人之善耳，非謂通達上下時勢也。尚友只爲明善，如孟子尚論伊尹伯夷柳下惠能斷其皆聖人而願學則歸孔子是爲善頌讀論知爲友善之極則此只做得精于史鑒以立功名之說故不但詆程朱并有輕孔孟之心學者所當戒也文宋人盡貶漢唐而奉周公孔子吾恐古人不我友也評滿肚痞塊爲害在此如其言將周孔不足專奉耶可怪矣人每怪宋人苛論古無完人以爲好譏彈非也宋諸子論古之嚴正是爲己求精亦以愛天下後世耳卽如揚子雲未嘗不稱其好學而覺然使不爲莽大夫不更賢乎好譏彈者私也惡也辨析研窮以求至善使後世可法此公也善也此之謂能論世知人此之謂能尚友友善者以友求善也非私其相好亦非周旋古今也

論世惟孟子爲至如伊尹伯夷柳下惠之爲聖人孔子之爲至聖皆古無敢言而確然定之至今無以易或以詩書論或不以詩

書論。此孟子尚論隻眼也。

春秋之書亂。而折衷于孔孟。漢唐之書亂。而折衷于程朱。論世不得聖人之義。是非横決。徒以書禍天下耳。今日議論亂甚矣。其孰從而折衷之乎。

古今讀書弊病。大約不出穿鑿附會耳。

葉燮文云云。評讀書論世中至味。説得津津痛快。以視舍詩書名教之好。滾滾馬頭塵。其所交盡浮薄齷齪之徒。蠅營狗苟。塗抹淫哇。居然共命風雅。以逐臭攫金爲心。不復知世間有廉恥事。不知于讀書論古何如也。三復斯篇。惕然有省。

齊宣王問卿章

王勃然變乎色節

呂瞿良文云云。評從庸君心坎中搜索出一時情事。覺得利害切身。又是不可言之隱。被田舍翁不曉事。唐突及此。又不敢直叱其言之非。又自以爲有容忍。令左右不洩不測。不覺黙然時。已露出勃然變色之狀矣。

呂子評語正編卷三十三終

呂子評語正編卷三十四

孟子告子上

告子曰性猶杞柳也章

徐乾學文告子之言性也，謂生而有性，特其氣耳。評後來紛紛，總不出一意枝生。文因氣之無善，而謂性亦無善，將反之以爲功，從事於所不易，則天下滋懼焉。評氣便有善惡，不可謂之無善。但異學最惡理字，則不得不以氣爲本耳。告子天性剛傲，看其辭氣，絶無商量，故孟子只就彼說直折其非，而不明言其所以然，蓋亦至於太原之意也。

陳際泰文告子外仁義，非禍仁義也。評外卽是禍。文聖人之爲教也，有端有權，而皆以性爲言。評不是聖人爲言，理本然耳。文端者本乎其所有，孝弟之類是也；權者本乎其不得已，若禮樂繁重之類是也【評】他看得這箇都是聖人安排添入說來聖人之道都靠權用枝梧【文】告子則告之曰女性無仁義固不可不爲仁義也不徒取聖人之所添入者而壞之併取吾人之所固有者而誣之則告子之理不足【評】然則孟子爲告子絕滲漏句耶聖人添入一句見其底裏【文】告子非禍仁義者其外仁義凡以明性也其明性凡以隆仁義也【評】外仁義矣又明何性仁義亦不須汝隆得爲何定要出脫告子以其本師也秀才看性善便道孟子不得已撰造立教如此其實心服告子之說爲本眞推而上之堯舜禹湯文武周孔總是孟子一流其爲健順五常禮樂刑政諸道理總是性善一例皆所謂聖人添入者也不若無善無惡心之體一句爲正法眼藏自莊列告子五宗禪家象山陽明皆以此爲宗秀才已皈依而化之矣安得不回護本師哉

首節

先單說義，次兼說仁義，便是告子仁內義外根苗，此處提破，連後食色、孟季子二章張本都見。陳定宇以爲脫一仁字，猶顛頂在。先說義，後言仁義，告子意中先有義外論頭在，故其爲字亦指義字居多。

陽明看義理都在良知外，此所以害良知也。

性與義，告子本是二之，偏說二之不是；陽明明是禪，偏說禪不是，一般狡獪。

孟子曰子能順杞柳之性節

人生而靜以上不容說，纔說性只是仁義，告子岐而二之便不是，然其以杞柳桮棬爲喻，而輕輕下一爲字，亦自包裹得好。孟子從爲字中抉出戕賊二字，便覺罅漏百出，不攻而自潰。

告子曰爲孟子曰戕賊似乎深文然將順字一襯能乎一跌轉出戕賊二字來固勢必然而理非誣矣

順字對爲字故者以利爲本惟其順也

告子曰性猶湍水也章

告子屢設譬喻以言性即佛老家之寓言閃爍支離不可方物其實皆遁詞耳儒者只與格物窮理則終無遁處孟子知言本領在此程朱闢佛只與論迹迹何從來亦此意也告子先不識杞柳湍水馬炙等物之理如何識性孟子知性知天其於知言也何有方知杞柳湍水馬炙之理皆吾性所有以格物窮理爲騖外此所謂義外也伯安若善格竹子竹子亦未必不可以言道其不識良知先不識竹子耳

孟子得力處正在知言知言之功在格物

陳子龍文世之論者以聖賢之言性不重夫自然之說者非通論也夫亦深辨其自然者奈何而已苟涉乎人之所爲豈得尙號爲性邪評聖賢正以理爲自然性善者自然之極也文號曰無善又曰無不善二端之迹既無所托三品之論亦無所起也莫得而名之是亦物之最善矣評以善爲贊詞如釋氏所稱善哉此蘇氏胡說也文夫爲善人之所難而任性人之所樂評此晉人亂道從古聖人無任之說樂任性乃惡也聖賢豈成人之惡哉文無善之說近道而重疑天下之心性善之說似偏而可定天下之志聖賢教人言此不言彼也評只是此障難開自陸九淵王守仁以後禍益深矣文善治水者任其勢善治人者任其性評潤下非勢也文性可任乎則固已斷其善矣此權辭也評以任性自然爲說此本之老莊却以無善爲宗雜合二氏之言

顯攻孟子不知本。而又以爲教人之道如此。若反爲回護者。卽陽明所云。不忍牴牾朱子。不得已而委曲調停。以爲朱子晚歲已大悟也。此等說數浸淫於學士大夫胸中。老大不然。孔孟何況程朱。

孟子曰水性無分於東西節

水非可以指性也。水之必下者其性也。人非可以指性也。人之必善者其性也。若但以水言。以人言。則水有多少水。人有多少人。豈復有定體哉。告子本領在生之謂性一句。看水之流便是性。看人之心便是性。其病只在此。陽明謂能視聽言動的這箇便是性。卽是此意。不知能視聽言動的。這箇正是無分於東西之水也。故其宗旨亦只在無善無惡心之體一句。若聖人之所謂性。則必視之明聽之聰言之乂動之肅。乃所謂水之必下也。人之性也。荊川文將人字水字頓斷折入性字。深得其理。

告子曰生之謂性章

陳子龍文 告子之與孟子論性者數矣。而終不能合者。一欲知其本。一欲立其教也。評 立教正以本。教豈末術。文 無辨折証難之才。而徒執其本然之語。則事之可疑者多矣。評 告子理窮。非辨窮也。文 告子曰生之謂性。此其言非有所謬也。易不云成之者性乎。而子思亦云天命之謂性。其意大約相類耳。評 易成之者性。上有繼善句。子思曰天命。正以其善也。文 此言萬物之性。皆出於此時也。非言萬物之性。一無所異也。評 告子生字亦不指囫聲墮地時。如臥子言。只初生時有性。而後遂無性乎。文 且夫人之言性者必以爲我旣知之。而將以教人也。故嘗指一物以明之。告子意在獨知而已。故知其本而忘其末。知其所以然而不知其所當然。是以取喻事物而爲孟子之所窮。評聖人盡性便盡人物。贊化育。豈僅獨知而已。獨知性。只是二氏之說。然二氏亦便以此立教。未有忘末而謂之知本。不知當然而謂其知所以然也。文生與性二義也。白與白一名也。而奈何例之使曰不然。而告子之說可明。評告子原說生卽是性。非二義。故不得不然。孟子之詰。使其曰不然。孟子固又有以折之矣。文凡孟子之說難者。皆言性之本異。而告子之置對者。皆言生之本同。宜其有犬牛之難也。評性善是言本同。本同者。言人理也。性善只一。生有不同。告子只指氣同者爲性。故到人與犬牛道理上說不去耳。文然而所以勤勤乎言性之旨。則孟子是而告子非也。評此一轉。卽陽明晚年定論之奸計。文聖賢意在教人。而性命之精者不言。非不知也。以爲言之而無所益於天下耳。評聖人於性命之精者無不言。公所見乃其所闢者。性命之精豈有無益天下者。**文**彼告子者。既無教人之意矣。而好以性之精者示人。又不從而爲之説。蓋欲以自然者自適乎己。而後世虛無之論。亦其類邪。**評**卽如其言。將虛無者知本邪。告子正爲不知本。故理窮。卧子却以爲其辨拙而理不窮。及其代告子辨也。則連告子所主之義都失之。告子本以知覺運動言生。猶陽明所云能視聽言動底這箇便是性。卧子却以生死之人當之。果爾。則孟子亦不必以白之謂白折之。而告子然之矣。竊恐告子辨才遠勝卧子十倍。卧子尚未知告子言。安能知孟子言。獨其悍然敢以告子爲是。而直非孟子。謂告子理是而辨拙。孟子理不足而辨勝。是告子誠而孟子黠也。此一種無忌憚之病。非小小罪過也。嗚呼。此非陽明之害歟。

陳際泰文 生之謂性。非告子之論。而固聖賢之論也。然而孟子致疑者。非疑其言而疑其指也。**評** 反說孟子疑。是孟子不解也。直敢亂道至此。毅然非聖叛道而不顧矣。天下何得不亂亡乎。更有一義尤無忌憚。有云孟子長於告子。非道過之。其辨勝也。然孟子能絀生之同性之說。終不能絀生之謂性之說也。辨而窮之。是佐之使粹也。其狂悖如此。

生之謂性。經孟子如此辭闢。後人猶祖其說。謂告子未嘗不是。孟子爲流弊立教。故爲矯枉之言者。嗚呼。使無孟子。幾何其不以告子爲聖人也。

首節

告子以前諸說。其病根皆由於此耳。

孟子曰生之謂性也節

賀寬文孔子之時識性者多故言理兼言氣而性自從理以重孟子之時言性者多故言理不言氣而性不從氣以輕評源流井然文告子之說主氣氣則以天而輕人者也評告子正不知天天即理也文孟子之學崇理理則以人而成天者也評孟子正要知天事天艾兩漫應之爲然評告子不得不應耳非漫也

然則犬之性節

章世純文天下莫尊於同莫賤於異天地萬物盡同也而或求異焉則物中之最不肖者矣評孟子道性善正爲同然耳犬牛與人性有同有不同正爲生中有不同耳文強陽發其運動精爽生其神明因而循竅生欲與物有期而性之名歸焉評艾云認血氣精神爲性大力之不讀書如此余謂說他不讀書他定不服只是讀他書不會讀聖賢之書耳文生之謂性猶曰性之謂

性也評不通傳習錄最多此文法文犬之性牛之性人之性告子不謂異也天下盡不謂異也即孟子亦不得謂異也蓋不異而天地萬物始玄同也矣評大力不謂異耳告子已謂異矣艾千子今有罵章大力曰大力之性猶牛之性犬之性也大力必怒矣若大力回護此文曰吾見之於文不應自矛盾因自認與犬牛等也則犬牛父子無親兄弟無序夫婦無別大力果自認與犬牛等乎青生叛經侮聖賢不自知其身之等於犬牛然則侮聖賢誹先儒之報不待如佛氏之說報應墮落畜生道也評艾先生此評非罵也痛哭流涕而道之親愛之也秀才不明聖賢之理誤惑於佛老陽明之說身入禽獸而不自知同爲人類者不號呼激直以救之不仁也艾先生之評仁矣

孟季子問公都子曰何以謂義內也章

公都子不能答節

彼將曰在位故也子亦曰在位故也此正如禪家殺活縱奪句同中有異不離故處已過了灘秪是一箇主賓有時一喝只作一喝用有時一喝不作一喝用分明只在轉機處薦取耳此可以得言語之妙

彼將曰子亦曰六字如兔之脫如機之發少縱卽失之矣

公都子曰告子曰性無善無不善也章

首四節

馬芝文 知性之善而無善無不善之說可存也性之始見於氣者然也可善可不善之說可存也性之既入於習者然也有善有不善之說亦可存也性之偶殊於質者然也**評**原頭只有性善知性善之爲至理則三說亦有次第分看處

知性善之理一，則三說皆可以備論性氣質之分殊，然無善無不善畢竟不是，不可存也。

董楨文　一人言之，吾黨折之，猶懼其孤也；天下言之，吾黨或聞稱之，則其涓涓不絕，而其流將成江河也。公都子雖賢者，儔固無慮此，吾甚患夫天下後世之設淫辭而助之攻者，久且習焉而不覺也。評　自陳湛以後，講學者皆不出此言。

孟子曰乃若其情節

孟子言性，皆從端倪發現處溯洄而上，故極明顯真實，所謂求故以利者也。此及下節虛虛發凡，惻隱節四者之心，方是疏情之善。弗思求舍半段，方是疏非才之罪。

黃淳耀文　孔子之說，理氣參焉者也，故其言曰相近；孟子之說，論理不論氣者也，故其言曰性善。評　言本程朱，便跌磕不破。評　然罷氣不言而天下之辨起矣【評】無怪其然直至今日【文】則仍即其流行於氣外與運用於氣中者言之而立教可無弊也【評】流行運用總在氣內主宰却在氣上無流行氣外之理【文】在天之氣無善惡在人之氣有善惡【評】纔說氣卽在天亦有善惡陰陽風雨之過不及是也【文】夫性混兮闢兮可以意遇而不可以迹求者也吾亦安能直指哉【評】性善已直指矣若云混闢則性善上面尚有一層反轉入告子甲裏陶菴於先儒之說堂堂正正處無不洞達條貫第其精奥未能盡每欲向上別尋此處未徹疑團如栲栳矣【文】饑而欲食壯而欲室此人所謂情也而不可謂之情【評】告子達摩了翁伯安皆以此爲性矣

【孟長安文】天下有滅性之人無毀情之人【評】性也究竟滅不得只是昧耳亂耳

此情字指未雜者而言。

此情字即下惻隱四件不是通後來流轉之情

其情正在不知不覺處看

性爲中涵尙疑其未必盡善況情之流動攻取者頃刻萬變何足以証乎孟子所言之情只指人心猝乍感觸不知不覺發露處雖凶人暴客無不然者此爲最眞所謂孺子入井之惻隱與牽牛之不忍平旦好惡之相近孩提之愛敬無非此意止就這端倪上指證以見善爲人心之自有不說情之流變亦不執此不知不覺處爲究竟工夫如良知家所云也

下惻隱之心至我固有之矣是此節註脚

若夫爲不善節

黃淳耀文 大鈞賦物授以冲漠之精即幷授以達此至精之具謂

有嬴縮其閒，則是擇聖賢而多予之才，擇中人而悋予之才也。

評謂無異同則可，若嬴縮則未始無有。

惻隱之心節

惻隱羞惡情也，其載之而發者，心也。仁義禮智，性也。能惻隱羞惡，發揮至仁義不可勝用，才也。知其固有而欲得之，思也。

金聲文將以仁鑠我，而君子見其假矣。將以義鑠我，而君子見其襲矣。評艾評此即告子義外之意，余謂不然。告子義外，正指性之義而言，此所云假襲文數，乃似是而非之仁義禮智耳。

鑠字但取自外至内之意，言本無而強入爲有也。其銷亡鍛鍊意

又隔一皮。

惟統於心，故求之在思。

詩曰天生蒸民節

呂子評語卷三十四　孟子

是助音耳。可曰傳者文理不通乎。孔子說詩時。不必加人性字。孟子引證。却不妨坐定人性。況天生物則秉彞懿德。詩人已明具人性義。與敬止例又不同。何故孔子口中。反不許他說性哉。此種論法。似是而非。當祓除之。

若但作孔子說詩一則。則懿德下又須補綴辨性善闢三說論頭矣。惟其引來只當得自己說話。故白文竟住耳。

孟子曰富歲子弟多賴章

故曰口之於味也節

論者云。做心之所同然者句。怕混上文。便是粗心語。上文是就口耳等說。此即就心中指出同然東西。語脈迥別。

陸文霦文 不謂之心而謂之理。不謂之心而謂之義。何謂乎。謂其同也。**評** 心固有不同。心之理義則同。此正儒釋之別。

位者也。蓋人之解悟融釋。每滯於本地而得之他端。所謂豁然貫通。本如是耳。

性善是非理解。上文已詳盡。若於此復起辨論。卽爲支複。要解詩與孔子之言。與性善之說。如何相同。又增添註脚。不得末三句吟哦上下。轉却一兩字。點掇地念過。令人省悟之妙。能看透此節。緊對今曰性善一節。作應作結。不止是泛泛引証。微情妙解。自然迴出矣。

明道先生善言詩。不曾章解句釋。下字訓詁。有時只轉却一兩字。點掇地念過。便教人省悟。其法蓋得之此節。

唐順之文 吾夫子從而贊之曰。爲此詩者。其知人性之道乎。**評** 或云孔子贊詩。只統說知道。中夾人性二字。是先輩泥拙處。余却謂評者泥拙也。假如大學引文王詩作敬止義。其實詩人止字之以惝怳。【評】理也義也兩也字不混。聖學只是分明。異端只要籠統。

在物爲理。處物爲義。鐵板註脚。程子分解二字如此。正爲兩個也字破疑耳。其實止是一串。故急接語云體用之謂也。若呆煞分看。便是告子義外。

聖人先得我心之所同然耳。若謂故意放低聖人引人。即成自棄。若謂滿街是聖人。爾胸中原是聖人要人笑受。即是無忌憚。埽除兩路。方見孟子喫緊爲人處。

孟子曰牛山之木嘗美矣章

此章緊要在存字。

此章心字。是仁義之良心。與他處單心字不同。故說心便須根仁義。氣淸時可驗良心之萌櫱。所重不在氣。故說氣便須根心。好

惡是心所發處相近幾希處是良心萌蘖非無仁義而但有好惡也故說好惡便須根相近幾希此數字都單舉不得

此一氣字千古惟孟子發明而氣之生於息見乎平旦於此章尤精氣根於理理根於心惟主靜而理與心一氣之用自行此周子之圖說卽從孟子息字得宗也從此推論舉皇極之元會運世與靈素之蒼黅玄赤一時磕碎矣

雖存乎人者節

雖字直起應緊接上文說

心仍在只良心放失耳

氣日衰也生只是夜閒稍靜不耗散耳

日夜平旦無刻不生只平旦易見耳

平旦之氣兩句非幸之危之也前既是放失之餘旋卽是旦晝牿

亡隨其後。然則所爲與人相近幾希者一瞬耳。

嚴沆文 此其時亦非遂有所爲心也。不過氣焉而已。非遂有所爲仁義也。不過好惡焉而已。**評** 正良心之萌蘖。但在氣上見耳。牿亡時未嘗無好惡。此好惡相近正是仁義之心。只幾希耳。下語太徑捷便有病。

相近幾希。貼定仁義說是。

集義養氣求放心。是孟子實下手工夫。發前聖所未發處。曰仁義之心。曰良心。曰仁人心也。說箇心便指著仁義。未有離仁義而單言心者也。此處說心說氣說好惡俱要緊靠定仁義。

好惡未嘗亡。只不與人相近者便是牿亡之。

旦晝牿亡。尚有夜氣一線滋生。至於反覆則消者日甚。而息者不足以供所消。此一線澌滅。良心乃喪盡矣。須重發反覆二字。

不存是不存良心，非不存夜氣也。

不足二字危甚。

不足以存，言不足以存仁義之良心，非云夜氣不存也。曰閒牿亡，循環不已，則夜氣所生息者漸漸消泯，牿亡只指旦晝所爲，不是夜中亦復牿亡。

夜氣之不足以存，爲良心溺且絶也，惟良心之溺且絶，故違禽獸不遠，若只歸咎夜氣，便失之萬里矣。

張永祺文 心自有存之之力，原非聽命於氣。評 此是操養正意。文 近於幾希者非氣存其心也，心有息焉者也，亡於反覆者非心汩於氣也，心無息焉者也。評 所以只要存心，未嘗求存氣也。

所云違禽獸不遠，亦只於好惡見之。

此不是言人爲禽獸之易，正言爲禽獸之難耳。如此日焉夜焉而猶未至禽獸，直至幾反幾覆而後始不遠也。每句作逗，每段作斷，方知爲禽獸如是之難。然細思之，却正言爲禽獸之易耳。可畏哉，可畏哉。

故苟得其養節

養字正教己放人用力，正是存字源流。

孔子曰操則存節

心之形質無出入，其理體亦無出入，其可以出入言者，乃運乎形質而載夫理體之活物。惟其活，故有存亡出入，存亡出入即生乎操舍。其爲物原無出入也，孟子通章所指皆仁義之心，無出入者也。孔子所指却只是單心字，孟子借以證其不可不養。重在操舍字，要之心存則仁義存，亦初非二物也。若只重神明不測之體言，便易墮禪宗去。

孔子所言與孟子不同。一屬氣上事，一屬理上事也。孟子養之得失有工夫，孔子操舍但指其收放而言。

孟子所言心字與孔子不同。孔子是說心之爲物，孟子前後數章心字皆指仁義之良，非虛說心字也。然仁義之所以放失，皆因心之爲物最活，風吹草動便已走作，故不可頃刻不操。此節引來只重一操字耳。

孟子引此以見心之易放而難守，欲人用力養之耳。其實孔子之言心與孟子心字微有不同。孟子言仁義之心，指本然之良者，卽堯舜之所謂道心也；孔子單說心之爲物，最活變不測，惟其活變不測，故有道心人心之殊，存亡出入，已指人心之危矣。其理雖一，而所言各有指，不得混過。

卽聖人盡性，亦只是操之純熟，其活物自同。

程子論出入二字故曰以操舍言然此四句總言心之活變難把捉以儆人不可不操耳以心之自然上論爲正不必黏煞操舍也無時與莫知其鄉平看若側串講似因無時故莫知其鄉多一轉矣

孟子曰無或乎王之不智也章

陳子龍文 君子之不用小人閒之也賢良入對卽憂偏聽之奸而急參衆人之論奸邪在旁偏有推誠之德而遂成拔山之難云云

評 王之不智在道理上說如仁義之與利行王政之與好勇好貨好色伐國救民之與火熱水深說時未嘗不足用爲善而卒不能改從故道理到底不明白不足與有爲孟子之所以歎蓋歎道也非歎其身不用謂王不能知己而爲智也孟子此篇都講性道爲學之旨看前後章自明若從己之用不用說王之

智不智。義小而私。非此章意也。雲間好講事功。惡言理道。故其言如此。亦似爲當時用烏程不信東林而發。

雖有天下易生之物也節

此節似答寒之者。然所以引寒之久者。王心原自有病。故下節云云。

今夫弈之爲數節

不專心致志。正是弗若緣故。有因章末二句語氣。謂講弗若之矣亦不宜老實説明者。眞俗論也。不專心致志則不得也。孟子已提清在上。故章末只用反辭決之。意已足耳。今人非惟不識孟子道理。抑且不識孟子文字。何處與他説起邪。

孟子曰魚我所欲也章

萬鍾則不辨禮義而受之節

萬鍾於我何加焉。世人惟將萬鍾與我合而爲一。孟子只將萬鍾與我分而爲二。即此一分之中。使近日多少刀頭舐蜜人喚回殘夢。

只認得一我字眞。便得何加兩字之理。

萬鍾侈於家。不能侈於我。今人即以家爲我矣。謬甚。

鄉爲身死而不受節

趙炳文　或行乞之閒。忽然動念。苟留吾身。他日富貴。我所固有。今之屈者少。而後之樂者多。則不受者受矣。評　轉念即陷入禽獸而不知。以後雖知之。而不得不然矣。紛紛失足。皆坐此耳。文　若令未死之日。萬鍾之有。蕩然而無遺。行乞於道。非禮相加。惻然心動。吾又知其必舍生而取義也。而惜也萬鍾累之也。評　今日富貴。明日行乞。又是一番面目心術。說得可笑可哭。蓋自本心喪失。但爲利欲所驅使，爲境遇所遷移，萬鍾非人行乞亦非人也。忽然萬鍾便講作用，忽然行乞又仍講禮義。此等人世上正復不少，胸中總含箇萬鍾不得。彼赫熇者無論矣，一輩貌取禮義之徒，退入高隱，即於高隱求萬鍾；退入佛老，即於佛老求萬鍾；退入理學，即於理學求萬鍾；退入方技，即於方技求萬鍾。尤爲失心之甚者也。

譏訶笑罵世人，儘尖酸明白，不知到自身上便全不照管，心口相違，前後異狀，即以問其人，亦自不可解。此不可解處，即孟子所謂可已而失本心者也。五鼓寒鐘，一炊熱夢，念此更應猛省。

孟子曰仁人心也章

首節

歸有光文　指仁而即謂之心，不可也；指心而即謂之仁，不可也。評先著此句好。〔文〕仁而非心，則天理之粹然者將歸於無而無所附麗矣。心而非仁，則此心之昭然者將墮於有而失所主宰矣。〔評〕不落有無言有無，諸子之陋也。〔文〕冲漠無朕之中，萬感未形，是心之寂然不動者也，即未發之中，而仁之所以爲體者也。事變紛紜之際，百爲妙應，是心之感而遂通者也，即已發之和，而仁之所以爲用者也。〔評〕心仁際分歷歷。〔文〕體用一原，形而上下，無精粗之異，顯微無閒，性與知覺無道器之殊。〔評〕心仁合一處歷歷。學者不但不識仁字，先不識心字，因不識二字，看此文直平易無味矣。能細會之，便識得此二字分處合處、賓主回互處，不然難言也。

義爲人路，異端遂指爲外，不知路在外而所以由者仍在内也。事父則宜孝，事君則宜忠，豈亦在外乎？知此則路亦不是外物，異端自打成兩橛耳。

義只人路。須人由之始得。

人有雞犬放節

此章心字。與他處泛言心不同。

陳際泰文　人有心而自放之。則仁病。仁病而義無不病。仁足以總天下之義。義足以總天下之事。而心足以總天下之仁義。評　上兼說仁義。此專說求放心。須有此發明統會。

心字從首節生來。卽仁字也。故此節註云。上兼仁義。下專論求放心。則不違於仁。而義在其中。勉齋亦云。三心字皆指仁而言。時講空空說求放心。便是陸學收攝精神本領。更進亦止得上蔡知覺是仁一層耳。蓋孟子此一篇中。自公都子章至末。皆指仁義之良心而言。未有泛指血氣活動之心而言者。象山提唱先立其大。亦是錯認孟子。正與假借良知二字之術同。皆指鹿爲馬也。

根定首節說來。纔是心字眞解。

學問之道無他節

正惟求放心。所以要學問。知求放心。乃是學問之道。兩邊說來方得。

放心者。心之仁放失也。求放心者。以學問求之也。故曰學問之道無他。心便指仁。求便指學問。言人爲求放心。故有事學問。而學問之道。總所以求放心而已。此一節。惟勉齋發明最詳。或謂註云。志氣清明。義理昭著。恐只是收攝得此心。乃可以求仁否。曰此却犯朱子所謂以一心求一心也。我欲仁斯仁至。只求底便是。若謂先存此心以求仁。則已分爲兩物矣。又何以云仁人心也哉。此正繫聖學與異學分界處。總緣於學問外。另有箇求字工夫。即納入學問內說。亦另有一節求字工夫。如此。則學問與心全無膠黏。有亦得。無亦得。不道心與仁早無膠黏。有仁亦得。無仁亦得。只心不走作便是。却是蹉了路頭也。蓋人但知心與仁分離不得。不知仁與學問原分離不得。離了學問。便收得心入來。無處安頓。亦必走作也。且如人言只收攝此心爲主。則原不消學問。得參禪坐功。皆可悟本體。一著學問。反生障礙矣。然其所弄之猢猻。便守到臘月三十。終無用處。程子所爲與一錢而亂。及金谿姚江之徒。一悟之後。凶德敗行。靡所不爲。惟其求非學問之求。故其所存之心。亦非仁義之心也。且求放心。孟子開示學問之要。學問之實。不是說到盡。無他而已矣。歸本之詞。非極頭之辭。能如是。則志氣清明。義理昭著。而可以上達。可知學問於求放心上正好做去。不是求放心便休。一作說盡話便錯。

陳際泰文大賢重事心之學。評如此下語便倒。文放心既求。而心之道盡矣。評可以上達正有在。文心失其眞。學問雖勤。無補性命之理。評此金谿姚江之學問。彼自以爲學問。而非其道也。提眞字便落彼家。文古有至人焉。一意靜攝。曾不立學問之名。評古無此至人。其瞿曇邪。

又陳文君子之爲學問也。不治其簡要。而先明其指歸。評單說簡要便落狐蹤。文古之人。有假借之法。而昧者失之。則徒守其筌蹄而已矣。評不是假借。那一件不是道理。文苟明其旨歸。卽屛棄乎學問。可無訾也。評這便說壞了也。一屛棄便失指歸。文若人之本原。既已全收。而外來之迹。君子有以捐之。評如何捐得。

君子擴充變化。正多多益善耳。○心統性情。心之出入存亡。氣之靈也。而所統之妙。與之俱爲存亡。故放心者。所統之仁義放也。求放心者。求心之所統也。心存。則所統者俱存。是氣與理一也。所以完其爲仁人心也。心放則氣離理而自行。故必用學問之道。正以理收之養之。使復爲一也。異端亦自求心。但舍事理以爲求。則其所求者。止氣之靈而已。故不可以窮衆理應萬事。自聖人觀之。雖妙明圓淨。如如不動。眞常流住。皆放心也。故而已矣三字。緊根學問之道講。若謂只要求心。解得更不須學問。便是臨濟曹洞金谿新會姚江之邪說。與聖人之旨悖矣。文中離處。在簡要直捷看。學問是假借筌蹄。緣他所指學問便粗淺。止將載籍誦讀當之。此却是學問中一件事耳。聖賢所謂博學審問愼思明辨篤行。與格物致知誠意正心修身以至齊治平。

其說豈止如此。

學問之道四字講得精切，方不爲金溪姚江邪說所亂。但講做只有求放心，此外更無學問，自以爲得而已矣。語氣不知其流入於不必讀書窮理邪說去也。

孟子曰人之於身也章

孟子爲當時陷溺者喚醒路頭，故指示大段處多，舉工夫處少。如此章養大者，下章先立大者，極其儆切。然只是大段，須有人問大者如何養，如何立，定有個方法在。惜時無人焉足以發之也。然其方法亦只在孔曾思三書中，可想而知，必無別傳宗旨。陽儒陰釋之流，喜其空闊，不說煞，可以改頭換面，每借空大之言以行其私，且云工夫即本體，本體即工夫，其爚亂至不可窮詰。不知孟子之言，實不如此。如陸子靜講義利內外處，頗足動人。

及說到工夫本領則一齊差却蓋大段易取實際難得也學者須就其中尋取孔孟工夫密實處乃得。

體有貴賤節

養小定失大養大却舉小。養其大則小亦得養。睟面盎背喻四體非邪。只本末主使有別耳。

金聲文 吾目不能窺所未見耳不能察所未聞手足不能拮据於所未到而恃此一物者遂有以周宇宙而無困匱評明目張膽爲親切指示之言然亦得之象山龍川者多此一物三字便是陸家黑腰子。

公都子問曰鈞是人也章

曰鈞是人也節

物交物所以交之由其弊病源流須與勘盡。

自聖人以下。防交之害同。

二氏怕交而欲絕之。則交引之根反固矣。

心之官三字逗斷。其味自領。

楊以任交誠得其惟一者。又不必於心之中。分人分道也。**評**然則堯舜贅剩支離邪。此等語句最動人。然最害理。**交**覩聞之惺惺。莫非知也。深思以致知。古之大人是以有自得焉。**評**心得其官。則耳目皆從無非思也。此理自好。

耳目之官不思。與心之官則思兩句緊相照。故思字與耳目一段對。不與心字對也。人皆說成能思則得其心。失其義矣。得之謂得事物之理。非得心之官也。下兩句只解心之官一句。見其爲大體耳。艾千子謂心之官則思。此有人心在內。思則得之。則皆道心。心之官對耳目言。思則得之。乃先立乎其大也。坐誤看得

之意致生謬解也

艾南英文自記 心之官則思此思字雜形氣理欲在內思則得之思字方是慎思誠意之思惺然不蔽於物若兩思字作一樣看則下文不思者豈盡灰槁其心乎**評**朱子曰心之官則思固是原有此思只恃其有此任他如何却不得須是去思方得其所思若不思却倒把不是作是是底却做不是邪思雜慮順他做去却害事觀此則兩思字不同之義了然矣蓋下文先立立字卽此第二箇思字也

羅萬藻文 心亦體也顧此乃天之有意與人者而謂非其大者乎

評此天之所與句總大小體言次句乃責重大體今將次句黏連上句謂大體爲天意所與則此字竟單指大體豈小體非天所與乎曰先立則耳目之官非無責成也但重在大耳

此字兼心思耳目。天總以付人。從大從小。却聽人自擇。

立字中有工夫。

金谿所謂先立其大。立其所立。非孔孟之所謂立也。

孟子爲邪説以理義爲外。故其立言每直指本體。示人固有處多。而不及工夫。如放心章之求字。身體二章之養字。此章之立字。皆懸空説。在三字中煞有工夫。非前後際斷。空洞森羅之爲立也。象山以先立其大爲宗旨。舉示詹阜民安坐瞑目。用力操存半月。一日下樓。忽覺此心中立。象山見之曰。此理已顯也。然則象山之所謂立。立其所立。非孟子之所謂立也。孟子之立。欲得其能思之職。如象山論。乃不立其大耳。

陳際泰文 世之人必欲揜聰塞明。而後得以自安者。其内度敗也。

評 異端怕外緣。正坐大者不立。或云三界惟心。他正單立這箇耳。曰他先去了理義叫大者如何立。他自以爲立。却又壞了這大者。非立也。

孟子當羣言淆亂。人心陷溺之時。故其所言。大約辨醒是非處多。實指工夫處少。故其語空懸。易爲外道所假借。陸子靜亦掊此句爲註脚。却是改頭換面之術耳。如此節講先立大者。是甚卓越。然大者如何便立。却未及詳示。不是他不說。無暇說至也。七篇中大約如是。或謂說立便是工夫。此陽明本體即工夫邪說也。或謂如是。則當於立字中講出實功。曰孟子不曾說得。如何代爲補。然則畢竟如何。曰孟子以孔子子思爲宗者也。看孔思所說工夫。即得之矣。不是不可補。須補得真是孟子意中工夫爲難耳。

所以必當先立之故。不必更生枝節也。上文云耳目之官不思而蔽於物。又云心之官則思。則已明言之矣。然則先立之工夫如何。曰。此孟子之引而不發也。

孟子曰有天爵者章

孟子此章。大段爲有人爵者言。令其猛省。而求爵者已在裏許。看末節惑之甚甚字。及終必亡句自見。故註中補固已惑矣。最宜熟味。古人始終只是一箇修天爵。從字極輕。初非古人之意也。今人始終只是一箇要人爵。修字亦極輕。其所修亦非古人之修也。若謂孟子有以人爵歆動今人意。則修天爵以要人爵者與古人又何別邪。故重看人爵。都是窮秀才眼熟科甲俗腸。非書旨也。而評家又以爲得歆動意。皆拜塵望火之見。此病雖在文字。而害中心術者。故不可不辨。

滿腹皮猴急科名。揣摩此題。如何不鄭重人爵邪。孟子正爲此輩喚醒春夢耳。豈肯更贈他驢邊枕子乎。

首節

學者不識得天字。憑他英雄才智。壓倒在氣數之命下矣。氣數之命。即人爵也。不知上邊還有個天命之性在。此是氣數沒奈他何底。聖賢只爭遮些子耳。孟子特提個天爵。已將氣數之命。俯視在百尺樓下。然是實理。非虛氣也。請看孔孟程朱。今日又何嘗無人爵。故曰大德者必受命。

徐春溶文 人知爵之制於帝王也。不知帝王之爵孰爲制之。**評** 此一語下得天驚地動。豈經生家當所有。**文** 人知爵之宰於時命也。不知時命又誰爲宰之。**評** 天弃不是時命。故奉因果感應勸人。即是功利邪妄。**文** 有仁義忠信樂善之人於此。使其出於王侯之躬。貴矣。使其不出於王侯而出於匹夫。益貴矣。**評** 孔孟之修豈以人爵從不從重輕邪讀此知重人爵之謬矣○文章不朽存乎議論議論高下存乎識見若識見出孟子所謂今之人下而作此等題宜其蒐索無氣矣開口能道帝王之爵孰爲制之時命又孰爲宰之只此已直抉原頭將來分看合看橫看豎看無不拔地倚天亦自有巖巖氣象蓋天爵二字是孟子自撰語然却是眞實義非寓言名目也天位天祿天秩天敘天命天討無非天者天即理也自天字不明異端橫起其最下者至袁黄了凡造爲感應功過格附會太上不根之語謂以此求科名年壽子女貨殖之屬無不應願而得者云是勸人爲善夫所爲善者何公也義也惡者何私也利也以自私自利之心而僞行善事此勸人爲惡非爲善也即使盡如袁黄所勸正孟子所謂要棄必亡者耳三代以上未嘗有此勸法而爲善者衆自漢以

來爲因果報應之勸者日益精工，而人心益下，不可謂非彼說之罪也。今日雖極聰明長厚人，無不爲所惑亂矣。爲孔孟之徒者，不亟起而正之，更誰望邪。獨此文講天字，洞徹公私義利之原，有觸於中，不避世之忌諱，附辨於此。

仁義忠信樂善不倦，惟其共樂，所以貴也。惟其共貴，故曰天也。程子曰：天即理也。

樂善不倦，似是修字中事，如何說入天爵，不知民之秉彝，故好是懿德，是天理合下當如此。古人修而不要也，只還他固有耳。爲要人爵而修，便已不樂，那得不倦，此棄字病根早已生成也。今人讀書作文，何嘗有所樂在焉，只爲富貴利達由此，不得不然耳。則是初上學時，早已棄絕天爵矣。故先儒教人尋孔顔樂處

古之人修其天爵節

修其天爵。對定要棄二字說纔精切。

修字中。便有不要不棄根原在。

修天爵。便與要人爵之修不同。人爵從。幷與得人爵之人爵異。桓榮夸稽古之力。直敗露鄙夫心術矣。

從之。是孟子說中所有古人意中所無從字。卽祿在其中意。

人爵從之後須知始終脩其天爵。緊對下棄其天爵而言。不然直是入關棄繻。爲小人之尤矣。桓榮稱稽古之力。古今以爲美談。不知最是壞人心術語。此李固所以勉黃瓊也。

天爵有人修。在人爵之從。正有天命在。

錢世熹文 因其德之大小。以定其秩之崇卑。自有位置古人之人焉。評 人爵隨天爵高下。文 視其學之淺深。以定其身之出處。更自有位置古人之天焉。評 此意尤未發。方見天爵天字。不是孟子妄語。能道位置古人之天。直眼空三代以下。巢許一流所修原非天爵。不算在帳內。

今之人修其天爵節

此章本爲爭羶逐臭者而發。觀此節要人爵棄天爵兩言。正是孟子曲揣人情。嘻笑怒駡處。見處纔落時命作用。便看此章書理不徹。此節曰要曰棄。前半截如此。後半截如彼。人道是兩截人。我道原是一截。由後半截看來。知他前半截已不好了也。故讀書人終身志節。全在初上學時立心便須端的。不然才人名士。下梢頭都靠文字不著。便是要棄必亡榜樣。

由其可棄。知其修時是要。由其爲要。則其所修亦非眞仁義忠信矣。朱子謂孟子時。尚有修天爵以要人爵者。今直廢天爵以要人爵。如五霸假仁義。今之諸侯并不假矣。就時文言之。隆萬以前先輩崇尚實學。視制義極重。自萬曆末年至今日。視制義日益輕。士大夫無不以時文爲爛惡不堪之物。當其開筆試草時。已棄之惟恐不速矣。只緣要公卿大夫在此。不得不爲耳。此豈非要棄實証乎。於是有歸咎時文不善者。不知先輩時文何嘗如此爛惡不堪哉。故做好文字。與做醜文字。其立心便有人禽之分。此便是兩修字不同處。

成弘以前人尚立品。卽科舉亦尋他出來。故其人尚可觀。不似而今一班乞兒相。

眞讀書而科名至。尚是修從中事。自萬曆末年揣摩之說興。士人目時文爲敲門甎。言得售卽棄之也。試問敲門欲何爲。取美官多得錢。廣田園長子孫耳。然則修敲門甎時。已習成盜賊之心安得復有人品事業哉。故凡爲揣摩壘裁之人。不獨其文醜惡其人必下流鄙夫也。有志者可不戒歟。

孟子曰欲貴者人之同心也章

人之所貴者節

良貴即上章天爵。看今人營營。只是自已看得輕賤。全靠外邊做貴重。畢竟外邊如何貴重得我。

詩云既醉以酒節

孟子以仁義爲宗。良貴者仁義也。引詩但取飽字大意。德即仁義也。仁義之積中爲飽。其彰著於外爲聞譽。

三代以下惟恐不好名。此言大誤後生。疾没世而名不稱。三代豈不好名。所好者所以名之實耳。三代下之好名。但在聲華榮利上起見正與古之好名相反其所謂名止就當時權貴與一時市乞嘖嘖以爲快意不知此正古人之所鄙恥而痛惡者一好此名終身墮落坑塹雖有作爲只如無有矣須知令聞廣譽從仁義來原不是外邊事

黄淳耀文 士苟奔走於要津其勢可以無不得也而獨不能並得其名評 今亦并得名但得齷齪之名耳文 人主望其車馬室廬以生資敬之心則當之者亦足以自雄矣評 此桓榮所謂稽古之力其志識卑鄙極矣何足以自雄哉

孟子曰五穀者種之美者也章

熟字原從美字中轉出看註中恃其美與爲他道之有成兩路夾擬出熟之只在這條路上做去便是至美連熟字亦有名象無程期故曰熟之而已矣不曰熟而已矣此便是必有事焉而勿

正心勿忘勿助長也數句道理都包在之而已矣四虚字中。

熟之是工夫不是工效。

熟下著箇之字則熟字是用力字非功候字也自始至終由淺及深都是熟之中事亦不僅末後一著也只此二字中便見必有事焉心勿忘勿助長直到鳶飛魚躍活潑潑地道理只在俗眼只見得一節皮毛耳。

熟之非已熟也故只在用力上說然熟字是火候境界盡處又須見得之字纔有著落。

熟之是從生做來。

而已矣是無所不舉。

熟之只是用力到盡處。

呂子評語正編卷三十四終

呂子評語卷三十四 孟子

呂子評語正編卷三十五

孟子告子下

任人有問屋廬子曰禮與食孰重章

【章大力文】禮者養也，卽食色而是也。欲食欲色，人情也；不欲紾兄臂、踰東家牆，亦人情也。究之亦情爲情屈，安在其情爲禮屈歟。可以名禮，又卽可以名情者，則信禮之名爲聖人之假説也。彼尊太上尚玄同者，眞是也。【戊午手】此章乃孟子精義之學也。權衡輕重，雖聖人復起，無以易。不知大力何故極口詆之，總由學問疎淺，不細心讀聖賢書耳。尊太上尚玄同，不知大力身在學宫，借四書五經獵一科名，何苦叛孔孟，要作老莊門下人也。【評】禮本天來，情本心來，禮未嘗不合於人情，然必合於人情至善之則，乃所謂天也。因人情而權衡輕重，其等殺節文經權正反皆天也。故明禮則情得其宜。任情則天理可悖。此聖道與異端分界原頭。此處一差。以下更無是處。自良知之說熾。學士大夫皆以本心爲宗旨。而以本天之理。皆屬外假。波蕩陸沉。爲萬世大患。大力諸公皆爲所惑亂。蓋文人尤易陷溺。以其詖淫邪遁近乎文章之詭幻也。當時有千子一爭。雖不能障其横流。然亦狂瀾一砥矣。如此評不可不傳。爲學者戒也。

陳際泰文 聖人深沒其文於經。而旁寄其權於義。**評** 禮以義起。經文甚多發明。未嘗深沒也。若須深沒者。必非禮矣。

金重於羽者節

豈謂二字。固是設言。一鉤之輕。正是反跌金之本重。未可以此爲喻耳。

輕只在一鉤耳。固未嘗輕金也。

曹交問曰人皆可以爲堯舜章

徐行後長者節

歸有光文 性一孝弟而已。評 此却說不得孝弟是性所行處。故程子曰。性中只有仁義禮智。曷嘗有孝弟來。文 孝之盡而爲聖人焉。率吾性之仁已耳。弟之盡而爲聖人焉。率吾性之義已耳。評 堯舜之道與孝弟。畢竟兩樣。不倫。如何關合得攏。提出一性字。則堯舜不大。孝弟不小。自然關合矣。然性字渾淪。與孝弟關合處。尚費一解。於性中提出仁義二字。則孝弟與堯舜之道關合。皆切實無疑矣。先輩於此理精熟明通如是。後人扣盤捫籥從何處討消息也。

而已矣。盡量之謂。正謂非高遠難行事耳。

公孫丑問曰高子曰小弁章

高子謂小弁過於怨。孟子謂小弁正當怨。

仁孝盡頭到怨處纔見。

小弁怨。尚無補於平王之孝。況不怨哉。

只論道理當如此。不是予平王以孝。亦倂不是贊其傅之能致平於孝也。講道理。不講事實。

只論書。不論人。論理。不論事。處平王之地。作平王之詩。只有一怨字爲至。怨至。便是舜之大孝。此論理也。小弁之可取。正在能怨。此論詩也。宜臼非能怨之人。其傅亦未嘗導以處怨慕之事。此又當別論。不以小弁掩者也。將宜臼與小弁分開看。則詩教史法。兩義相發而不相礙矣。

陳子龍文 庶人之家。鮮骨肉之變。而哀怨之章。往往在有國家者。

評 此未確。變有大小耳。庶人正多哀怨之辭。**文** 因亂而得立。則太子固與於弒父者也。此與楚兩臣何異。而諸侯不之討。卒能保有伊洛者何也【評】因亂得立。與於弒父。固正議。諸侯不討。保有伊洛。何足証平王之孝。隋煬不以荒淫亡。將亦爲孝主邪。【文】天下未有其怨如此。而弒其君攘其位者也【評】固亦有以怨而弒逆者。況平王原不怨。小弁詩怨耳【文】平王之得國也。君子猶許之。而何論於靈武之事邪【評】君子不曾許平王。平王負弒逆之罪。肅宗尚有恢復迎奉之功。肅宗卽不得爲孝。豈可與平王同讞邪。【文】人君之事。與庶人異者。一可以致亂。一無所貽禍也

【評】此乃孟子論詩。不是論平王。只論小弁之詩。其理正當怨。不是說平王能怨。亦不是說有此小弁之怨。平王便可稱孝也。至謂人主之孝與庶人異。重在社稷。是以功利奪天倫也。論語爲衞君章。孟子竊負而逃章。又如何作解。此等議論著學者胸中。

後來生心害政，不是小事，不可不辨也。

曰固哉高叟之爲詩也節

離騷非忠臣不能作，小弁非孝子不能作，皆以其能怨也。非怨字不足以見忠臣孝子之隱，蓋其所以能怨者，眞忠厚和平之至也。

曰凱風何以不怨節

何以是不解之詞，然非不解凱風之不怨，正不解小弁之當怨也。

曰小弁親之過小者也二節

其實高子之怨與孟子之怨不同，高子怨字內即帶不可磯意，孟子怨字內即帶慕字意，如此則不啻去而萬里矣。

怨不僅行吟坐歎了却也，驪山之前，驪山之後，有幾何感格消弭挽回功用，都在怨字中出，虞舜只以怨而致允若，孟子所以引之作結也。不然。即使小弁實是平王自作。亦只算不怨耳。此怨慕與怨懟所由分也。學者須明此義。

宋牼將之楚章

說秦楚罷兵之說。孟子與牼未嘗不同。只所爭者號耳。所謂號者。只在針縫之間辨之。然而究其所歸。如是則王。如是則亡。如冬夏之不可同日而語也。

先生以仁義說秦楚之王節

三軍之士。只就罷兵言耳。爲人臣者八句。又推廣言之。以起下王字。人臣人子人弟。仍綰三軍不得。臣子弟。從三軍廣言之。君臣父子兄弟相接。又從臣子弟廣言之。以追出下王字。自是字全相接也。十六字作一氣讀。停歇不得。爲人臣者以下至相接也。是推極仁義說行後景象。與上文對照。

不可呆做實事。

仁義本人所自有，故即悅即懷。

朱錦文臣而不仁不義，無以對吾君矣。仁義之臣，其臣必忠云云。

評懷仁義以事，即以仁義事之也。以字著力。當玩。似此語氣，則仁義與事君父兄兩分矣。

爲人臣者以下，要見無人不仁義，所以王也。

上說三軍，此說臣子弟，總是推說無一人不仁義也。

只君臣父子兄弟相接處，是仁義之原，便是王道之極。只被戰國說士講熟一個利字，雖外面相接，而裏面已不相接矣。請看今人家父子兄弟間，利則相親，不利則相怨，以至弑奪者不少。然歲時團欒，究有不得不相接者也。只是仁義二字，畢竟去不盡耳，豈天性之相接如是乎？故懷利相接，與懷仁義相接相接兩

字雖同其情狀迥別也

懷仁義乃能去利必去利方懷得眞兩層義在六句下插入去利二字正不得忽略

於利邊有絲毫去不盡卽於仁義懷之不眞猶之於仁義有絲毫去不盡亦於利懷之不精也孟子特加入去利二字煞有精義

相接也下文尙有兩層在然而不王二句是本節盡處何必曰利句是總繳上文也字虛縮若一經說煞神理不屬矣

利之效極於亡仁義之效至於王正要看與上段不同處

去懷相接諸字雖同上文景象一變意義亦換此中有實際在諸字境界正不得作一樣看

孟子居鄒章

陳子龍文 儲子不能用賢而徒修往還失相職矣**評**責之太過失

孟子義旨。**文** 若鄒季子。齊相儲子。各以幣交。固不足論。特其報見之禮有殊。是或一道也。**評** 在孟子正要論耳。豈受時不論。而報時又有道可論邪。**文** 季爲攝主。一旦有境外交。陰聘名士。亦將見裁於法。何況委監國之重。修布衣之歡。握手而去。是殆不可。故季子之不來。孟子之深是也。**評** 戰國時未有此律例。孟子亦不避此。章意重交際予受應酬之道。視其誠意以爲衡。皆有精義存焉。所謂可與權也。不重在用人好客。亦無孟子思用世求知己之意。至謂季子居攝。法當避嫌遠害。故孟子是之。尤爲謬說。

淳于髡曰先名實者爲人也章

孟子曰居下位節

章翊兹 仁字即照三子說。不必又進一層。**評** 亦非爲照三子。故仁字不必深講也。淳于發難，爲去就名實，故孟子述三子，亦只敘其出處，仁字原只在這上邊說，理本如此。然正須識得仁字全體，方能不深講而道理自足，只說出處，而聖人之精微自存，此又不可不知。

曰孔子爲魯司寇節

難安頓在知者句。說得知者是固非，說得知者不是，下乃字反無地步，總在衆人中品題，知不知只作一例看。

知不知總是衆人，總是不識耳。腹背毳毛，烏足爲輕重哉。鳳凰之高翔，烏鳶不得而丁之，君子所爲壁立千仞，其視淳于之徒，鼷鼠耳。然理自平實，道則中庸，固非高自標置也。又須得聖賢語脈。

孟子曰五霸者三王之罪人也章

天子適諸侯曰巡狩節

只霸便是無王。桓文之匡定拜享。未嘗不陽尊天子。其實目中無有。將天命天討之本。一齊蔑却。此摟伐之罪也。若戰國諸侯。并不用陽尊以爲摟伐矣。故此節當講霸者之無王。不講諸侯之無天子。無天子。乃今之諸侯之所同也。若止在權勢統制立論。縱極恢張。止道得漢唐駕馭藩鎮利害耳。

本原不同。故法制亦別。須見王者所慶之關治養尊。彼管商之治。開疆任土。養私人。納游士。正三王之罪人耳。

五霸未嘗不盡地力用人才。然其所爲正三王之所必誅。豈有慶乎。即後世亦未嘗無慶讓。然只在權法上講。雖自天子出。亦總是私心。非王者之慶讓也。王者之政。直從上天生民出來。與富強駕馭權術正相反。此是王霸分界處。朱子所以不肯輕可漢唐也。

五霸桓公爲盛節

若曰五霸桓公爲强，則抹殺桓公之功；若曰五霸桓公爲賢，則掩却桓公之罪。妙在落一盛字，則功首罪魁俱在內矣。

孟子取葵丘之會，只取其五命尚合義理耳，不是贊其功之盛，亦不贊其信於諸侯。

金聲文云云。評：道理太大，恐不是齊桓甲裏，或云假仁義不嫌其大，不知纔假便有假道理，此嫌其眞難爲假耳。

魯欲使愼子爲將軍章

周公之封於魯節

突然提出始封，孟子立言大義嚴正。

只說周制深計，便止寫得漢唐以來權略私心，賈長沙衆建少力。

非王道也直說得周公太公意中亦只合如此纔是儒者見本之言纔服得慎子倒

儉非儉嗇儉陋也註云止而不過之意最善摹寫足字之義後世如秦之郡縣唐之藩鎮或憂外重或憂內重只坐不解一足字之義而封建遂不可復矣

今魯方百里者五節

則魯在所損乎在所益乎言必當損萬無益理也語勢對舉意在語外

君子之事君也節

道個道便照上王制之不當奸道個仁便照殺人以求之不容做而已二字便見慎子所爲都是道仁外事

陳子龍文　人臣定其志而事君由乎道矣　評　道仁不可分總是務

引其君四字一筆直説下。君必須志仁。臣亦須當道。非志仁屬君子。而當道屬君也。如何君臣各分了一件。

有功而寧無功。有利而寧無利。此是聖賢打穿後壁本領。舍此而求必濟。便是靡所不爲。先自處於蝇狗。董江都之得爲儒臣。亦只解道正誼不謀利。明道不計功。諸葛武侯有儒者氣象。亦只解道成敗利鈍非能逆覩。今狃獪細士習聞陽明後人顔鈞李贄之悖論。輒以經濟豪傑自命。終其身猖狂奔競。自陷於極惡而不知者。蓋不少也。嗚呼。爲孔墨。爲王霸。爲儒釋。爲朱陸。爲人獸。只在此間辨取毫釐耳。可不慎哉。

章世純文 云云。**文千子** 専就魯上説。雖是然。不免狹小矣。**評** 豈止狹小哉。直説壊道仁矣。謂孟子私計魯必不能勝齊。又恐魯不肎受畏懦之名。而借道仁之虚言。使之有托。如此巧詐僞妄。與

吕子評語卷三十五 孟子 正編

儀秦之類何異。直說壞了孟子矣。總坐不識道與仁之理便胡亂至此。

金聲文 聲色貨利之蠱。撻伐無敵之威。識時之儒。不能禁之使不爲。而正操以爲引君之資。**評** 意指好勇貨色進說証引字極切。而下字有弊病不小。好勇好貨好色之說孟子正隨事攻其邪心。引之於正耳。豈曰不能禁之使不爲而姑曲爲之說邪。

白圭曰吾欲二十而取一章

黄淳耀文 貨殖如圭。精心計如圭。業已捐南畝之利而不居。則必籠山海之貨以自予。是民進不得蒙本利。退不得收末利也。民之所不樂也。**評** 白圭貨殖人應有是理。然如此說其罪反輕。況果輕本利。民無不樂。但不可行耳。**文** 以中國之道治貉。則貉弱矣。**評** 果能以中國之道治之。亦必不弱。但非所欲耳。弱即彼之說也。文漢文帝三十稅一。其季年盡除民租，至景帝時乃復致治之盛，幾比成康，豈孟子之言有時不驗邪？曰：漢文誠乎貉者也，白圭詐乎貉者也。評此豈可誠邪？文帝之道究不可行，以其貉也。

聖賢論事，只有個是非，是非當下便明，而成敗利害自在其中。二十取一，必如貉之去人倫無君子而可，如是則當下便不是，不必轉彎到少取正爲多取也。看多取甚於去人倫無君子，亦只是利害起見，重於是非耳。凡爲史學者必坐此病，故朱子力與永嘉諸公辨論其失也。

孟子曰君子不亮惡乎執章

不單道不亮，不單道不執，而曰君子不亮惡乎執，是要從不亮中做出所以不能執緣故來，意思議論正在上下兩句之接縫處。

魯欲使樂正子爲政章

陳子龍文爲政在乎得士。強稱商鞅，智稱蘇季，博稱鄒衍。是三子者，亦嘗稱先王之治，託前聖之書以干當世，使有人焉好之而盡其說，則彼固非無善之可採者。評樂正子好善，非好士也。好善則正與縱横捭闔一輩相反，大樽只作好士看，故要化用此輩。不知此輩即可化用，亦須仁漸義摩，教行俗美，如何一時便化用得。如商鞅、蘇秦等，先陳帝王之道，故是愚人之詐術耳，豈真知帝王之道者哉。總坐看善字不的，便生此病。

孟子曰舜發於畎畝之中章

此章意既不是富貴人說潛符，亦不是窮愁人爭餓氣，平平實實講來，纔見得聖賢當此自有聖賢之益，庸才當此亦有庸才之益。徒作窮秀才假豪傑，爭虛氣，說大話，直是沒交涉。

孟子此章不是爲今日窮秀才歎苦。

首節

帝輔王佐霸臣三項竝舉正見凡要成得一個人皆如此。

此案也斷在下。

故天將降大任於是人也節

董植文瘋思羈苦其下者感憤怨懟者也或一折而入達情放曠之域必反有夷然自遂者矣評嵇阮之徒皆從悲憤轉入者二氏中亦多收此輩自古窮愁悲憤至不堪之處多蹉脚走入差路去此二氏之所以日盛而人道之憂也佛也道是大事因緣眞仙法器儼然亦以爲大任而不知此正彼大任苦勞五句壓倒而自入於禽獸非類之道中庸所謂傾者覆之耳。

行爲拂亂都只在倫理言行上說方與下動心忍性有會若就天

下妄求名利之人而拂亂之不過走入差路耳又何動忍之有勞苦餓乏拂亂所爲若不待動心忍性則今日街頭不知多少君相矣如何是心如何是性如何動心如何忍性一字含糊影響不得。

詹養沉文 人有何貧置其心於無用終其身無可用之事人有何富運其心於不窮終其身無可窮之理 **評** 村農作家亦是此理何況於大任乎。

不曰有所能而曰增益其所不能當大任人須是才全德備稍有闕欠定到墮坑落塹。

增益不能正動忍得力處似微有次第然所以二字直貫語氣無側折蓋動忍其心性而增益者其才也作三平講理固無害。

所以二字是豪傑自強責任天下許多苦餓困拂人到底擔頭不

起原非豪傑也。

所以二字矍然窮秀才莫認錯黄粱春夢。

徒貧賤不中用虚氣傲骨不中用。

全旨正欲人動心忍性增益其所不能所以若要熟須從這裏過也時文輒作感士不遇賦即有慷慨氣燄亦是窮秀才攀古人作空頭門面語耳今日免奄鶉結者苦其心志大率不免塵埃中安有如許天子宰相那。

陳假文人非大任之人不足爲世有無之數則心志欲其愉筋骨欲其逸體膚欲其充身與爲欲其豐腴而順適庸愚之所望於天者不過如是而天亦若不吝而與之**評**如此則科甲美官天只是豢養一輩庸人耳。

貧士不辰誰非困苦者然其所志只躁進弋獲美官多錢蠅營狗

苟至老死而不悟。人以爲伏櫪壯心。吾以爲皮駒逐臭耳。五品四維。從頭不識到底。又何曾動忍增益乎。

人恆過節

改作喻。都說入學問。不得作看透世情話頭。

然後知生於憂患節

趙衍文　憂患未必皆生。而憂患中有生之理。安樂未必皆死。而安樂中有死之情。評　此正存乎其人。窮愁者不得便作護身符。

附首節文

歷數遇合之奇。其遇合之前可思也。夫舜說諸人。其表見於世者。大約從其發與舉之後觀之耳。試數其所發所舉之由。不出於一。而若出於一。君子不得不致思於其際矣。今夫人當貧賤。則未有不思及古之富貴人者。曰何其不類我也。此其人於古人無與也。其意薄也。人當貧賤則未有不思及古之貧賤而後富貴人者，曰：何其不異我也。此其人於古人猶無與也。其氣矜也。不實見古人之所以富貴，不實見古人之所以貧賤而富貴，不特富貴非古人，即貧賤亦非古人，則安得不取古人衆著之迹而詳觀之。夫古之生而富貴者有幾人哉。使運會有隆而無汚，德業有全而無歉，則皆生而富貴可也，而不能也。於是乎五帝之末而有舜，當帝之終、王之始，生舜於其間，不於靑宮，則於羣后，夫豈不足以徵庸而受終也哉，而必自歷山來也，則帝佐之所發可見也。自是以後，無布衣而爲天子者，猶有布衣而爲相，則必賴夫舉之者矣。後數百年而有傅說，當殷室衰復之會；又數百年而有膠鬲，當周家興革之時。此二人者，帝胄焉可也，望族焉可也，而一則於胥靡，一則於負販，則王佐之所舉可按也。

自是以後無舉於天子者猶有舉於諸侯則亦仍夫舉之而已王降而霸管夷吾之功尊霸降而外裔孫叔敖百里奚之業偉此三人者獨不可出之華閥哉而或則於縲囚或則於九澤或則於五羖則霸佐之所舉可驗也當其世之變也此數人者固不知也及乎既發與舉而後知世之變也如此當其與世俱變也此數人者又不知也及乎既發與舉而追意夫未發與舉之初而後知與世俱變也如此而抑有說者於畎畝不即爲舜於版築不即爲說於魚鹽不即爲鬲於士不即爲夷吾於海不即爲敖於市不即爲奚而此數境者獨見重於數人若爲發爲舉不在數境而自在數人則何也而抑有說者不於畎畝何損於舜不於版築何損於說不於魚鹽何損於鬲不於士何損於夷吾不於海何損於敖不於市何損於奚而此數人者必見重於

數境若爲發爲舉其在數人者正在數境則又何也悲憫窮愁未必盡生君相厚生福澤常以此豢庸材而或者曰舜聖帝也說與鬲猶賢輔也夷吾敖奚直偏霸材也是殆不可同年而語矣然而雖聖賢不免焉卽是卽偏材不免焉卽是謂以此難聖賢也則其待偏材過刻謂以此厚偏材也則其待聖賢又過薄矣然而非薄也非刻也若畎畝若版築若魚鹽若士若海若市皆可以爲舜而有說鬲焉皆可以說鬲而有夷吾敖奚焉顧其人自爲之非天意也而天意也

呂子評語正編卷三十五終

呂子評語正編卷三十六

孟子盡心上

孟子曰盡其心者章

三節各分知行說。然大學言物格知至。畢竟知性是始事。中庸言天地位萬物育。畢竟立命是終事。

知行雖微分先後。然不是待盡心知天了。方去存養也。故先後二字不宜說煞。

首節

首句頓住。朱子謂者字不可不仔細看者也二字。原指現成者而言。

首句重提。多說入存養界上。不知盡。即知至。至字原緊貼知說。盡亦是知裏事。不是說得全其體用。

知性只作窮理兩字看正指零星精細切寔工夫若誤認本體統會要說高一層便與知字膠粘不上不知零星精細切寔處莫非性也正莫非天也如此看乃更見其高要另說高一層却正是所見低也

韓菼文心之渾於中含者不可以性言也一有性之可言即已非性然試從一物未接之始有恍然可識其爲性者是即萬物之所以具也**評**心之中含正是性此誤解程子才說性便已不是性意程子謂人生以上其理在天既生後已墮形氣不全是性之本體耳孟子知性是格物窮理非宗門明心見性也說得過高便易錯

知性是物格盡心是知至故盡字大知字零星若要從無物處恍然悟得本體此卻是直指人心見性成佛之說程子所謂吾儒

本天釋氏本心。正指此也。性即理也。天即理也。不曰心即理也。故恍然無物。謂心體則可。貼知性則非。近日講師有闢宋儒之性即理爲非者。亦皆惑於良知之說。關係邪正不小。故附論及此。

歸有光文 析之無不精。故合之盡其大。**評** 二語眞正聖學。異說不解在此。**文** 學之蔽也。由知之不啟。而支離之見病之也。詎知夫窮神知化。有至簡至要之功乎。**評** 此卻惑於傳習録。此章所言知性。正講精詳。不講簡要。

只知性便是知天。不是性上又求知也。

知性則知天而能盡其心。故朱子云知天只在知性裏說。

此題誤處。大約將性字看錯在本體原頭去。語意遂多雜和下節。

不道性字只作理字解。知性只在零星處說。又知天即在知性裏盡心卻在知天後與下節又有不同。

今日異說亦無不說天說心總不懂性即理也一句孟子提醒正在此。

心與性要分成兩看性與天要併成一看天與性納入心裏看心與性歸原天字看心與天靠實在性中看心性天三件有順看倒看三者又總在知上看不如此拆剔粉碎也不能融會貫通人亦說致知到底不切合只是性字看得虛空鶻突則知字亦無靶鼻要知此性字只是萬物皆備於我一句靠定事理說性字則不但知字有著落并心天亦分明矣。

盡處見天命原頭。

盡心便有性字在內講知天亦不在知性上邊外邊推一步看。

橫渠先生心統性情一句道盡朱子所謂虛靈不昧即指心體具

衆理即統性應萬事即統情也心是活物惟其虚靈故能具性情亦惟其具性情之德故其虚靈直肖天體釋氏上截天理曰理障下截人事曰事障四路把截只取虚靈不昧者爲本體達摩所云淨智妙圓體自空寂八字即此是佛性故羅整菴謂其有見於心無見於性其寔連心都不是他只見得活處不曾見得極處便與天體不相合下面都無用故必知性知天則見得極處方是能盡其心若楊簡之言下忽省此心詹阜民之下樓忽覺澄瑩王守仁之龍場恍若有悟皆止見得釋氏之妙圓空寂而非聖賢之所謂心亦止到得他覺字悟字而非聖賢之所謂知與盡也故此節知天只在知性裏說若倒說在盡心後便天在心外失其所謂心矣

張子心統性情四字真千古獨發不是此心則此理顯藏何處但

不明所顯藏之理，則心雖有而不盡。禪學所謂明心見性，必先截斷事理，而後能眞見本體，是必去天而可以明心也。故羅整菴謂其有見於心，無見於性，不知離却性天，心已不盡，安得謂之有見於心哉。聖學只說知性知天，從無曰知心者，蓋心無所用其知。知性天，正爲盡此心耳。盡得此心，下面方好存養，不然又存養箇甚。故此節工夫重知性，而所以欲知性者，只爲心，下節心性並言，而工夫用處亦只在心。聖學未嘗輕看心也，但必合性天而後謂之心耳。看此節首句四字，如何鄭重分明。

或問禪學亦言見性，不只說心，是如何。曰聖人之所謂性，指順健五常日用事物之理而言。禪學之所謂性，則指其虛無中妙明圓淨者而言，總要打破事理，始得與其所謂心，仍是一樣，非吾之所謂性也。後來陽儒陰釋所稱，如主靜、艮知、知本、愼獨等，皆名是而寔非同是此術陸子靜謂儒釋差處止是義利之間朱子曰此猶是第二著吾儒說萬理皆寔佛說萬理皆空從此一差方有公私義利之別今學佛者云識心見性不知是識何心是見何性按此知吾儒惟知萬理皆實故能誠敬以存養之禪學惟知萬理皆空故猖狂無忌憚下梢一切無用直敢說諸天供事世尊以踰天小於心此惟不知性故心亦放失如此

此節紛紛人道他惑在知字不知他惑在性字若作格物窮理看道是說向外與心天二字膠粘不上與下節存養關會不通不知此病却正坐分內外爲二看得外面一切道理與裏面本體無干不但性非其性卽所謂心亦非聖賢所盡之心也故他說明心見性四字便要掃除一切以爲講心性到極精微不知他只是不識得性字正是極粗淺處聖賢纔說性便是合外內之

道。曉得外邊底便明得內邊底。初非二事。但如時文講格物窮理。只說得博聞閎覽玩物喪志一流。却又不是聖賢之所謂格物窮理。正墮落詞章訓詁。爲異端所指爲支離者。此則原與心天膠粘不上。與存養關會不通。又出異端之下。無惑乎其讋伏於禪和也。故此節只要道得性字不差。知字自有著落。

三知字微有別。知性固指知之無不盡而言。然第一箇知字中具有格物工夫在。到第二箇知性。則純指功夫全備時所謂物格也。第三箇知字乃是盡頭處所謂知至也。

集註於此節。及言游過矣節。皆從極難體會處。曲盡其理。微妙入神也。只在語句文法中所得。却在語句文法外。直與古聖賢心口相貫接。今只將者也則矣幾箇字體會得神。亦與集註心口相貫接矣。

存其心節

存之功多養之功少存之力重養之力輕存之事顯養之事微。

劉紘文一事也我爲之而我之心有許我爲之者有不許我爲之者此則吾之天懷中發者也評此中消息至微故工夫全在愼獨。

楊以任文云云評只見得一箇心字於性天源流毫不親切此從釋氏得宗本心而不本天故其看天字便作諸天帝釋觀於聖賢所說性天無與其看存養粗則在名利之間精則如如不動而已其看事天則慈悲普度作用神通持此身心奉塵刹是則名爲報佛恩打破這一副家當更有何聖賢道理哉。

熊伯龍文惟心之浮動而無如何也則援天以動其祇畏而今且奚庸也云云評所以事天不是指陳功效存養便是事心性便

是天是徹始徹終事若必到純熟後方算存養存養了方見事天則天在心性外事在存養上求合轉離矣文人好爲高深之言反於理不親切病每如此

存養得一分事得一分存養得十分事得十分不必到存養自然後方爲事天養性固在存心下然亦是存得此心便養得此性非謂存時粗淺到養才精深也

不是存心養性要去事天也不是心存性養了方好事天也不是極存養之至足以事天也不是下面存養忽然上極事天所以二字乃直指合一語非進一步追原語也

中庸首章自天命說下先戒慎恐懼而慎獨直指工夫在未發已發末章自下學立心說上先內省不疚而不動不言直歸到無聲無臭明此則先存心而後養性皆所以事天之理了然心目

聞矣。

天字即在心性中。另起爐竈。便不是所以語意。

王伯安謂知天如知州。則一州皆已事。知縣則一縣皆已事。是與天爲一。者。聖人之事也。事天則如子事父。臣事君。猶與天爲二者。賢人之事也。由其言思之。便知他不曾知天。猶看得與天爲二。在蓋心性即是天命。故知得心性。便是知天。從事於心性。便是事天。此分言之而理愈一。者也。如彼之言。必知知州知縣。管攝得天。方是與天爲一。若事父事君。敬畏著天。便是與天爲二。卻將天看做外邊甚物事。要與他比並箇高下。只此便是不知天命而不畏。不知聖賢之所謂天。只在心性說。而此一點敬畏之心。正天之精微。聖人之極功也。若謂君父非已事。則州縣又何與已事。州縣而知。即是已事。則君父而事。豈反非已事哉。又謂但存之而不敢失，養之而不敢害，尚屬賢人之事，尤非也。存養工夫，徹上徹下，其純熟神化處，便是聖人。降而三月不違以至日月至焉，皆存養也。即庸人一息一端之反求，亦是存養，亦即是事天，但爭久暫生熟耳。其心性無分，其天無分也。熟後也只是存，無始終只存在這裏。始終只是存養，始終只是事。

殀壽不貳節

陳際泰文 吾人即令身爲聖賢而不能自主於去來之間，亦復何用。評 落此種邪見，便向禿丁座下討棒喫，與聖賢絶無交涉，要知便能自主於去來之間，亦復何用。文 吾人即令道在尋常，而又能相兼於神明之客，敢名爲通。評 若云做秀才不妨説佛法，此種議論，已入禽獸而不知，哀哉。文 凡人之謂死生者，數之立不立非命之立不立也【評】數亦命也【文】古之至人得道而不亡者其精爽神明人亦安得而見之【評】立命亦不爲此立命即下章所謂順受其正也非謂自我作主不由造物孔子曰未知生焉知死未能事人焉能事鬼能知生即知死能事人即事鬼於日用云爲盡合天理此之謂立命惟其不以生死爲事故曰殀壽不貳也釋氏但以生死爲事故求脫離生死一生精神工力都用在臘月三十日只怕胡孫走却直向瞎驢邊滅便道是佛性不毀以聖賢視之乃其所謂弄精魂也秀才見識低汚看得生死事大已落在他脚底業已爲壽殀所貳何處得有立命來立命不是化吉爲凶轉禍爲福亦不是知其無可奈何而安之若命要之此命字不是術家二氏命字道理

孟子曰莫非命也章

此章是從上章末句申明未盡。

凡不能安命，皆坐不知。

孟子曰求則得之章

此聖賢放下一格，爲庸愚說法耳。

此章正爲下等人說法，

聖人不言命，孟子此章與論語富而可求章，俱是爲最下一等人立言耳。有點醒語，有指示語。只論有益無益，點醒語也。有益何故，以其在我；無益何故，以其在外，指示語也。然在我者雖無益亦當求，在外者雖有益亦不當求。補出此意來，方是聖賢正義之學。以文言之，是進一步之文；以理言之，是前一層之理也。

大意在兩結句，是也者也語氣指點得神。

求之有道節

非是求必不得但得亦不因求耳方是無益

無益云者非是必不得也只是不相關耳如今日以醜墨體求遇其不遇者甚多贏得一醜耳然則卽有遇者亦豈醜之力乎全要從求得毫不相蒙處立論又要從求得似乎相蒙處指點方是喚醒下等人語

無益正可從得後想出

孟子曰萬物皆備於我矣章

首節

章世純文物皆自我也此爲天地之間獨一我已評卽世尊生時一手指天一手指地曰惟我獨尊絕不是孟子之言文物者君子之所狹觀我者君子之所大用物我合而還天下之同矣評狹觀物便是外義大用我便不是皆備物我合便說成兩件不

知此物字。指事物之理言。非人獸昆虫草木之謂也。看物字錯。便生出用我尊我二氏之言矣。

文章文 明乎我之備物。而可以善我與物之用矣。評 與字用字都謬。竟以物當衆生二字解矣。文 何言乎其備也。以不異也。評 謬不可言。艾評以爲粗套。不蔽其辜。文 旣皆備矣。我之一身。亦即遍散於天地上下。評 千萬億化身。狗子皆佛性耶。一派胡亂。其謬與首作同。總差在物字。故吆呼我字滿紙耳。連己物一體之說。亦并不是儒家道理。直從原頭差來。依他說是萬物皆同於我。非備於我也。備指事理而言。

陳際泰文 萬物望仁於我。而我亦欲一一而仁之。此非作而致其情也。評 未必便望及我。亦無暇去仁他。且管了成己仁也著。文 盡萬物而仁之云云。評 物字包羅事物道理。無所不在。今止將做人物物字看。自然粗淺鄙小。并將仁字作萬物一體之仁。連仁字亦粗鄙淺小矣。要之渠並不識得儒者萬物一體之理。只和尚慈悲普度諸佛衆生同根盡之耳。

物猶事也。古人訓物字。皆兼事物而言。不止動植形器之物也。故曰大則君臣父子。小則事物細微。言其理無不具耳。若單指對已有形之物。則皆備義不全。亦說不去。如釋氏問石頭在心內否。曰在。曰行脚人著甚來由放塊石頭在心內也。

物字訓事物。而此章又指事物之理言。非人物之物也。他如未有我先有物。既有我即有物。物各一我。我亦一物。諸語。俱是夢耳。即泛還萬物。不照註大而倫常小而日用講。亦大顢頇在。

此言吾性中無理不具耳。非謂與萬物相關通也。理本具我。則萬物皆在裏。以我巴攬無窮。則萬物原在外矣。總之不明萬物只是一箇理字。憑他說象說數說應感，都打成兩開。於書義毫無著落也。

註中兩箇理字各有義。理之本然，理字是合物我說，猶統體一太極也。當然之理，理字是在物爲理，猶物物各一太極也。

王恭先文 自世之學者，不知理之本然，而以爲在外也久矣。評一句道盡。至今講學病坐此耳。

此與中庸誠者自成也同例，只懸空立此句，吃緊正在下面。

彊恕而行節

此節從其有未誠轉下。是原不曾恕，在故氣力全在彊字。泛作恕以求仁，籠統不切此章矣。

恕之盡頭便是仁。看不欲無加與不欲勿施分別。無加便是仁，勿施便是恕。無二理也。故恕字用力全在彊字，彊即勿施也。而彊字却在行上見近字亦在求上見時作但似强恕則近仁耳。

黃淳耀文 仁從恕入者也**評**謂求仁從恕入則可謂仁從恕入則非**文**君子當勢窮之日或反有不仁之時乃仁有缺陷而恕仍存恕能充長而仁復見以其剝復之不遠也**評**此是經權曲直義不可云剝復于仁恕原頭所見未的故講到道理至處多模糊。

孟子曰行之而不著焉章

章世純文 事之得也以其近者也其失也亦以近者也**評**是言理不止事之得失不著不察所以不知著察是行習時格致之功人之不著不察或自以爲已知或畏難而不下窮理之功或心粗而不能入或誤於異說而不求知或用功而走入拘蔽之路可知有多少病痛在只説近而易忽故不著察亦止見得一種

病耳。

孟子曰人不可以無恥章

恥未足恥也。無恥乃可恥耳。由有可恥而至於無恥。由無恥之甚而至不以無恥爲恥。今卽以作文喻之。凡作惡爛文字者。其初未有不識羞者也。巾箱本頭雖恐人見。既而稍出示人。面皮漸老。便公然刊梓行世。始不識羞矣。今有人從旁大聲疾呼以罵之曰。若輩之爲是惡爛文字。眞不識羞之甚。其人初聞此言。心覺悚然。既而聞之稍熟。便復怡然答曰。我固不識羞。預卿何事耶。於是遂不以無恥爲恥。而恥根始絕矣。然則要其可恥。必先去其無恥之意。要去無恥之意。又必先去其不恥無恥之意耳。作文之心卽爲人之心也。可不猛省乎。

孟子曰恥之於人大矣章

勇生於恥耳。恥是千古作聖之基。

凡人得激厲之力爲多。

吾嘗謂今世非無才。奇才滿眼。只是無志。所以無志。總緣無恥。罵之。爲禽獸非人。莫不勃然怒發。及其爲禽獸之事。則又欣然安之。奉之爲聖賢。莫不色然喜可。及見流俗汚下。亦不以爲非。是皆無恥之甚者。無恥安能立志。志不立。何以成人。

偌大一箇世界。無人焉。以士不立志也。志之不立。由於不知恥。人必恥爲下流而後能向上。故曰知恥近乎勇。士大夫以梯媒線索爲傳。游俠館僚以鑽刺欺詐爲術。下至秀才布衣。無不甘卑汚之行。習醜惡之文。但求騙得功名貨財入手。便以爲天下之至巧。曰豪傑。曰作用。才智之士。方靡然向之。惟恐其不及。孰知此正孟子所謂無所用恥者乎。

趙衍文 吾曰人不可以無恥。而彼曰吾猶可以無恥。吾曰無恥之恥斯無恥。而彼曰無恥不恥爲無恥。而恥且無如其人何矣。夫亦思恥之於人何如者哉。評 此正推論上章之意。文 古之人有以得天下而慚。有以易天下而餓。其所以用其恥者固大也。而下至於行乞人之所不屑。愚百姓之所不爲。推其心。猶能卓然自立於天地之中。而竊附聖賢之後。評 一恥字。聖賢乞丐都在其中。所以爲大。文 爲機變者。極之以顛倒紛紜。而偃然自以爲得計。評 此意尤不可救藥。文 覺生人者多此一心。以困抑人之性情。而吾乃巧出於其外矣。評 非盡決樊籬不止也。文 好惡之良心一喪。而口鼻耳目四肢之欲。與禽獸無殊。評 讀此而不愯然汗下者。非人也。

孟子謂宋句踐曰子好遊乎章

陳子龍文大凡士當所以進身之地，則氣必弱而辭必卑。何則？中無所挾而所求於人者重也。評所以士人不可於進身二字著意，纔著意，人品文字都壞也。文上之人卽深崇廉恥節概之風，而人猶挾揣摩瞻望之術。評今日卽復鄉舉里選，亦不免鑽刺。文以微賤之士立貴人之前，而言高世之事，我意其必有忼慨不顧之心，卓犖不羈之氣。評但取忼慨卓犖，遊士未嘗無，只不明道義耳。文從孟子之說以游侯王間，則未必遇，然退而可以自解。若夫世之遊士，遇不過金玉錦繡之榮，而退且有父兄妻子之辱，况乎困厄於饑寒，疲亡於道路者，何可勝數哉。評今世幕賓講客，亦復爾耳。文惟其內急一身之謀，外無天下之慮，故辨愈雄而氣愈懾，意愈傲而內愈怯，彼固不可以窮，而又不可以達也。評勘斷戰國遊士情狀。不異觀地獄變相。不知世間蠅營狗苟者。又復如何。然當時卑乞。索性不講道義。今又以道義爲卑乞之具。風逾下矣。

陳際泰文遊說之士白首無所遇者。非其說力少也。其說術疎耳。評孟子亦白首無遇。豈術疎耶。孟子此章。論道非論遊說法術也。文善說者在先定所說之心。而毋務以世驚之。評尊德樂義有本領工夫。不如此粗淺。文彼自有德義以來。云云。評達不離道本領。正在窮不失義中。窮不失義本領。全在尊德樂義處。作一串說。不分窮達兩境。見地甚高。

人知之節

當時遊說者但知有功利。其術揣摩。似乎驕亢。其寔自待極卑賤。孟子以囂囂語句踐。正是義利王伯之辨。

古之人得志澤加於民節

此不是誇張語句句鞭辟入裏纔是得已不失望之寔

澤加民從不離道來修身見世從不失義來

歸有光文 時窮而以窮處之吾無所與其窮焉時達而以達處之吾無所與其達焉

評 須想其境地何等此節四句須一氣連讀併看互看方見此文見處直立身萬仞之上朱子詩云浮雲一任閒舒卷萬古青山只麼青胡先生恐其無意於用不知寒泉精舍中體用一原毫無虧欠也

孟子曰待文王而後興者章

獨言文王或因作人克生有之然不重文王也卽易文王爲堯舜禹湯亦無不可大意只責重人當自奮興耳待而後興雖無猶六字精神都注學人身上與王教盛衰無涉

王昌期文云云。評興字謂興起善道，感發有爲，在聖賢路上說。若但講事業功名，便是三代以後之所謂豪傑，正孟子之所黜者。陳同甫欲以漢唐繼三代，朱子辨之最精，卽是此義。文於興字暗貼孟子說，識力甚高，知此是作聖樣子，更說甚千塗萬轍耶。孟子謂豪傑之士無文猶興，則豪傑正聖賢路上人。後世看錯此二字，於聖賢之外，另立一種放棄禮法，敢爲不道者，曰豪傑。不知濟惡不才，乃無忌憚之小人，非豪傑也。因誤解二字，後世小才欣然自以爲有此美名，何必聖賢門下。此漢唐以後君相人品事功，必不能復返於三代之病根也。學者不可不辨。

孟子曰附之以韓魏之家章

艾南英文欿然不驚，若不知據之爲大，而辭之爲高者，此無他，彼其氣誠有以蓋之也。評說氣蓋，便落第二層低見。

看得韓魏之家不足以動我而自視欿然必於己分上已有所見故曰過人遠此論學識不是氣可蓋才可辦也

孟子曰霸者之民章

首節

徐致章文 伯行王事而民適肖其伯之應王亦即此伯者於民之事而民適肖其王之應**評**故王伯之所以分不在政術間也王者是三王人說得太高遠做成無懷葛天世界非對伯者之言矣漢始尊黃老正是雜伯豈復有皥皥景象乎黃老申韓自是一氣此等處須辨得分明

殺之而不怨節

趙炳文 民間之飲蜡報田無非王者誥誡勸民之事云云**評**遷善有寔際便是王者爲之有寔際在皥皥只於不知二字形容氣

象耳若作標枝野鹿觀則是鴻荒世界黃老家言矣孟子所謂王者蓋指三代也

夫君子所過者化節

前稱王者末節換君子君子者聖人之通稱兼有位無位而言如孔子綏之斯來云云是也總見王道之妙如此得此道者即君子也其功用亦如是

君子即是王者但君子者聖人之通稱即不得位之聖人如孔子亦在內見王者之道大如此與王者二字自有微分

通章只在王者功用上說此節即就上文極力形容秖是一意說到底初未嘗分上文爲民風此節爲王德也纔說業則德在其中德之盛正在業上見故註云德業之盛與天地之化同何嘗專說德哉

到底只在功用上説。

人以上文分民風，此節分主德，看入君子心性中去，不知通章止在王者功用上説，以辨霸者之非。一路説到廣大處，未嘗收向裏來也。過化存神，只重化神二字。人或誤看所存句，不見朱子云亦是人見得他如此，若重所存，豈人所見乎？即如俗解，又當與所過句分出淺深矣。上下句亦是極言其功用之妙，直是乾坤運旋，不是補葺罅漏。此句當緊對下句霸者作未了語，若空空贊頌君子似天地，便與題意風馬牛矣。或云註謂德業之盛，今如子言，不脱却德字乎？曰：纔説業便脱不得德，體用一原，程子之言所以至也。章意却止説功用與霸者對，不重德也。若説德，則上文又何嘗不兼德業來。

存之爲純王之心，只是過存前一步推原，不是指化神也。化神只在及物處見。

所存原不廢迹象。而神字自在。

神不説到化原。蓋神字止以形容所存之妙。原不講聖人之神也

孟子曰仁言不如仁聲之入人深也章

此章仁言善政皆王道中事。但有本末淺深之辨耳。與别章霸術名法不同。

此章不辨王伯。善政不指伯術也。

此與論語道之以政章。大意相似。直分王霸。非也。

善政不如善教之得民也節

三代下善政。非孟子之所謂善也

善教中不廢政。

善政民畏之節

善政不是苛政，民畏亦不足重，足以目。

善政得財，與伯者任地聚貨法取富强之術不同。

看註得民財云百姓足而君無不足，則知善政亦指王制之外迹原在仁聲中說，非後世桑孔新法之屬也。以苛政取民財，民但苦之耳，何畏之有？迺流叛亂，終亦必亡，所謂百姓不足君孰與足，并不能得民財，豈得謂之善乎。

善政不是刑名新法得財，不是横征暴斂；善教只在惇德明倫，得心只在格心化成，若作感動悦慕套語，便復侵上民愛矣。

教本躬率，所以能得心。

畏愛財心，總是孟子點醒世主說法，若人君著意在此，便入驩虞假仁一路。此正誼明道不謀利計功，江都之所以爲儒也。

黄淳耀文　君上之臨百姓，百相求也，以得民之淺者自與，而以得民之深者遜之遠皇上古之人其必不然然君上忽不自知而分出於淺深之兩途云云【評】自秦以來奉人主以堯舜下名色便不樂然所行多桀紂之實只不曾實見得三代功用耳唐太宗能假之便足笑封德彝矣况眞仁政乎

孟子曰人之所不學而能者章

孟子時人皆以仁義爲僞故孟子將此等言語點醒其自有之良心非謂知能之良專在不學不慮也不學慮甚言其固有之耳然要擴充此仁義知能非學慮不可若此理不明則廢學慮之說自孟子始矣後來單舉良知作宗旨不特惑亂後人且枉誣孟子莊子所謂幷與仁義而竊之使果可竊也豈眞仁義哉

【俞譯文】自善惡之說不明而人之交錯於心性中也心忘其本性失其故天下於是乎無達道而聰明才技日紛紛而不知返【評】

是孟子此章緣起。【文】以仁義爲外鑠者，皆不識親親是仁，敬長是義者也。而有良而不知保，則又不能由學以幾於不學，由慮以全其不慮，雖不學不慮，亦終不謂之知，不謂之能也，悲夫。【評】只爲當時不明仁義之實，反以爲外鑠，無復於孝弟用功者，故孟子爲指其固有之良，使之保守擴充，以全其本然，其重在點醒，故不及用功。非謂惡學慮之害良而欲廢之也。文能補出學慮，眞有功吾道之言，足以破正嘉以來邪説之妄。

兩良字，只在無不知愛敬看出，無不兩字，便是達之天下。

孟子曰舜之居深山之中章

通節關鍵在及其二字。二字之前，二字之後，混作一件不得，打作兩截又不得。時下誤解，只緣看得木石居鹿豕遊時，虛空窈渺，講到聞善言見善行，則又攙入運水搬柴，頭頭是道耳，總皆禪學也。若聖賢云寂然不動感而遂通，固不可謂是一件事，亦不可謂是兩截事也。不是云寂便是感，感便是寂，亦不是云寂時舜一面目，感時舜又一面目也。讀者參之可也。

及其下須倒縮，不是趕注，若決江河二句原在上文四句中，至此方見上四句中聖人全體是善耳，不可做成兩截。

只在深山中具足，沛然莫禦，不作兩層。

總是形容聖人之心，萬理畢具，無聞見時不可得窺，一有所觸，全體皆露。及其以下，正是形容上截之妙，非謂聞見後有此充達也。

及其下截，即在上截中，不可分作兩橛，固也。然深山云云，乃孟子設言，只形容箇無聞見時渾然景象耳。俗解便要坐實舜與野人同在深山比較，繇是可笑。或云始終皆指歷山時，不成升庸後便不沛然。然則竊負而逃，定往河濱雷澤矣。腐豎不通至此，豈非痴人前不得話夢乎。

不是聖人之妙只在感應作用上，也不是聖人感應作用之妙全在深山。不異野人時，墮此二界，不入永康，即入江西矣。聖人全體大用，在深山不見聞時無從窺探，就其見聞沛然處可見聖人渾然一善，深山中已無所不具，隨感而出，聖人原不分寂感也。故及其是同合語，不是分界語。

天下有是體，便有是用，可分便不成體用。若謂迹如是，心不如是，則迹從何來。故欲辨邪異之非，只看今日大講師善知識其所爲立身行事處如何，到此却瞞公不得。

吳爾堯文 觀聖人者，而不觀之於既發之後，則天下皆得守其虛寂之體，而與聖人爭未發之境矣。**評** 數語判盡古今邪教。程子論釋氏，只於迹上斷定不與聖人合，是也。

陳子龍文云云。評 此是説聖人德量渾然，無非至善，其體用之大，應感之神如是，非推頌其得天下之故與治天下之法也。雲間派好言事功，不顧書理，不知説到何處去。

孟子曰無爲其所不爲章

不爲不欲一層，爲之欲之一層，無爲無欲一層，其層次轉折，註已盡其理矣，只須細心貼註耳。

無字有力。

無字斬然截然，直是壁立千仞，略無攀援依戀之意。

此欲字，非理欲嗜欲之慾字也，誤混作慾解，連題目文理欠通矣。爲釋學者，破句白字，皆可悟道，其弊病必至此。

無爲無欲，正講擴充攔截工夫，便知有爲所當爲、欲所當欲在，若止是强制不行，外强中乾，坐病正深。如此而已矣，便説不去，而已矣是鞭入語，不是竟盡語。

艾千子 夫以爲義不可勝用，而晏然任之，未有不至於爲不爲欲不欲也。時時提醒，無爲無欲，眞不可勝用矣。**評** 註云能反是心擴充其羞惡之心，而義不可勝用，正爲時時提醒，於此中究竟不盡克制，不盡亦受用不盡，故曰如此而已矣，原無晏然任之之意也。

戴應昌文 吾觀踰閑以往之人，亦未有不知閑之不可踰者也，而次且而前，一若不得已而爲之，何也？即其肆行無忌之時，而四體之動，若或糾其所爲，夫此亦何不得已乎？**評** 畢竟胸中無把柄，以致臨時展轉，可見平日修名愛潔之人，不是寔有主宰，鮮有不敗者。言之痛切危悚，能使表裏兩截人隱微深痼心肝雕出。眞今日學者一服黄昏湯也。

後世人品之敗，皆始於通脱。

孟子曰人之有德慧術知者章

首節

陳際泰文人於患難之來，身瘦焉而不爲安也，心憂焉而不能暫釋也，曰此疢疾也。於是乎日夜謀所以去之，是何其見事之淺也。評普天下貧士逆境人，都從此一轉墮落耳。窮困無聊人，東觸西礙，步步逼入斷頭死路，饒汝奇才，果能到此，無復擺布，只有怨天尤人耳。略一轉身，墮落披毛戴角去，亦且顧不得。豈知疢疾中許多境界，儘自縱橫自在，何故向來自投坑陷也。只是見識低，無志氣耳。雖然如是，且道德慧術智便如何到手。須從今日竪起脊骨，猛著精神去。

孟子曰有事君人者章

王房仲聖賢議論。有定品者。有歷數者。有偶及者。何嘗必分高下。後人遇此等題。必欲强生見解。巧立名色。過爲軒輊。殊非本旨。評如房仲言。四節爲歷數耶。爲偶及耶。盍定品也。曰定品。則何得無高下軒輊。看總註云。忠矣。然猶一國之士也。非一國之士矣。然猶有意也。正意本如此。隱然示人進取之極。此何害於自文。而必欲盡去之耶。使人抹是非而輕於叛註。是亦論文者之過也。

有安社稷臣者節

悦字從憂危經營中看出。方是大臣學術規模。

歸有光文云云。評爲此題者。大都以冠冕麗詞吉祥大話爲事。不知此不但文格醜俗。卽其人心術品行。必爲諂媚汚鄙之夫。正容悅與社稷臣分界處不可忽視也看先生文自覺涑水安陽氣象在目〇悅非慶幸之意乃嗜慕之誠也安社稷與社稷安不同社稷安安字爲景象可用吉祥冠冕語安社稷安字有許多謀猷事功在正於憂勤惕厲鞠躬盡瘁不見社稷之安處見其以此爲悅惟先生能體會及此

有天民者節

著天民二字便是畎畝樂堯舜之道不肎輕仕者固非枕流漱石閒人亦非澗愧林慚客也講可字而後字有身分纔得註中不見知不悔之意俗手取冠冕堂皇不覺流露出貫塞驢應不求聞達科肺腸矣

陳際泰文鳴琴而歌先王之風召之役則往役評此民字粘天字言天之民不可以位限便有達可而後之意呆貼下民拙矣文

將有行也。未度其君，先度其身，曰是果無愧阜尹否。評人稱此意好，却不然。若自己尚信不及，不可謂之天民矣。達可而後行，謂度其君民時勢因緣，足以行吾之道而後出，如伊尹耕莘樂道，三聘幡然就湯數言是也。先度其身，是學人分上事，亦是未能樂堯舜之道時事，雖曰行道，本乎身，却不是現成天民達可行之道理。言有似是而非者，此類是也。

有大人者節

而字中有無心化成神速不測二意。

註云上下化之，則物字兼君民講無疑，而人每混過，謂君不可用物字也。不知其爲物不貳，則天地亦稱物，豈唐突天地耶。

此等題，再攀不得大話，一攀大話，便知是乞兒相矣。功業之奇且大，莫如伊尹，然其本領只在非道義一介不取與，三代以下人物推諸葛。然自謂苟全性命。又曰先帝知臣謹愼。故知眞大人定不說假大話。其不說假處。却眞是大話也。趙普謂以半部論語佐太祖取天下。便是村學究扯空頭。不待其賣德脩怨。而後議其無無相度矣。秀才胸中。須常將此意體貼。自然器識不同。

孟子曰廣土衆民章

陳子龍文海内至廣。神器至重。此固非氣之所能蓋。才之所能周也。**評**爲甚只矜張這箇。**文**得志則卜宅土中。定鼎伊洛。開明堂而朝羣后云云。**評**孟子所言。乃堯舜事業耳。**文**使非黄屋不貴。非衮衣不榮。非玉食不富。則所求於物者重矣。急矣。萬一逡巡差跌。卽何以自解哉。**評**講急便不是。卽不差跌。亦無以自解。故不得如此說。**文**我嘗怪古之異人。起自草茅。爰膺圖籙。自其道德。或學而能。獨天表之奇。瞻視之偉。何修而得此耶。又豈命爲帝者耶。**評**君子所性非有命天子也。此章大旨。說君子全其所得乎天。即程子所謂孔顔所樂何事。故世閒窮達。不能加損。即到堯舜事業亦只得浮雲過太虛。此是何境界。奈何說來說去只在爲天子有天下上著魔耶。睟面盎背。乃周孔形色。非漢高祖唐太宗相貌也。

中天下而立節

中天下而立三句。孟子借大行盡頭語。只要襯跌出所性不存句耳。既非寔事。亦非正位。亦非了句。

定字是大行已成景象。

定字是王者平成富教事。非三代以下之天下一統。太平無事景象也。漢唐以來。養不成養。教不成教。制度不成制度。事功不成事功。此朱子所謂千五百年架漏牽補過了。堯舜三王周孔之道未嘗一日行於天地間也然則三代後之太平都是氣化中自然治亂以君子視之憂方大耳何樂之有學者須從此處見得箇道理講定字決不肎混帳下語

金聲文 無人無我之性云云 **評** 六字大錯錯在本領成己成物者性也無人無我乃禪家之所謂性而非君子所性也正希論性有云生之謂性卽太極生兩儀以下諸生字後世以其言出告子而不謂然耳又云性命之學拱手而讓之方外之士蓋明以禪學之性爲是故說到本原處定走作

君子所性雖大行不加焉節

此及下節與其爲氣也相似兩起句文法雖同實義自別此節是所性之分下節是所性之蘊疆畛截然

讀書人每自命不凡一經些小得失利害便和身倒塌何消說到

大行窮居耶。故分定工夫全在根心上札硬寨做乃得。惟其分定故無加損非不加損乃爲分定此處便見得必須根心。

君子所性仁義禮智根於心節

心是虛器性是實理仁義禮智正是性之四德有是器即具是四德之理分開有此名目合之只一物也但性屬理故不雜心屬氣便有清濁理欲之雜唐虞所以言人心道心也此理本人人具足纔有人心之雜理便喪失故君子復性之功正爲培植此理於心耳。

所性是指已成全德註中清明無累是根心處秖生色是根心十足處。

陳際泰文天下之物未有憑空而寄者則觀物者必於其所根矣

評此根字不是自然而然文根心而出於自然此亦足以驗同

然之理矣【評】根心亦不是説同然此言君子所性之藴仁義禮智凡人本來原統於心但爲氣禀拘物欲蔽雖不絶萌櫱却不能使之根於心不能根於心安能有生色云云之妙不能有生色之妙安能大行不加窮居不損而得所性之存哉註中所謂氣禀清明無物欲之累則四德根心積盛發外可知根字不是自然同然大士從頭説錯而楊子常以爲知分與藴之别尤大士看書精到處眞以盲讚盲耳

君子所性不是説本然之德故特下根於心三字兼生質工夫在生色以下不是效驗正是根心滿足處所性到此方盡動容周旋中禮者盛德之至也

其生色以下是所性之藴人多説成所性效驗矣

生色只在根心上看

根心體段難說。孟子特下其生色四句，正就所性充足處指示實際，非說根心應驗也。外面風吹草動，都是根裏緣由。張子十年學箇恭而安不成。程子曰：可知有多少病痛在。故曰形色天性也，惟聖人然後可以踐形。

動容周旋中禮，方是聖人之盛德。古人云十年學箇恭而安不成，此正是聖人之不可爲處。任達繩簡兩路夾來，方是不言而喻。有意要說得自然，便入莊周嵇、晉人風流，不啻去而萬里。

孟子曰易其田疇章

此章不是說先養後教，亦不是說卽養是教，只是說治天下重在使民富足。富足則恒心自生，仁只是富足之效，與里仁仁字相似。原是帶說，故不曰民仁矣，而曰焉有不仁也。

聖賢論治，有舉其全，有舉其重。如對梁惠、齊宣、滕文所言，舉全也。

此章所言專重也，原未及教民意。謂富足不必教民者固非，謂富足即所以教民者亦非也。總因誤看仁字，便意上二節説養，下節説教相似，不知此三節只是一意。若説教民須另有綱目，在不止易薄四句矣。

或云孟子不言功利，此却言富言財，當有分曉。予謂只在可使富與財不勝用二句著眼，便似言功利；若向易薄四句著眼，正見孟子行仁真實本領，與功利家天懸地隔，何須更用分曉乎？惟其政爲仁政，故其富足亦是仁治中之富足，民心之仁厚有不期然而然者矣。

聖人只欲民遂其生，此便是仁字根源，故其經制不求富而民已富，不爲財而財已足，所以民無不仁。若聖人沾沾謀富足財用，則上下交征利，不仁之甚矣。蕭道成爲治十年，可使黄金與土

同價亦可與聖人使菽粟如水火同語乎

首節

兩其字指民下節兩之字卽指富

管商之富足正是不仁均之使民富也使字中同牀各夢

民非水火不生活節

至足便無有不仁不是足後方求其仁專就富養上說不及教一邊若王道之成必世後仁須兼富教方得陳定宇淺看此仁字最有理若謂孟子所該甚廣則所以仁民之道有未全矣焉有不仁是富民之效如此非富後又去做出仁來如旣富加教之說也

民富則性良而俗厚此仁字卽在菽粟中推論見民富之妙耳非卽富是教亦非富不必教也但如水火之求無勿與卽便是仁

仁字正不得深看，方得疊句急口語意。

此題諸弊，都爲仁字生出。須先將仁字分明。民貧則私，各殘刻争奪之意自然而生，此便是不仁。民富則有無關通，緩急親睦之情亦自然易發，此便是仁。仁字即富中自然之驗，是極言富民之妙，推論及之要之。此章原不重仁字説也。

仁字只在無弗與上看。

富而好行其德，確是此章仁字，即足中有仁，又有足後教化之仁。此章仁字即在富足相通處見，非聖人教化漸摩之仁也。謂此便是教仁，不必更有王道，即失其義。

不是説富民外别無教民仁之事，只是此章不及耳。

聖人治天下實際，即易其田疇四句，便有菽粟如水火，即可使富不可勝用二句，昏夜叩求無勿與，即下文仁字。聖人治天下兩句只爲跌出下文兩句過脈語耳，非又另贊聖人別有妙用，而呆敷般阜景象也。

孟子曰孔子登東山而小魯章

此章首言聖道之大，次言其大有本，終言學聖之法，疆界分明。

首節

首節總只言聖人之道大，以起下學聖之法，與中庸大哉聖人之道三節相似，連聖人二字亦是從道字帶來，原不爲孔子贊頌也。近來紛紛拈重孔子，又分上兩句在孔子身上，語下兩句爲學者身上語，都自討支離。

此節只是贊聖道之大，難爲言亦猶小魯小天下耳，難爲言只在孔子說，不在游聖門者說。

附首二句文

推聖人以作則而先得其峻極之量焉夫聖人之中有孔子亦猶夫方之有鎮而嶽之有宗也而要其視下之益小有可與登者之所見相喻者此固難爲未登者道也今天下異流爭尚幾欲分一人之統而與之並峙危乎曰不危其高出於尋常萬萬者自在也夫古人往矣其高出於尋常者亦古人自得之耳何恃而不危恃後之人有馴致乎其域者以其身體之睪然於古人之俯視斯世如是也而後知其高出於尋常者本歷終古而不遷以待攀躋者之自驗焉耳得不重思我孔子哉孔子集羣聖之成古今不得配帝王不得加豈復有能至焉者乎則高出於尋常者其孰從而知之嘗竊不自量庶幾願學焉然而不敢驟也久之自以爲進矣百家其下矣而孔子如故然而不敢止也久之自以爲益矣諸子其後矣而孔子如故然則孔子其可至

者耶其不可至者耶未可知也則所謂高出於尋常者又孰從而信之雖然以吾之所未至度孔子之已至以吾未至之所見度孔子已至之所見恍然得孔子之爲孔子矣殆猶登山然而或者猥曰孔子者非積累之所致也非有根柢之可尋也又非離羣絶俗睥睨一世者也今試取登山者而問之曰而能一蹴而至其巔乎能不歷原麓而飛越上下乎能平崔嵬絶巢與峛崺㟝嶁一視乎曰不能也不能則何足以語孔子雖然此論孔子之爲孔子猶問登山者之所山登也吾不知孔子果何以成孔子而第論夫既成之孔子亦猶不知人果何以能登山而第論夫已登山之人則孔子非有意於尊已也而有不得不尊非有意於藐世也而有不得不藐者其所處然也今夫魯負環瀛帶沂泗兼隷邾莒奄及淮徐地非不廣也而有登東山者焉則

以爲無幾矣其微者也東山其下者也今夫天下南極吳楚北抵燕代東漸齊魯西逾秦晉徑非不遠也而有登泰山者焉則以爲不盡小魯小天下自未嘗登者聞之鮮不笑而却走也彼有登者輒自信其不誣準此而推魯不止於東山登東山而衆山皆細矣天下不止於泰山登泰山而東山且細矣然則人固有在一國而輕於一國者亦有重於一國者未有重於一國而一國反輕者也人固有在天下而屈於天下者亦有尊於天下者未有尊於天下而天下反屈者也且東山泰山非甚難測也魯與天下非負弱小也然而所處之地崇則所見之物細已如此况以不可限量之人臨蕞焉淆亂之世哉然而天下能信登東山泰山之可以小魯小天下而不能信孔子者何也東山泰山可長存而測焉而孔子不可復測也可相繼而及焉而孔子

不可幾及也。不知孔子亦止一先登東山泰山者耳。奕奕者自若也。嵒嵒者未嘗頹也。人各有一東山泰山，未嘗一登而諉之曰不能一蹴而至也，不能舍原麓而飛越上下也，不能使崔嵬絶巢等於岣嶁培塿之易也。是以東山泰山爲終不可登之地，而且并疑夫小魯小天下之未必然也，又何足與語孔子。

孟子曰雞鳴而起章

雞鳴而起孳孳爲利者節

陳子龍文云云。評：蹠之徒只一箇徒字中種類行徑不一，被先生提出一番毒罵，足令今古稱快。然其徒正繁衍，覩罵如赦封銘，贊當復奈何。

欲知舜與蹠之分節

人只做得利與善耳，須是利與善之間。間字微極快極危極。

間字有疆界有幾候但知疆界而不知幾候則省察處不切寔矣

有指點有工夫但知指點而不知工夫則下手處不切寔矣人

但在指點界分上著眼須還他用工夫地頭

且如做時文亦有利與善之分要講明義理作好文字便是善便

是舜之徒若只要去剽竊決科便是利便是跖之徒顧其間亦

當從雞鳴時辨取可耳

孟子曰楊子取爲我章

金聲文 脩身之學即經世之本不可分亦不可合以分而執之之

爲偏而合而參之不知其終乖於大道也評楊墨之分不關出

處楊經世也只是爲我墨脩身也只是兼愛子莫執中也不是

出處之間

墨子兼愛節

墨子兼愛，究竟不能兼，如佛說普度衆生，究竟不曾度他，只借此立説夸誕，令人信從耳。要之異端門戶雖別，其本指只是一箇自私自利，楊、墨、佛、老原是同根生也。

吾見從佛教人，其害未有不至虧其至親以自利者，則又墨者之互變也，故孟子曰無父。

子莫執中節

沈受祺文：允執厥中，授自堯舜；一以貫之，傳於孔子。精一以執其中，一以貫其不二。中爲聖人之中，一爲聖人之一也。評：尋出中字一字源頭。後世假借經傳字樣以說其法者，皆坐不識經傳本義，便受其惑亂。此間執一，謂彼自有其一，非聖人之一；執中，亦彼之所謂中，非聖人之中。

金聲文：其斤斤然以中自守，亦稱一時之骨力，而究竟於楊墨債然獨得專一於爲仁爲義之精神，尚未盡其長，其遺漏於道不已多乎。評勘進一層然道理全錯，到得盡其長，早已走作了也。王龍溪、趙大洲謂朱子推出精微之理與二氏，正是此說。自記學問到極處，有何楊墨，有何中道，任他做出，有何是非，道學家開口要得欛柄在手，所謂權也。孟子闢楊墨，誤了天下萬世，許多子莫早已見其端矣。評看自記，正希眞得禪之肆矣。千子謂此卓吾機鋒套也，聰明材力之士，走盡天涯，終歸吾儒平說，看來平說更深，好新反淺，今日勸天下後輩，必須熟看五經四書及朱子全集，性理大全，庶幾古文時文二道，皆可輓回。正希語不必效之，其言極正，顧謂平說深而好新淺，猶是文字上較量，其實只有是非，不可言深淺也。他只看錯了權字，作權柄之權，謂縱橫妙用，儘繇自家耳，不知此却是無忌憚，非權之謂。正如無星之秤。任意輕重。却與物之本然分兩不合。權者秤錘之謂正在秤星上推移。得箇沒走遭眞實本然分兩耳。從漢儒不識權字。程朱辨析至精。已明白無疑矣。而後來又從新惑亂。道之難明如此。

異端之害。朱子謂其彌近理而大亂眞。然佛老猶自立其說與儒者爭勝。今則儒者反竊其緒餘。曰聖人之道本如是。其爲亂也更甚矣。荊川文集有云。六家九流與佛之與六經孔孟並也。門外之戈也。其竄入於六經孔孟中而莫之辨也。室中之戈也。其言痛切明快。眞有衛道之功。乃晚年爲王畿李贄所煽惑。一折而入於羅刹鬼國。甚矣。文人雖能言。多無當於道也。後有作者愼之哉。

孟子曰飢者甘食章

首節

借飲食以明心。故有甞惟亦有轉折。其實飲食之害卽心害也。但所指甘飲食之不正。乃氣上事。不是理上事。故得如此道耳。勘破此義。分合說來都是。若陳王一班講。必曰氣卽是理。却是孟子支離矣。

人能無以飢渴之害爲心害節

楊以任文 辭萬物之利而恐其盛害。絕萬物之樂而恐其盛憂。亦不能不以之爲心害者也。**評** 巢許等人正奈何這軒冕不下。亦是爲心害。

孟子曰柳下惠不以三公易其介章

此章只論和爲主。

介字只在惠之和中推勘。

此正與君子不由不恭參看。知其爲如是之介。必不由不恭正辨其爲聖之和。非專指其介也。

陳際泰文宇宙有貞肅凝固之氣。而人得之爲介。介介盭於和。而寔以釀和。此微而造化。顯而聖心。莫不皆然評冬之所以爲春貞之所以起元也。

孟子曰有爲者章

艾南英文天下事以有爲而成。亦以有爲而敗評此有爲是好一邊。只激厲其必底於成耳。

陳際泰文人知無爲者之病乎道。不知有爲者之益病乎道。云云評不到得益病。看猶爲二字自明。

孟子曰堯舜性之也章

首節

章世純文 性材質之朴也。而待餙而成。待餙而本性之事固少矣。**評** 以眞率爲性。乃老莊之旨。而晉人所宗。非聖賢之謂性也。**文** 學之所入者有止。性之所入者無窮。**評** 學亦無窮。安有止也。**文** 思慮也。謀爲也。非性也。**評** 性之不是無思慮謀爲。第其思謀皆性之。故曰不思不勉耳。**文** 天也。命也。非性也。**評** 天命卽是性。性之非言性。亦非性異人也。

性之是合下如此。身之是做到那田地。其道理不二也。從性之講出身之來。纔見此理之合一。

人皆可爲堯舜。是言其理。堯舜性之。是言其氣。要之氣不可强。而理無不全。故皆可爲堯舜。必須從身之下手。但須别出假之者耳。

聖賢只以學利爲主。此章正爲中人說法。湯武亦只做得箇影子。

正不必膠柱。

王子墊問曰士何事章

曰何謂尚志節

艾南英文士當其窮約之時而天下從而信之評孰從而信之亦自信得如此耳文聖賢有所恃於無爲之體而性焉安焉評居仁由義言其純熟非性安之謂也如此則學利以下俱不能尚志矣文然後出而任天下不至以造次荒亂其神評不必說到此下云居仁由義大人之事備矣正言不必得位行事而其道已具故曰尚志今云出而任天下則仍說事不說志矣大人之事只是仁義故大人之事備者備於志也若將從來管樂公輔套子鋪張只綳得窮秀才門面大話耳究竟與大人没交涉。

附居仁由義二句文

就所居與由而大其事，知仁義之爲事本矣。蓋居仁由義，士之尚志有然耳。而大人之事已不外乎此。天下又安有事之備如士者哉。聞之古者天子諸侯卿大夫以及庶民，無一不出於學，則無一非士也。學而爲天子焉，學而爲諸侯焉，學而爲卿大夫焉，學而爲庶民焉。位遞降而卑者，人因乎事也。蓋其爲事愈嵩，則其爲人愈微。職遞分而衆者，事因乎志也。蓋其爲志益薄，則其爲事益少。故可以統乎諸侯而爲天子，統乎卿大夫而爲諸侯，統乎庶民而爲卿大夫，自大夫以下爲庶民。統乎人者也，小人之事也。自大夫以上至天子，皆能統人者也，大人之事也。先王位士於大夫之下庶民之上，而不畀之以事，若曰自此以上皆若事，自此以下皆非若事云爾。夫士何遂得爲天子諸侯卿大夫哉其所學之仁義同也自三代以來無學而爲天子諸侯者於是大人之事苟屬之天子諸侯卿大夫而仁與義苟屬之士天子諸侯卿大夫不復知有仁義故雖有大人之事直與無事等若夫士也其居則在仁如此其路則在義如此矣而又不得爲大人則其事亦不著何怪天下之重疑其無事也雖然吾特慮士不尚志則不能居仁而由義焉耳果居仁矣一體之愛至則天地萬物之愛與之俱至極之誅殛不廢于帝廷放伐不傷於王世總以全夫愛之之方夫愛之之方則久在儒者一體中矣果由義矣日用之宜得則散殊高下之宜與之同得極之受禪而不疑其泰力征而不病其貪總以協夫宜之之理夫宜之之理則已歸儒者日用間矣由是而卿大夫焉可也諸侯焉可也天子焉亦可也惟其備也舉而措之者也由是而不卿大夫

焉可也，不諸侯焉可也，不天子焉亦可也，亦惟其備也，全而歸之者也。蓋帝王之功，各本乎時勢之所至，故因革損益，歷代皆有不得不偏之業，士惟無時勢之可憑也，故凡有時勢之所不能外，及夫爲所得爲，止成其一代之勳華，或反遜此純全之體。聖賢之出，各從夫君國之所需，故鉅細汚隆，各臣各有不得不官之責，士惟無君國之可定也，故凡有君國之所不能盡，及夫見所可見，縱極此一臣之經畫，亦僅分其廣運之餘。由是觀之，大人之事，惟士能備之耳。轉而問世之大人，其果何事也哉。

孟子曰仲子不義與之齊國而弗受章

陳際泰文　人之信人，當權其大而後議論有所本而不亂。然大與小之辨，又不在衆人之所矜與置之間。評　要之衆人眼中無一件不倒置，仲子之流，不過就衆人意中顯奇，特是衆人之黠者

耳

桃應問曰舜爲天子章

此只設難以窮聖人處變之道耳皋陶不執執之而舜禁則害義舜聽皋陶執之則義又害仁惟皋陶自執不以天子父廢此爲義之盡舜自竊負而逃不以天下易父此爲仁之至道理到此已盡人又要推論舜逃後皋陶如何行法天下又如何迎舜直是痴人說夢矣若依他推論恐皋陶必須出廣捕牌舜須毁形變名姓卽迎舜返國後亦須斷燒埋銷案耳

孟子曰食而弗愛章

末節

當時上下只用得虛拘之法其不可者僅孟子一人耳此法不止戰國後世取士用賢總不出此義要之世間君子不多有自不

得不爾。陳簡討、吳聘君、陳布衣不肎應科舉，有志者且然，況聖賢乎。

孟子曰形色天性也章

歸有光文 人知形氣之私，爲吾德性之累，而不知所性之妙，常依於形氣之粗。評 四語便是聖學與異教所見不同處。

此與告子生之謂性、陽明能視能聽是性，正有是非邪正之辨。

不是將形色便作天性，形色皆有自然之理，乃天性也。

艾南英文 凡念之自內而起者，必外緣形色而後可以接於物；善之自外而觸者，必先感形色而後可以通於故。形色之於天性，一耶二耶。評 此是內外交接之故，不是形色天性之義。即形色之理是天性，非形色能通性也。形色與內相通處，却說心矣。文 人徒見目有禁之勿視以爲明，耳有禁之勿聽以爲聰。評 不知此正所謂天性也。文心爲神明之舍，亦居腑竅之列。評心亦只是形色，其作睿聖之理則天性也。○形色只是形色，其各有自然之理，即天性也。此天性即在形色上看，是從道理說，不從心說。此文離處畢竟奈何不下，有内外兩件耳。

若云形色即是天性，則是口之於味，鼻之於臭，目之於色，四支之於安佚，皆可謂天性也。其弊必至於猖狂恣肆，無忌憚而後已。故註云：人之有形有色，莫不各有自然之理，乃所謂天性也。此紫陽有功後學之語也。蓋目能視，耳能聽，而聰明乃天性也。父子君臣，其仁義乃天性也。故曰有物必有則，曰惟聖人然後可以踐形。合下如此，反身而誠，無所缺欠，生安之聖人之踐形也。克己復禮，主敬強恕，學利困勉之聖人之踐形也。

開口第一句，人便信不及矣，更何踐之云乎。

踐字在聖人是現成字面，在學聖人即是用力字面，得此意方是徹上徹下道理。

或言須擡高聖人方得惟與然後字意，或言不可擡高聖人方得指引踐形意，或言上句須說得輕，下句說得重，方見兩意都到，其寔皆未盡也。兩句中各有輕重，上句形色輕天性重，下句聖人重踐形輕，合言之則兩意都到耳。

須得指示意得儆策意，指示意從也字生來，儆策意從唯字托出。故首二句寬，末句緊，形色天性，則人皆有之，非聖獨異，惟聖然後可則，人之所以異於聖人者，唯不能踐也。今人做末句輒云聖人亦不過踐形，則重看形色，輕踐字，非孟子示人之意矣。

人於此題，每補出聖人不過踐形耳，以爲得引進衆人意，不知先失語氣，看惟字然後字，一何鄭重，正要見踐形之難也，但看後世講性說心，出玄入妙，扛得兩脚不著地。然於視聽言動上何曾肎用工夫來？惟其看得踐形粗淺耳。孟子此章，正爲此症下針，須從聖人之異乎人所以能踐處發得。唯然後之意透，則引進衆人意，意中自到。

孟子曰君子之所以教者章

有如時雨化之者節

有者，五教之中有此也。逐句本君子。

此是第一等人教法，甚言當下點化之妙，不指平日積漸之功也。平日積漸之功，即下面四種亦同事。如時雨化，非其人不得，在聖教亦希有難覯者。若說聖人概化之以時，則不須復有下四種矣。時雨化三字不拆。

正爲有不化者，故又有下四教耳。

有私淑艾者節

自時雨化至答問其品遞降有差至私淑艾者原別變一法不可謂其品在答問之下也要之私淑艾中亦有上四種在如孟子程子朱子如時雨化一等也其外諸賢成德達財甚多若訓詁箋註之儒亦答問之流也孟子以此一條置末固自處之義亦理當另起耳

公孫丑曰道則高矣美矣章

首節

丑既知高美而又欲孟子少貶須知原不曾識得道在夫道豈孟子囊橐中物而可意爲高卑顯秘乎世之師以欺其弟弟以疑其師如此者正復不少乃知庸人見識千古如一

公孫丑差處只在一使字夫道何物也豈教者所能使乎云何不

使爲可幾及然則所云不可及者彼亦疑孟子之使也今日初學作文不肎要好而只怨訕前輩之何不下一格者如此不通議論豈少哉

孟子曰大匠不爲拙工節

其彀率三字最要看得好見羿只有此彀率每日如此教每人如此教特不爲拙射變耳若講作羿爲拙射守其彀率則失之矣

君子引而不發節

因上文彀率而言故所指爲君子之道而話頭則射也某講射義則泥以射喻道亦多轉合之迹借射字言語講君子之道是一是二須融化入微

不發非隱也隱便有權用不是中道而立矣

陳子龍文其道之不立而爲引經義稽文學故學者博而寡要瑣

而難循。評此亦中道之立也。陸王以爲害其道耳。文其道之不立而爲崇虛無任情性。故學者習焉而不詳。變焉而不成。評渠亦立一道。但非中道耳。

能者從之句。須向學者身上著意。不得仍交付教者甲裏。能者自能。不能者自不能。教者總無所用其私已徇物之處。

孟子曰天下有道以道殉身章

陳子龍文平居而納身規矩。有長者之風。彼固自以爲有道矣。遇物而頗立牆藩。稱先王之教。人亦許之爲有道矣。而一旦當變革之期。名教所係。則首先承順者。必在盛德之人。曲意同心者。多有高名之士。評戰國時。縱橫名法。督責富強之術。皆爲逢迎人君好貨利淫欲武暴之心。而造爲一種說數以爲道理當如此。或虛托黃老。或近祖桓文。皆所謂以道徇人者。未有後世講假道學而失眞名節一流。故孟子所指亦不爲是也。大樽先生目擊當時門戶中人物不堪。故借題發作一番。不謂數年之後竟應斯語。獨先生能不負殉道之義。嗚呼賢矣。

孟子曰於不可已而已者章

此章本三種平講。陳大樽文專貶上二項。而以下節爲救上二項之弊。似以下一種爲賢矣。非書本意也。

孟子曰君子之於物也章

親親而仁民。仁民而愛物。此二句有三義。親用之親。仁用之民。愛用之物。施之各當。一也。親親仁民愛物。以次差等。推之有序。二也。仁民愛物。總只在親親用力。此處厚一分。下稍有一分。歸于一本。三也。

親親仁民愛物。層次雖有三等。而君子之爲道也。止有一本。親親十分。到愛物纔有一二分。若親親只五六分。推到仁民處已不足。况愛物乎。故君子欲盡仁愛之量。只在親親上加厚。親益厚。則放之仁愛益周。此之謂務本道生。韓退之原人亦能言篤近而舉遠。他便見得箇大頭腦處。但于細分不精實。故一視同仁句。便籠統去。於原道亦云博愛之謂仁。其見處大略如此。平生最闢佛氏。却不道此處正落他圈禶。若無横渠一篇西銘。此理終古欠分明矣。

張嘉玲文 迦降衷之始。人與物同出于一原者也。評 同是此句。然異端指氣。吾道指理。文 自成性以來。而親疏異矣。本吾愷惻之懷。適如其分而予之。評 此之謂本天之道。文 仁而弗親。非靳其親於民也。必有宜用其親者。評 只此一喝。可見義禮智都是仁。

文 如保赤子。亦特擬其誠求之意。而恩施原自有殊。評 此墨氏誤解處【文】萬物一體亦止形其一體之象而曲成要自有道【評】佛氏平等普度不能度一物而反害民矣【文】德以懷之固仁也即刑以威之罔非並生之至意云云【評】仁字中大用正多○只理一分殊四字自是天生如此非聖人强爲差排分别也但看世間持齋放生之人即使孝親敬長已自降其親長與虫豸同等不可以言孝敬矣然持齋放生則無不忤逆父母爭忮伯叔兄弟刻薄宗族親戚者其立説顛倒勢所必然也看此文説來只平平實實見得天地間上下流行與聖人明倫制禮那一件不是天理自然不明一篇西銘也不能停當如此

親親仁民愛物必如此剖别分明纔成得渾侖一件所謂仁也異端不知此理以平等普度無别擇爲廣大不道正是其不仁處譬之人身自首至足官骸分位高卑清濁迥然各用却只是一

體。然必如此分位各用。乃所以爲一體。若倒屙出口。捫舌置尻。豈復成人哉。異端究不能自平其首足官骸之等。即可以信其理之必無。而說之不可行矣。

原頭一薄。則下梢全推不去。只從人情物理細細體究。便見得吾儒只是推得去。異端便有許多推不去處。

儒者理一而分殊。只是推得去。異端二本而無分。只是推不去。兩句中兩而字。正是說推得去也。

異端所不解在分殊處。秀才所不解在理一處。故講此章者。不怕不明等殺。但不能於等殺上見得箇渾淪一件耳。

孟子曰知者無不知也章

首節

孟子開口便説無不知也無不愛也有此二句立在前則篤近舉遠之理不必註解出來而言下大意已解此二句説在前即是活句移置急先務親賢後作補足語即是死句夫句之死活豈有他哉惟在人移置先後之間耳

呂子評語卷三十六終

呂子評語卷三十六 孟子

呂子評語正編卷三十七

孟子盡心下

孟子曰春秋無義戰章

首節

章世純文云云評千子譏其引据義例謂不能盡舉且求如春秋書法果如是解否是也然此題不舉案以斷義則無字如何判決若必欲求春秋書法之果如是解而後下語則三傳俱可疑議又何從得真解也但求其理不悖於聖人之道耳

孟子曰盡信書章

孟子教人信書貴得其大意不要字句上去傅會且如咸丘蒙說北山之詩其始似拘然遂使天下以臣父為可其終則賊故謂盡信則不如無耳今之後生輕於非詆先儒村學究便思著書

翻案須知孟子究不曾抹却血流漂杵句也。

首節

唐順之文傳疑本史氏之體容非綜核之眞愛憎出一時之情或有揄揚之過評講出文勝則史之故見古來文章定有過實處理本如此文蓋學者誦其言而斷之以理無病於書也評把柄在此。

差在盡字不在信字所以盡者胸無是非也不盡信者正爲信之篤也

孟子正恐人不信書而言讀書當得其大義所在若徒求之辭句反以小者惑其大者矣謝上蔡博舉史傳程子謂其玩物喪志及見程子讀史書字句不遺甚以爲疑後乃悟此理每舉以教學者正可與此意參看程子改大學古本朱子辨詩序此能篤

信書者也伯安舉良知而非孟子之旨舉致知而非曾子之義此不信書者也會得此意方不負孟子此章心切

孟子此章專爲不善讀書人害道說法一種拘文牽義支離於字句而反病大旨如近世蒙存淺達等講章是也其一種穿鑿破碎自以爲得古人不傳之奇而深害於道如郝敬之經解季本之私考近日黄石齋之易象正洞璣等經說是也此皆就文字生病卽可以本文正之其害猶小至若陰主邪異之教而陽借聖賢語言文字以飾其說如致良知體認天理主靜知本愼獨體等宗派言皆聖賢之言而理非聖賢之理惑亂至此雖明眼難辨害道乃不可勝言矣然其詖淫邪遁作用總止在語言文字之粗跡上生狡獪而今之學者於聖賢之書亦止在語言文字之粗跡上作生活聞其說便似與聖賢之書無異鮮不靡然

信之而反不信正學者皆緣於義理無見而讀書但知有語言文字之粗跡也若能於書之義理是非研究得聖賢眞正指歸則一切語言文字皆有下落誰能改頭換面以惑亂我哉孟子所戒止爲盡字不好不是教人不信書盡者正指語言文字之粗跡雖經傳不能無文法之病讀書不於義理是非上斷之將語言文字之粗跡與聖賢指歸混淪不分輕重則必反因粗迹而疑及指歸如泥血流漂杵必疑武王之力篡不仁矣卽讀此章書者亦須見孟子指歸而不執語言文字之粗跡不然如陽明謂反之吾心而非雖言之出於孔子不敢信也彼直是不信書耳遂爲無忌憚之言豈非不如無書一句粗跡誤事耶

吾於武成節

於世務而講幹旋者必小人也於學問而講幹旋者必小儒也如

孟子云吾於武成取二三策而已。何光明磊落直截痛快。作文者曲爲之說曰不盡信正所以盡信。意若孟子此言有所太甚而必待我之爲斡旋者。吾不識孟子何如人而待公等斡旋耶。朱子之於禮斷然不信古本大學。於詩斷然不信小序。何嘗依違囁嚅于其間哉。其所以不依違囁嚅者。以其務求此理之當。初非有立說翻案之私意存焉也。惟陽明肆詆考亭而又恐天下之疑其異而不之信也。乃爲晚年定論以斡旋之。改竄割裂以就其說。思以塗天下之耳目。即此爲欺天罔人矣。尚何論其學乎。佛氏著說多援聖經。闢邪如韓歐程朱。反扯入護法伽藍。宗杲謂張侍郎云。足下得此把柄入手。即用儒家言語改頭換面。接引後學去。無非此故智。吾故曰凡講斡旋者必小人小儒也。

孟子不盡信書。必有深信處。今試讀武成篇。諸公且道孟子所取二三策安在。

仁人無敵於天下節

當時必有爭地殺人者。藉口武成。故孟子發盡信書不如無書之論。人皆貪發首節。輕點末節矣。失僅文義耳。而關係不小。所以辨也。

孟子曰好名之人章

當時好名人難辨。能讓千乘。安得不驚世。若近日何用如此。口談性命之人。皆失色于簞豆者也。其妻子生徒且心鄙之。況能欺天下乎。然雖高低迥絶。總只是此一點心腸裝扮。古之名高。則好者亦高。今日名低。則好者亦低耳。

孟子曰聖人百世之師也章

此章專就聞風興起處指出清和之聖將來鼓舞天下人自古未有以聖人目夷惠者有之自孟子始當楊墨鄉愿陷溺頹靡非得一番振興不足以救之惟夷惠行高迹著以之廉頑立懦寬鄙敦薄效速而及廣故專舉以立之表是孟子千古特識此章之微旨在此但有揚而無抑故不但與養氣大成二章之論不同並與隘與不恭章專論夷惠者亦别看朱子答問兩條正發明所以不及孔子之故非於此章補足願學意也隘與不恭章言外有願學意此章並無言外百世之師正極力推崇以鼓舞人興起若言外别出不足之意直令全理索然矣然則孔子非興起百世者乎看孟子凡説聞風但及夷惠而不及伊尹孔子伊尹有事功不用風孔子道大不可以風言也聞孔子而興起者止有一孟子後只有程朱耳豈可望之人人乎惟夷惠以高

行偏勝至聖人故有風風便易動人春之和秋之清皆風也故變化萬物最速四時元氣流行豈得以風當之哉故此章言外無孔子

論夷惠有指其弊言者隘與不恭是也有比論聖人之極者願學孔子是也有引其同道者趨一是也有微顯闡幽以見各聖未嘗不全者柳下之不易介伯夷之不念舊惡是也各章自有義絕不相通此章不但不指其弊不論其極不引其同并不闡聖德之全正要就他偏勝處見其制行之高足以感動百姓耳

孟子學孔子而屢歎夷惠何也朱子曰薑桂大黃雖非中和然去病之功爲捷參苓芝朮有養性之益而緩急伐病未必優於此所以屢稱夷惠而不及孔子也今日人品文字皆不能卓然有所樹立而輒講渾融圓活正犯麻痺狂譫之疾非大有以滌盪

之雖參术不能補益也。

孟子此章意致濶遠，句句別有精思，不可捉摸。卽今日便是百世之上，但不肎奮耳。二程十四五脫然欲學聖人，朱子自少謂聖人可至，今人那有此志識。

孟子曰仁也者人也章

此章大意是解釋仁道二字，歸重人身爲正。從來有重仁字者，有重道字者，有重人字者。重仁，見此理本然親切；重人，見責重踐形意。朱子兩下互說，正是合字之旨，故二說皆可。若重道，則是倒說，非本義也。言字固重，然論之如是，體之亦如是，非有二也。以仁之理，合於人之身，有人倫日用之事，卽爲君臣父子之道。人不合仁，無從爲道；不合仁與人，亦無從言道也。至講章謂上句未有合意，至下句方合之，以見所以爲道，其說極支離。韓求仲遂謂首句便自合矣。何必屋上架屋。其儱侗更甚。仁也者人也。此句說道理自然。人必合之而後爲道。必合而言之而後明其爲道。首句中連合字也說不得。

仁與道分合處。尚易解。仁與人分合處。最難說得親切。

不難在合併。難在分析。仁字人字道字。各有本位。

此與中庸仁者人也義絶不同。看中庸下句。便云親親爲大。又對分出義理來。故人字指生意愛理而言。此下文云合而言之道也。可見人字指所以爲人之全理而言。看白文自分明。今一概作中庸義解。不但仁字誤。并道字亦説不完全矣。

仁者所以爲人之理。人身乃仁之體質。以此理合此體質言之。方見得道理出來。

陳際泰文　合性與知覺有人之名。合虚與氣有道之名。評　張子言

心故曰合性與知覺有則兼形體矣虛與氣是性之名非道之名此皆不懂先儒之理而妄爲改換斯不通矣

艾南英文道也者物恃以通通物無私而名之曰道評仁者所以爲人之理合而言之便是率性之謂道都就人身本然而言非謂通於人物也只坐看得仁字粗淺以因緣交接爲道竟將此理都說在外面如其言將靜坐一室不與物接則竟無仁無道耶

金聲文其自爲合也超其環外可以出世而游其環中亦卽可以經世已矣評此是和尚胡說出世經世原無分且世如何出只有涅槃耳

附此章文

體仁卽所以盡道貫于人見其合也夫仁與道皆因人而得名者

也知所爲仁即知所爲道矣言者宜得其合哉嘗謂上下定位使無人焉成能于其中則理之顯藏可以不設又安有紛然不一之名哉惟子兹藐焉混然中處聖人因爲之推其所由生曰是有其本然者焉性始之德不一而統之以仁仁兼衆德也又推其所由成曰是有其當然者焉日用之理不一而統之以道道涵衆理也聖人又何樂乎多爲之名哉固欲人返而得之即推而行之已耳乃名立而說紛羣爭乎其名而漸失其命名之實於是乎人與仁離即仁與道離不寧惟是並道與仁離異流者起病支離之學而且謂聖賢文字之錮也豈非言者之過哉蓋天下物在而則麗焉未有物之先見則之一神既有物之後見則之兩化要亦爲之論晰則然而使無是物則則亦難稱固無分先後者也氣形而理付焉觀氣於至虛得理之冲漠觀氣

於至實得理之流行，要亦爲之研究則然，而使離是氣則理亦難見，固無分虚實者也。今欲明所謂道，當先明所謂仁。仁必極乎廣被，此猶從施暨言之也。百骸之理，而疾痛之必應，此憯怛惻隱之所自生矣，別聲被色，無不見天地之心，有返觀而識其充周耳。仁必驗乎散殊，此猶從推致言之也。一體之私，而愛養之必至，此太和變化之所各正矣，血氣心知，無不通性命之故有當前而悟其純全耳。蓋仁也者，人也。仁之理虚，必附於人以自著，而究當仁所得著之處，又不可以仁名，抑人之質滯，必存其仁以自全，而及夫人當既全之時，又不僅以仁顯。後之人遂欲於人之外求仁，而又於仁之外求道，此所謂言者之過也。夫仁以體道，而所以能體者，惟人爲之凝聚也，故就仁而言，元善一虚位耳。合之於人，則遇尊而作忠，遇親而作孝，羣倫政教之大皆吾心不煩擬議之端，即吾身不容闕略之事，非體用之一原哉。人以弘道，而所以能弘者，惟仁爲之曲成也，故就人而言。絪緼一游氣耳，合之於仁，則曰明而及爾出王，曰旦而及爾游衍，經曲威儀之細，皆吾性不假强合之迹，即吾學不能損益之天，非顯微之無間哉。故不知其合，豈惟仁也，由仁之有裁制而義出焉，由仁之有品節而禮出焉，由仁之有知覺而智出焉，由仁之有貞固而信出焉，言之將不勝其分。苟知其合，止有此人也。義即人之所宜也，禮即人之所履也，智即人之所知也，信即人之所守也，亦且盡歸於一，無非仁也，無非人也，合而言之道也。

貉稽曰稽大不理於口章

首二節

趙衍文今所貴乎士者何也，以其爲聖賢所取，則不復爲庸衆所

子評今人欲兼收之宜，遂不爲聖賢所取也。

或謂青天白日，奴隸知其清明，孟子此言，終是激論。此其說尤與於小人之甚者也。吾試以後事論之，自漢以來，道莫盛於考亭。而考亭至今不理於口矣。自宋以下，禍莫烈於新建，而新建至今理於口矣。且如論朋黨，東漢之世，以李膺、范滂爲是，其得更理於曹節、王甫之口乎。如論儒釋，吾以儒爲是，其得復理於釋者之口乎。人惟以理於口爲純粹中正，于是于門戶始有調停兩是之說，於學問始有異同合一之說。此非小人之尤者乎。故吾直斷以爲世之爲聖人者，斷斷乎未有或理於口者也。然斯言亦且攖衆喙矣。

詩云憂心悄悄節

孔子之苦，孔子知之；文王之苦，文王知之。善學孔子文王者，當學孔子文王之自理，此是孟子言外正意。不然，則是人言不足畏也。

孟子曰賢者以其昭昭章

陳子龍文云云。**評**昭昭在明明德上說，使人昭昭，謂教化之行，即新民也，非止謂明事機、齊號令。大樽有慨于崇禎間時局而爲言耳。

自私用智，非昭昭。

陳臻問曰齊餽章

陳臻亦疑不可，其不可從利害來；孟子自有其不可，此不可從是非出，是即喻利喻義之辨，亦即爲己爲人之分。今人纔開口纔舉足，便只有一箇成敗利鈍横於胸中，如何得人品事功耶。

孟子曰口之於味也章

此章專爲當時談性命者如告子一流竟以氣即是理一滾說去不復知其分處其弊至以人欲爲天理如今日之講學者兩兩開說分明君子不謂謂字極重

原是道性善與闢生之謂性之旨耳

道理愈分析則愈明如性命本是一原被孟子判作二又將性也命也不謂性不謂命寫作四辨析毫釐如繭絲牛毛一針不亂則道理自切實而所謂一原處更分明矣

讀孟子此章方知程朱理氣分合之義的確不可移易

章世純文云云 評 只一箇性字沒欛柄以下道理總無準的有時道著便佳有時亂道便謬此病千子說他讀書未廣彼却不服只是他看得孔孟程朱與老莊瞿曇達摩儀秦嵇阮及近日陳

獻章王守仁李贄等說數總是一樣。可彼可此，絶無是非邪正。或反倒亂亦得。則讀書越廣越不可救矣。此病不止一人。正嘉以後文人學人，無不爾也。

首節

須見不謂性。卽是天理當如此。不是君子强制天性也。

仁之於父子也節

只義便是性。非義之上更有性也。是則從。非則諫。可則進。否則退。明則艮。昏則死之類。乃所謂義。非血性眞切之謂也。人於義字看來終與仁字不同。卽告子内外疑團也。中庸尊賢爲大義也。而下節更云不可以不知人。蓋尊不難。尊非所當尊。則義失。故必重在知人。知人卽智也。智帖賢說。正是此義。

智之於賢者。如晏嬰不知孔子。豈非命耶。

孟子一部書。只是有性不謂命。佛老荀揚都見不透。此所以亂道。後來昌黎爲性有三品之説。雖稍近理。然到底只説得氣質之性耳。

浩生不害問曰樂正子何人也章

可欲之謂善節

孟子説天爵。便云樂善不倦。樂善處。正是人性之同。性善故也。從此到聖神。亦只是善上做去。然善在天下爲實理。而在人爲實心。有實心則實理始爲我有。此孟子道性善而又必稱堯舜。勉人之本旨也。

可欲從公共自然處説來。乃得其妙。此所謂本天也。

義重可字。可字從公共自然處看。離可字講欲字。便多混誤矣。

可字與欲字拆離不得。

陳際泰文語善而待去欲。是無以制欲。而用於有欲者云云。評此欲字。却混私慾之欲。不可與可字粘連者也。如其說便入二氏宗旨矣。張受先題疑我心者二十年。今日始解得。評大士此文。語語流露教外别傳。與柴柵纏繳之旨。總以無善無惡爲極則。勉强附麗儒門之說。直是挂搭不上。看受先評。可知當時一班名士。總不離禿丁位下求方便言之可哀。

之謂善三字語氣。原指人品名目。註中天下之理四字。解可欲二字耳。故接句即下其爲人也。煞句則可謂善人矣。清出本義。只講天下之理。不帖著善人。則不知孟子之所指矣。

有諸己之謂信節

有字從善字來。

其人便謂之信。

大而化之之謂聖節

自大至聖相去尚遠實有工候界級。可見到聖與神其辨甚微。不得强分兩等。

聖而不可知之之謂神節

不可知兼內外說。

不可知故曰神。非如神之謂也。

陳際泰文天下有畸人焉。妙其一偏。且與來事爲通也。云云**評**不可知專指此。在異端亦淺陋矣。且此豈聖之一偏。○神止言其妙。妙止謂其難測耳。大士意中便以鬼物幻術相形類。何其陋也。

樂正子二之中節

二之中中字在合縫之處即離之間精進入刻刻在中字中但地位則日異耳。

孟子曰逃墨必歸於楊章

此章說盡聖賢婆心非鉗椎籠絡作用之比。

從來異氏有箝椎棒喝之法勸誘籠絡之術而吾儒無有所以智愚强弱之民盡爲彼所收而反以儒爲淡泊也然爲所箝椎棒喝勸誘籠絡之民而使其一有悔心則未有不反而以吾之淡泊爲有味者何則人之本心不可泯沒而先王之法又皆待以至誠故惟在受之者有其人耳特疑孟子時闢楊墨者惟一孟子耳孟子方患天下之不能距楊墨故大聲疾呼曰能言距楊墨者聖人之徒也奈何即嫌其太甚乎不知此正如捕盜之尉方其追跡掩擊之時諄諄戒諭勿令殘殺便要打算所以受降

編置之法耳。

趙衍文昔之楊墨，類多堅忍不拔之操，足以自有其千古，其氣方張，則其徒日盛，故雖勢孤援絶，而身不辭好辨之名。評待此等人，只有一法，曰殺耳，朱子看五祖六祖像，以爲必作緑林者，謂此。文今之楊墨，漸有涣散無聊之象，相與危疑而莫定，其勢已衰，其情亦已竭，則惟尊聞行知，而功已在能言之列。評此等可憐，待之亦只有一法，曰受耳。

孟子曰有布縷之征章

三有原是常額，其變通全在用緩耳。

用一緩二，上三句中本具，不是舊制並征，君子爲之更張加恩也。

只因後來一時併取民力不堪，故孟子言此，意中先有用二用三而發。

或云以催科爲考成，爲有司者知愛功名，不知愛百姓。萬曆間江陵相公爲之俑也。此言眞可痛。然吾聞當時有司尚有寬法以甦民者，朝宁亦不之罪也。後來有加派，有預征，而民始不堪矣。然吾見尚有漏網之頑民也。後來良善無絲毫之敢逋，而官蠹豪猾侵蝕動以千萬，而民更不堪矣。天下賊民酷吏不消他惡，只「急公奉法」四字足以殘殺天下有餘。罪則歸君，利則歸己，美官多錢，皆以一路之哭得之。考成課最，繇此其選也。

孟子之滕館於上宫章

或問之曰節

殆非也，看下一殆字，滿肚皮疑團不解在。

孟子曰人皆有所不忍章

人能充無欲害人之心節

不忍不爲二字。尚渾淪。又就其中指出最淺近平易者。令人箇箇承當。無可遁脫處。

金聲文 充之而朝廷之上。可以禮樂刑政殺民物。草野之下。可以學術議論殺人心。凡恣一身一時之快而不顧天下萬世之流毒者。莫非害人也。評 旣知此義。奈何先生又勸人讀傳習錄耶。得毋認賊作子。反以正學爲頭敵耶。篇中句句追入人心去。緣其於己分上。實曾用工夫來。不同剿襲欺人者。然極其微妙痛快。却只是黃梅老婆心。與孔孟原頭有□□□不知。

此節緊承首節仁義。並起充字。下兩節。則又因充無穿窬之義而極推之。

人能充無受爾汝之實節

無受之實，有氣上事，有理上事。孟子所發明，專指理耳。氣之無受，不可充也。充之則必至於盜賊叛亂，豈無穿窬之心之所推乎。

孟子曰言近而指遠者章

首節

不肎言近守約，亦大有習氣病源在。

須知近遠約博，原只一理。此而字實義，而字若寫作神妙奇特，便非。

他處而字，勢側重在下半截，此處而字，勢歸重在上半截。蓋非謂近約者貴乎遠博，謂遠博而卽在乎近約，乃所以爲難也。如此

纔點得善字醒。

守約而施，不博，約非其約；施博而不本於守約，博非其博。兩邊打落，方見此節而字之義。

君子之守節

陳際泰文 天下之事。不可以相擾也。必受之以廣大。居之以深靜。云云。評 此黃老之言也。堯舜到底只一兢業恭己耳。文 侯甸男衛。區畫既宜。而獨以祭祀禮樂爲政事焉。而謹持之。評 約處豈在此。脩其身須有眞實工夫。本領天德王道。是甚精微。却只說得恁樣粗淺。可見朱子告君必正心誠意。後世秀才猶厭聽。何況當年孝宗也。

孟子曰堯舜性者也章

動容周旋中禮者節

非以干祿。不過極言其自然無意耳。非從得祿起論也。著眼只在祿字。故是秀才小見識。且此下二節。已離堯舜湯武言矣。膠住堯舜立說。則哭死而哀句。如何帖合唐虞事實。下節亦難著湯武身上也。

君子行法以俟命而已矣節

此命字。指氣數之命言。非性命之命也。以漸近自然爲解。乃至命。非俟命矣。

孟子曰說大人則藐之章

實見得夫子溫良恭儉讓之意。方識此泰山巖巖氣象。若徒作虛驕客氣。則戰國縱横之士。如顏蠋王斗之徒。亦能爲之。彼其意中正有大人之赫赫在。如醉人之必强謂不醉耳。又何嘗藐也。

孟子曰養心莫善於寡欲章

此欲字。非嗜欲沉溺之欲。即口之於味也一節道理。孟子所云性也。堯舜所云人心也。乃凡人之與生俱生。雖聖人亦必不可無者也。故謂之寡。寡者。謂不爲其所誘溺沾戀。則道心爲主。而仁之於父子一節道理不走作，乃所謂存焉者也。謂之有存焉者，不止是虚靈不測之物存有與之存焉者耳。荆川文所見亦止到得虚靈不測邊，任其答王遵巖書自謂四十年前所聞於經書師友與其意見窺測者，皆爲隔壁聽話，於是放捨抹撥，見得些影子，原是徹天徹地靈明混成東西，至謂孔顔一生工夫只完養收攝得此物，其説之可笑如此，故知明明德不講得止至善一綱領，雖坐破蒲團，踢翻醋甕，未有不蹉入鬼窟者也。

須知口鼻耳目四肢渾是一團天理，纔説欲便是不好，此與虞書人心不同，故周子之説謂當寡之又寡，以至于無，而朱子又曰只漸減少，便存得此心，則周子之説固精，而朱子之説又較密。

萬章問曰孔子在陳章

狂者又不可得節

楊以任文 狂又窮於天下云云 **評** 因萬章問在陳之言止及狂者孟子引孔子之言兼言狂獧故又發明此說非揣量世界至此也不可得明說孔子求其人而不可得如文中云解爲狂者不得行於天下聖人傳道豈因天下人不可而遽思別授哉且又不可得從上中行不可必得說來故曰又如所云則中行亦天下所窮耶不辨而知其謬矣

楊維斗 狂者又不可得此句回護甚難上云琴張曾晳牧皮皆狂者也此云又不可得將置諸賢於何地 **評** 琴張曾晳牧皮固狂者一流然終不知所裁不足以與大道之傳故曰不可得此句又何須回護如顏子早夭不及見其大成卽不算與之不然不得中行句又置顏子於何地

曰何以是嘐嘐也節

人都看鄉愿做庸鄙一流，非也。其見頗高，其術甚狡，以庸鄙之言行愚弄惑亂天下耳。老釋正得此秘，故易於動人。因思嵇阮之徒似乎狂狷，行徑也只是鄉愿法嗣，與狂狷正自背馳，皆從生斯世也爲斯世也此二句得宗者也。

君子反經而已矣節

君子原兼堯舜孔孟言。堯舜有堯舜之經正，孔孟有孔孟之經正，人因見庶民字，便將君子專屬有位者，偏矣。玩通章與下章，自見此全部孟子歸結微旨也。

反復之也，正復其所也。聖賢大聲疾呼，驚世震俗，到得此理復明，原是人人所自有，不是聖賢別將一件換去也，不是別有所脩改加減於上面也。惟其如此，憑他管商申韓儀秦佛老告子象山公甫伯安百般惑亂，日新月盛，到底澌滅他不得。今日提起

便在只恨無君子反之使正以奏興起之功耳

經在天地間亭亭當當本無不正只緣異端惑亂之後故必反之而後正耳

正字中分量亦復不同君子反經必須到盡處方是孟子之所謂經正如漢以後闢二氏功莫大於韓退之然於經尚粗有正不盡處必至程朱而後謂之正卽程門弟子於經亦微有不盡處得朱子爲之詳辨而後無所不正故反字在經字上正見人人可以用力反得一分卽有一分之與至正字在經字下非孔孟程朱之功不足以當之也見地到此者鮮矣

難處只在經正民興到得無邪慝却是一滚話觀註自明白

經正民興原在辨明學術上說玩註下是非明白無所回互八字則正興都就知一邊看若泛作政教感化講失之遠矣反經之

任。堯舜與孔孟共之，能言距楊墨者，即君子也。吾輩今日猶得執此理以闢邪說，亦賴程朱一番經正耳。

經與民原流合一，故正與與氣息相關，此即性善之旨也。正者正其善，與亦與其善，君子不是別有箇道理，只就此中分辨出似善而非者耳。異端之亂道，亦未嘗敢道箇不善，故只好說箇無善無惡爲本體也。今人動云佛氏亦勸人爲善，陽明亦教人爲聖人，然則墨子一書亦言脩身尚賢以治國平天下，同是堯舜，同非桀紂，韓退之且惑其說矣，何以孟子獨斷箇無父禽獸之極罪乎。故後世講學只是是非不曾分明，纔不分明便經不得其正，身入於邪慝而不自知其非也。

只在似是而非處反之爲正耳。

今人最怕是是非二字，一切要包羅和會圓融合餬，纔辨白分明，便曰矯激，曰刻露，凡做文爲人，無不如此，甚至三教必求合一，朱陸必求同歸，推其意並楊墨告子，與孟子不分優劣爲得，此正是鄉愿之術，中於人心淪肌浹髓，牢不可破，看孟子一生用力，亦只於是非二字分别得盡，其所謂經正直不許似是而非者絲毫假借夾帶過去耳。

註中興起於善最宜玩，善即經也，富强之説精，則民興於功利，禍福死生之説精，則民興於二氏，科甲之説精，則民興於時文，速化巧宦之説精，則民興於無恥，彼皆發憤竭力以圖之，未始非興也，但不興於善耳。

衆皆悦之四字，便是興字命根，要之庶民原無日不興，悦鄉愿處亦誤以爲善耳，而不知其非也，若有眞善式樣示之，其悦更可知矣，孔孟不再，無怪其惑于佛老，程朱不生，無怪其溺於陳王。

天下紛紛。總緣未得箇反經君子耳。於民乎何尤。

或云經正則庶民興句。是過接語只宜輕點。予不謂然。君子與邪慝所爭者。正此庶民耳。卽以文字喻之。今日俗爛墨腔。不顧書理。相習成風。此邪慝也。只爲天下秀才。隨人脚跟。不能知恥自振。此庶民不興也。有識者從而憂之。思得一二實學奇才者出。使之翕然興起亦甚易。此孟子好辨正人心本懷。卽孔子思狂狷章意也。

毁狂狷者。只有鄉愿。破鄉愿者。亦必須狂狷。望君子曰反。望庶民曰興。皆奮發振起之象。卽思狂狷本意也。稱夷惠爲百世師。能興起人。而不及孔子。朱子謂治閭巷危惡之候。姜桂大黃優于參朮。正是此旨。所取于狂狷者也。只爲興之丹頭耳。

此章原論狂狷，因及鄉原，因及邪慝，邪慝二字，包舉楊墨與諸異端說客者流在內。故註云鄉原之屬。

章意只是論狂狷而及鄉原，鄉原者，狂狷之反對也。狂狷似偏而實近中道，鄉原似中道而實爲賊，故反經。經正專指鄉原言，至邪慝句，則所包者廣，註所謂並起不可勝正者，日新月盛，其出無窮，而吾學旣明，則衆邪皆自滅熄也。入于經正，或泛說異端，及照邪慝，則反粘煞鄉原，皆未得其義。

典言孟夫子實見戰國以後士大夫陷溺已深，不可與入賢聖之道。漢興，治法不純用儒者，轉見敦厚。讀萬石君傳自見。唐用詩賦，宋尊經學，士氣愈盛，德業愈衰。明初深見及此，遷舉人材，彷佛孝弟力田，多有布衣徵爲尚書者，矯枉如此，尚致後來文弱之弊。孟夫子一眼爍破千百年盛衰氣運，今日舍徵聘而襲制舉誠未見其可也【評】士大夫陷溺深不可與入道正爲無眞讀書儒者耳漢興之酈陸卽戰國說士也叔孫通公孫弘闒媚之徒也萬石君與其子建慶雖稱孝謹一味阿世取榮正鄉原的傳史遷與微巧之直不疑處謂之周仁同傳深譏之也然則漢治之卑正爲用鄉原不用儒者耳經學明於宋而宋實不能尊用之故衰豈可與晉之淸言同案哉後來事功入品之壞皆由學術之不明制令雖尚程朱而士大夫講學者叛之若讐敵卽嘉隆以來講章制藝可見此經不正而邪慝興釀致生民之禍制舉雖非不易之良法然實非其罪也今不明正學術之是非而欲罷制舉行徵聘吾見一班有錢不識字鄉原彈冠上場耳曾何補于治道哉

此章反經以孔子之是非爲宗以入堯舜之道下章卽繼以列聖

相傳之統。由堯舜至孔子。則反經君子。其任固有所屬矣。

孟子曰由堯舜至於湯章

聖人每五百年一興。天地氣運使然。顧天地之氣運亦有厚薄。堯舜湯文皆在上位。是值氣運厚時。及周之衰。孔子不王。是值氣運薄時。天地反承受聖人不起耳。

所知之道一也。時位不同。則其所以聞知者自異。聞知見知。確自有授受源流。雖孔子不自居開創。見知聞知之分。大段有不可曉。朱子謂以同時言之則斯道之統。臣當以君爲主。以異世言之。則斯道之傳。後聖當以前聖爲師。大義已盡。近時講學。必系師傳。正墮異端密室傳帕之習。不過以此爲標榜招牌耳。實與聖學無干。學者不爲其所惑可也。要知上幾節文勢。直注末二句。是孟子歎道統之無屬。而隱然有自任之意。

凡邪教密傳，非大道之公，故必以衣鉢源流爲証。聖人之道，若大路然，不必有所付受爲支派也。其揆果一，則千歲千里若合符節。所行所言，天下後世皆可共質。如其不然，雖親依賢者門牆，於此事無毫釐交涉也。

孟子生平願學孔子，至是已得其傳，寔有不得而辭焉者。故雖歷敘羣聖，而語氣只重在末節也。

呂子評語正編卷三十七終

呂子評語正編卷三十八

楚邵後學車鼎豐雙亭氏編次

中庸

天命之謂性章

首節

歸有光文子思子有見于世之學者不知道之所自而以爲無諸己而強諸人也故推本言之評三之謂緣起亦是一部孟子源流。

震川三作其一用意在第三句蓋異說分裂都在教上起彼亦一是非此亦一是非反以聖人之道爲外鑠故子思立說以辨明聖教看上兩个之謂正爲第三个之謂而設其二用意在第一句羣言淆亂總不知天因疑及聖教知天則下面都不錯將下

兩箇之謂都從第一箇之謂貫下皆有不可易之精思其三又將首尾二句并入中一句道字統作一件看一部中庸只明一道字故下節卽接道字說去性者推道之原教者明道之事三句總以言道也只爲首句從天說來末句從聖人看出中間率性又人與物共有天有聖有人物故并合不攏丟開天與聖與人物但想此道爲吾之所固有只在吾身一看則天與聖人人物總在這裏中庸拆開說有此層次耳天與聖人卽吾身是性命與教卽吾身之道是看到此處亦先生醋甕翻桶底脫時也要亦只在因吾之所固有六字看得仔細便白七穿八洞

上兩句一滾出來纔有天便不得不生人物纔生人物便有此性纔有此性便有此當然之道一有百有中間更無停待安排處故不但命字自然率字亦自然命與率皆天之不已有不得不

然之妙。到聖人之教似由人爲然必如此乃還天命之本來此聖人之不已有不得不然者。亦即天之不得不然也。然此間却有一折。

羅萬藻文聰明睿恭之德。一自然者相與動而動之止而止之。中正仁義之極。一不已者相與大而大之小而小之此時欲强執氣質爲性而已毫不能有其氣質評如此説已落氣質矣。而復云毫不有氣質何也。且此時何時也。墮地時耶。大悟時耶。氣質不在性外。但不可指氣質爲性耳文天有命。亦天所恃以自生。而以生天之物生人。則源流本合評此却道著。然亦只講得生不講得命。人生而知覺運動與氣質萬變。原未嘗不是性。但聖人謂此未是性之最上同然處。惟就這上面看出健順五常之至善。乃天命同然之本。故曰天命之謂性。與孔子繼之者善成之者性。孟子道性善。皆一綫印合之理。非有所輕重立說也。【艾千子】專言自然而不言不已。則勢必專以氣質爲性。以甘食悅色爲性矣。【評】卽自然二字。便有正義有邪說。謂性之善本固有自然。非由外鑠。此正義也。若謂一切動止。無非自然。卽邪說矣。至不已二字。又是一義。與此處無涉。卽不已亦須分看。指此理之不已則正義也。但空說不已。亦可扯入邪說去。此文與中庸之旨毫不親切。千子之評亦說夢耳。

【黄淳耀文】立說以原性。子思氏之敎立矣。【評】將聖賢書亦看成異端造立綱宗作用矣。子思未嘗有敎與孔孟一也。【文】戾蟲亦有報本之性。微鳥亦有摯別之性。而物偏而人獨全。【評】此句中不分別人物。【文】順性而行。曰仁曰義。【評】將仁義看在後在外。此病根也。【文】今言其有生以前則不獨凶邪非性。雖仁義亦非性也。

評大錯。此是異學之以無善爲宗也。**文**今言其有生以後則不獨仁義是性。雖凶邪亦莫非性也。**評**此是程子惡亦不可不謂之性意。然程子之云謂性有過不及而爲惡。從惡逆推上去。未嘗不自性來耳。陶菴見處畢竟以生之謂性爲原。以無善無惡爲極。說來說去。不覺流露宗旨。

艾千子翻來覆去。只講後一截天耳。若維天之命。於穆不已。純粹至善處。此最初一截天也。氣質安能維之。**評**其意祇欲援天字來擡舉性字者。然似云凡人莫非天。凡人事無一非天耳。與性字何涉。與天命之謂性何涉。先不識性字。因不識天字。無論其講後一截天。卽扯最初一截天來。總與題目膠粘不上。

氣質未嘗不是性。然非性之主也。孟子口之於味章。與程張朱子發明理氣之說詳矣。此非孟程張朱之言。孔子子思之言也。今總一槩不信。只信生之謂性。作用是性。能視聽言動的這箇便是性三句。是眞宗旨。所謂本領不是。一齊差却。下面縱有一句半句凑合近似。總與這邊道理不相入也。

【陳子龍文】人或生通神靈。百行懿美。或智昏萬物。質器頑嚚。豈天有所厚薄於其間哉。**【評】**宋諸聖賢于此辨之悉矣。大槩自不去理會。胡吽喊耳。**【文】**今吾告之曰。性本無所謂美惡也。於是始知天無可居之功。而命無可怨之實也。善乎莊生冶金之喻。此固知夫性命者也。**【評】**竟反了孔子。何論子思。告子無善無不善。陽明無善無惡心之體。直爲聖諦矣。善莊生。正拈出瓣香來。**【文】**天者萬物之主也。而命者不可知之物也。**【評】**然則命又誰主耶。竟以命字作算命命字解。自以爲新奇。不道徒見其俚鄙耳。總被無善無惡一說惑亂無窮。當時文人學識都如是。天下安得不

亂亡大樽先生君子也然其所見至此余故謂後世論人學術與人品當分看不得以其人而遂信其說亦不可以其說槩其人也

必兼人物言其理始盡不知何故人不肯說著

率字只在理上說不在人物用力上說

率不是用力字

率性之謂道原指理氣不雜時就上句中說

歸有光文 由仁而後有惻隱焉由義而後有羞惡焉 評 惻隱四者情也亦所以體道者不可以貼道也 文 推之至于水流物生皆此類也 評 兼物言極精于子以寬混抹之誤矣太僕此文不精細處在理氣之原率性是指理上事而氣在其中所謂自然者謂率字不說工夫耳先生欲講得自然二字微妙遂說入化機

自動不知其然處不知此只得氣上事乃二氏之自然非聖人所言之自然也。

率性之謂道只說个道理本然如是不是生安自然生安自然亦是下句中註脚。

【羅萬藻文】云云【評】以自然爲性天以率任自然爲率性其謬自白出中庸因言道者淆亂故以天命率性本原正之言此外非道也文止却謂只要率眞任性道不妨各別不亦異乎。

【陳子龍文】人道甚賾然皆性之所有而率之人何事焉【評】只可謂率字不假人爲不是人無事【文】人之欲爲天既已爲之而授之【評】非欲爲當爲耳天如何爲【文】四體之具未嘗學問各適所當豈有所區而分哉總同歸于安便以習天道之旣備【評】率四體之性便有聰明恭重之道非謂視聽持行之安便爲道也【文】要

荒之民。罔嫺禮義。每邈所能。豈有所約爲異哉。然必同有嗜欲以衍人道于無窮。**評**亦必不能離君臣父子之倫。卽禮義也。豈專以嗜欲男女衍人道哉。**文**文章情欲俱爲莫遏之勢。文明昏濁。總屬自然之宗。**評**然則桀跖皆道耶。但以無善無惡爲宗。則必至於可善可惡。可善可惡。則善必不如惡之便利矣。可畏哉讀書儒者而不明性理。反相率皈依異類。不至胥人道爲禽獸不止。天下文士。以爲時文游戲耳。吁。此豈僅時文之害哉。

金聲文道可竊。性不可竊。云云。**評**竊則俱竊。不可竊俱不可竊。如君言性卽可竊矣。然而非也。故不可竊也。此篇于子評謂醇疵各半。吾以爲大疵而無小醇。其所謂性。乃無位眞人也。所謂道則翠竹黄花。淫坊酒肆也。正希與熊開元論道。要得阿難見三十二相。與攝入婬席時。謬妄相等。卽是此義。不知其所謂性。自欲率之而不可以率者也。但看大善知識其所作爲定顛倒。則其所見之性。決非聖賢所謂天命者明矣。

性字非氣質之謂。率字非徑遂之謂。

看率字清。則性字清。氣質之性不可率。不可率者。非性之本然也。

看道字清。則率字清。日用當行之路。卽有不行。路未嘗不在。不行者。不過在上面過不及耳。故曰可離非道也。不可離者。率性故也。

脩道之謂教。此一句是子思全部總敘。上二句是此句楔子。此以下至終篇。皆所以脩之法也。故此句須直承第一句說。禮樂刑政。卽是天命之性。告子陸子靜王伯安以能視聽言動爲性。只爲脫却第一句。看仁義禮智。都是聖人强名設教。初非性中固有。卽老莊剖斗折衡之旨。不知正因能視聽言動之性。非天性

本然率循不得故煩聖教耳彼所謂性道乃聖人之所欲脩去者也若單承第二句便墮此義

章世純文 道之原在性天之所以與我者也顧人繼天之事亦當使人與有功焉 評 說來百懈便無聖人也得 文 古聖人治天下使天下無勉强之難而亦不全與以自然之易 評 說來百懈便勉强也得自然也得其實不勉强爲得且如何全與今試與之看 文 率性固道矣道之中猶有差忤也 評 道如何有差忤人之氣禀不同以有差忤耳 文 率性皆道也道之理亦不當若是多異也 評 率性之道那得多異彼蓋認氣質爲性故以爲率之亦多異耳○只爲氣質有偏勝闕欠便不能完此理之固有故聖人爲之品節而裁成之不則天命或幾乎息而道不行于天地之閒此是聖人不得不然者不是人欲有功于天而爲此多事

也。勉强自然。亦皆本乎天理。聖人亦有不得不然者。非聖人能與之。而易之難之。惟吾作弄也。他總見得真性以外。一切是假合。故毫無親切之義。

脩字只在過不及上説。

人生品質各異。非過卽不及。不能中道。所以有聖人之品節。乃所謂脩也。

惟聖人窮理盡性至命。故能立天下之極。天下人物細微。無一不備聖人性道中。聖人原只在自己分上設施。未嘗外假也。

艾千子自記中庸所謂天命之性。乃指維天之命。於穆不已處言。此孟子性善之源也。此指最初處言。尚未落陰陽五行氣質雜糅處。到脩道句。乃有氣質之性在内。若曰天者自然之謂也。此説出于道家。夫使天無於穆不已爲之主宰。而徒以氣機激盪爲自然，則桃當生李，牛當孕馬，草當成木，人當胎禽，何緣春夏秋冬、飛潛動植，終古不易。評自記甚當。然謂天無爲自然，猶有一半近似，至其文謂教爲聖人有爲不得不然之機權，則全謬矣。教雖聖人所爲，而因吾性道之固有，則亦同是自然之理。三句一串說下，中間只多氣質過不及一轉。聖人之教，與天命之性，原無二理也。

又艾自記此節註雖兼人物言，然玩脩猶品節之也，則就人言處爲勝，不必以裁成輔相將物字講過半也。且恐作成盡人物之性、贊天地之化育題耳。評照註兼人物說，本等不錯，忽又自疑其非，所謂見處不的也。穿牛鼻，絡馬首，水耕火耨，斧斤以時，數罟不入，何嘗不是品節，卽似盡人物性、贊天地化育，理本合一，又何礙乎。

性道本不可分。但性上著不得修字耳。實則修道而性復在其中。看註云性道雖同。氣禀或異。則上三句一併注下此句。全部中庸。只完得修道之教也。

程子謂自天命至於教。我無加損焉。蓋道在天地間。人自不行耳。無存亡也。剝於上。復於下。桀紂所不能止息也。道如是。教卽如是。聖人之旨。亦至今巋然也。害道者曰三教。教豈有三乎。則又從而甚之曰三教合一。嗚呼。其所謂三者。釋也。道也。秀才也。而無聖教也。其所謂合一者。釋。釋也。道。釋也。秀才。亦釋也。而無聖教也。聖教遂亡乎。天地自若也。日月自若也。山川自若也。無存亡也。

自天子至庶人。同此道也。孔孟之後有儒名。則天下自外于儒矣。程朱出而有道學名。則天下之儒又自外於道學矣。郝伯常謂道學之名立異日禍天下必有甚于宋者理不爽也今人譏詆腐陋者曰道學而村夫子黠講師亦公然自命曰道學則胥天下而外于道矣不知堯舜禹湯文武周公皆老儒也道學先生也則何儒與道學之有作君作師教無異官官失其職而有孔孟耳禮樂刑政教無異事事失其治而有講述耳以道學立傳古未有也自脱脱作宋史而名立道學於是乎亂此等書不曾究心程朱之説開口便錯近人抄記得蒙引存疑等講章數語便自以爲程朱一經辨駁磕著粉碎一場沒理會少閒不得不走入差路去只看所讀所做文字與這个異但是口頭道得筆下去得紙上寫得便了不道是生員切已事也

道也者節

道也者起。便單說道。而性教在其中。此子思之意。非臆解也。

道不可離。因爲從性命中與生俱來。非由外鑠。我雖不明不行。道却未嘗頃刻離我。離道者至桀紂而止。然道終未嘗離桀紂也。此雖承上注下轉接語。却是中庸絕大關捩。下十二章至二十章皆發明此句之義。須從性命中說出所以不可離之故。纔見人自是不戒慎恐懼不得。若但將大擔子壓人。責人承當。非不與下意相照。却看得不可離三字已不著痛癢矣。

戒懼是統體工夫。兼動靜言。

工夫只是無間。前後際如一耳。

此是君子統體操存心法。就盡頭形容其全身。不覩不聞而戒慎恐懼。則無時不然矣。

不覩不聞。是舉常存敬畏之盡處而言。見于此亦戒慎恐懼。則無時無地不然。可知看註中雖亦二字語脈可悟。自禪學亂儒，以不覩聞爲眞體，遂謂君子專於此用工夫，聖學日湮矣。必從覩聞說到不覩聞，斯理方圓實。吾道精微處，異端心粗，自不能入耳。

歸有光文 心者道之會也。心存而道與之俱存，心亡而道與之俱亡矣。**評** 如此說心字，纔是聖學。異端便指心卽道矣。

莫見乎隱節

上一節工夫是總冒，此節是細分緊關。分明兩節工夫，若作兩對說便不是。不覩不聞，乃語言之妙，爲包括覩聞以形容敬畏之盡，非謂專于此做工夫，亦非謂工夫到此乃妙也。愼獨節在交接頭上用力，獨就時地上看，非心中另有此件物事也。

工夫鑿然兩節，但上一節是總段工夫，此節是逐處緊要工夫，提省界眼有此兩節做時原只是一片不曾拈一放一也上節是統體處不專說靜此節是分界頭上亦不專說動戒慎恐懼是兼統動靜工夫此節則自靜之動分界之幾也時文與上節對分動靜者非是

隱言暗處微言細事俱在機候上看註中的確分明人多將隱微說入心境祕密處即近世獨字下加一體字以爲宗旨之謬妄也故其語意又似誠意又似致知自指劃一番道理于中庸本義不知說甚

陳子龍文云云**評**隱爲暗處微爲細事皆指境候言此時此地似人所難見然幾既已動自家先見得分明難掩已是莫見莫顯矣今將隱微講在心術上又以陰險祕巧當之則是隱微定惡而顯見定善也隱微亦有善顯見亦有惡豈得獨抹壞隱微

乎。

楊以任文夫人五官皆爲天用。百動皆爲命移。惟隱微之際。泠然自知。可以用天。忽翻一念。可以衡命。**評**不的。泠然自知。仍爲天用。忽翻一念。仍是命移。君子正求合天命。未嘗欲用天衡命也。莫見莫顯。只在當下獨知中言。非指隱微之必至於顯見也。此節與大學十目所視節。人每説錯。

誠無爲幾。善惡。人生而靜。但有至善。感于物而動。然後善惡形焉。惡之生也。其在動之微乎。故君子愼獨。審其機也。此二句即十目十手。其嚴之意見。幽獨之可畏如此。莫見莫顯。正指隱微。非對待推極也。

愼獨是動靜之交。不可竟説是動。

愼獨只在動靜之交接處。又加謹耳。蓋此是惡初生處。斬根須在此也。獨只、是已意已發而人猶未見。故朱子謂對衆人時亦是獨。

問餘選評云靜存動察。是學者入手兩事。然究極之。善動實本于善靜。世之善處靜者只是氣機偶息耳。而亂動之根本未嘗泯。試以晝夜驗之。人心無事時。比有事時爲靜。而睡則尤靜。人心有一掛念躁想。則睡不去。無聞見思慮。寂寂寧機。此靜境也。而夢中顛倒昏亂。一點靈性爲濁氣所掩。渾如死人。則可知日間靜時之靜。亂動之根本未嘗泯。如龍谿所謂日間養得清明。夜間夢亦清明。日間攪得昏雜。夜間夢亦昏雜者。以此靜驗彼靜。昭然可見。夫人之一心。夢中尚不能自主。矧疾病乎。疾病尚不能自主。矧死時乎。思及此未有不惝然自失者。學道者試參之。其說何如。曰工夫確然兩節。然却不是動靜截然兩對。戒懼是統體愼獨是細分。於關頭緊要又加謹耳。若截分動靜是所覩聞時反不用戒懼耶。聖學隨動靜做工夫使此心敬謹凝一無閒耳。無惡動求靜之理。曰。周子之主靜。程子喜稱人靜坐非歟。曰。此非彼之所謂靜也。動靜有就理言者。有就氣言者。有就時地言者。周子之主靜。以理言也。正恐人錯會故特下本註云無欲故靜。程子喜人靜坐。喜其人內求不外馳耳。亦非以靜爲教也。若龍溪之所謂清明昏雜。却只就氣上立脚。二氏之徒稍有工夫者。卽能於死化疾病睡夢時。了然不昧。他便道是極頭工人亦以此惑之。不知此只是氣上事。所以他這些子。只好在靜處玩弄。纔到動處便擾亂。用他不著。故分動靜爲二。而惡動而求靜。可知他清明之時。其昏雜之根本未嘗泯。故聖賢勿貴也。若周子之主靜。卽程子所謂動亦定靜亦定。廓然而大公物來而順應。酬酢萬變而主宰嘗肅。故其靜非晝夜昏明之可擬也。學者知此。則彼說之不足衒自明矣。

此章從天命大原一直說下。故慎獨在戒慎恐懼後。若學者下手次第。却須先從慎獨做起。看末章自見。

喜怒哀樂之未發節

歸有光文 夫人之所爲心者性情而已。而天下之道在焉。**評** 異說則云所爲性情者心而已。

和易見。中難說。故中字就喜怒哀樂四字而指其未發爲言。借有象以明無象。猶孟子就惻隱羞惡辭讓是非之端。而指仁義禮智之固有。故由和見中。由中達和。不爲混亂。若俗說謂已發一如未發。見和卽是見中。此却是胡謅。兩件都不懂也。

怒哀樂。借來說性。猶孟子之以乍見說仁。都是實有。

健順五常是性，即此性之具於中而未動處謂之中，與太極之無極相似，非性之上另有一件中，猶之太極之上非更有無極也。異學指心爲性，以生謂性，必去理而尊氣，遂認仁義亦屬後面事，而於上面别指其虚活難言者當之，不知此却是仁義下面東西也，這裏正須明辨。

章世純文云云。艾千子：未發之中，自戒慎恐懼來，使無戒慎恐懼工夫，則發必不能中節。發不中節，則當其未發非中也。如人之病瘧，當其未發，瘧症常具，可以謂之中乎？且未發，性也，非時也。如以時，則人有未發之時乎？惟有昏睡耳。然夢中亦有喜愠矣。大力認未發作時，是以有浮遊罔象不盡絶之説。評千子硬主要根戒慎恐懼來，故其言如此。若必待戒慎恐懼而後有中，則亦將必脩道後而有天命之性乎？瘧者病也，不可以喻本來臟腑之中和也。如其言，瘧之病必待服藥而除，病除然後臟腑有其中和是已。然則不病瘧之臟腑也須服瘧藥而後中和乎？其說之謬，不待辨而知，不足以評大力文之是非也。第大力文所言未發，乃禪家前後際斷、萬象森羅、空洞無外、虛白淸鏡、火珠靜月之見，與俗人平旦夢覺懵然無知之象耳，非中庸所謂未發之中也。學者於此細體會之自得。

歸有光文云云。艾千子：此文膾炙人口久矣，然吾終病其于戒懼愼獨上欠一截工夫，蓋此養成性體，非偶然合節也。評：千子于此節書看得鹵莽，硬主張要根戒懼愼獨，故其言云爾，後且從而和之，眞吠聲之類也。此不指養成性體，亦不說偶然合節，是言人心性情之德其本來道理如此。偶然者豈能皆中？養成者即下致字中事，養成乃復得此和，非本然之和也。太僕文之佳正在中節處說得自然人皆有之耳其後不佳坐回顧未發他作謂已發處卽是未發已屬牽扯混話此却謂不得不發而未發本體不與之動更不成道理如此則性情有兩件作用而所謂發者卽屬妄緣所謂中節亦涉外假矣此則太僕過高中疎處也

艾南英文云云評卽已發內有未發是野狐禪亂道雖發而本體乃寂是外道打成兩橛話學者奈何粗淺至此此說原于陳湛以慎獨獨字爲心體之妙皆聖經之蟊螣學者不可不辨也

金聲文人之生無不自天來者一入于天下而順之有喜觸之有怒云云評生卽入矣天下非天乎何惡乎其入也且問從何日入來文未喜未怒未哀未樂固卽其能喜能怒能哀能樂者評二語好然能字卽是病根認作用是性也文或喜或怒或哀或

樂乃即其應喜應怒應哀應樂者**評**應字便的當然他說應字却從心起**文**以未發爲發而其所發之地仍與萬物相忘于未發之天**評**互說極混他只要打成一片說要之發而皆中節五字即非其所喜**文**役于喜怒哀樂則失性離于喜怒哀樂則終無性也**評**二語未嘗不是而其所主却差其大謬總從告子生之謂性一句得宗不覺弊病百出所謂差之毫釐謬以千里也

鄒弘文道之名大著于天下而中和之謂亦可以不立矣**評**性教中和等本固有之理聖賢爲之分別指示非不得已强立名目也由斯言將道亦强名不至無善無惡不立文字不止矣文人于平實少理會則必求之過高以自大纔求高即浸淫于異說而不自知多此弊也

徐爲儀中即性也和即道也有謂未戒懼慎獨止可謂性可謂道

不可謂中謂和。說本大全小註。及艾子定待。然似岐。評性道是人物各得之總理。中和則人心中自然性情之德。謂中卽性和卽道。亦籠統在未戒懼愼獨。止可謂性道。不可謂中和。此直是艾南英亂道。大全亦無此說。惟問朱子者有心存而寂感無非性情之德一條。及陳安卿云須有戒懼工夫方存得未發之中。須有愼獨工夫方有已發之和數語。皆就學者講工夫。已是致字中事。言中和雖固有之德。然不致亦不能有之耳。非解中和本義也。如艾說則下文致字又如何著落。依他道則應云致性道。不應云致中和矣。或云艾意謂致此中和於天地萬物是推極其用之意。曰然則應云中和致於天地則位。致於萬物則育耳。亦不應云致中和也。總之亂道則不特理不通。文亦通不去矣。

千子解此節必根戒懼慎獨，最爲不通。渠云中非戒懼，何以能爲天下之大本？不知中果必從戒懼而有，則或有或無，或全或虧，亦何以爲天下之大本哉？蓋渠將天下字看作功用，故其謬不可醒耳。

千子只誤看天下二字，爲此二字所震，便不難遷就書理以湊之，不自知其眼孔淺、心竅粗也。天下之大本達道，總只作一箇道字看。

艾千子謂不根戒懼慎獨，則不可謂天下之大本達道，只誤看天下二字是張皇字，不是切實字耳。乃云若槩指心體，則常人皆大本達道矣，未聞常人皆能位育也，則其謬更甚。常人原皆大本達道，原皆能位育，但不能致中和耳。又云禪宗盛行，乃有不由工夫直證本體之說，此亦不然。中庸言道體處甚多，非必說工夫也。禪宗亦自説工夫，但自有彼之本體，彼之工夫，非吾之所謂本體工夫也。至謂楞嚴之理甚微，可存作性命別傳，不可强入四書。餘姚以之講學，未嘗作四書講義，然則千子之視異説，原可以並存，但不可作時文用耳。是千子不特不知佛與餘姚，原未嘗知章句，不特不知楞嚴、良知之學，原未嘗知時文之可以明道也。

旣戒愼而後可名曰中和，則中和二字中已有致字矣，下致字不幾蛇足乎。

致字工夫，上面兩節已説得精盡，只消直接位育二句，而中庸又特下喜怒哀樂一節，正見性情之德具於人心，人人所有，初非異事，而極其功卽至位育，其示人之意深切如此。

致中和節

離第二三節講致字者邪説也，即第二三節是致者淺説也。註云自戒懼而約之以至於至靜之中無少偏倚而其守不失，自慎獨而精之以至於應物之處無少差謬而無適不然，可知有多少次第境界在。

致字若説得自然連上節都錯，但説下手一節工夫，怎便到得位育，若不是君子，豈容易至此，但粘煞君子現成身上，又不是緊接上節吃緊爲人語意。蓋中和只是此中和，工夫亦只是戒懼慎獨，於戒懼慎獨中，做到積累純熟極盡處，纔叫得致，纔有位育效驗。若云君子戒懼慎獨，天地位萬物育，卽粗疎矣。

致字是就戒懼慎獨積累純熟到極盡處，方有此效驗。

致字從戒懼慎獨推至于中和之極而言，若未到極處，有一分中和，亦必有一分應驗，但要到位育，則非致極不可耳。俗解似一戒懼慎獨便了，全無實際，安得不以位育二句仍納入性體中胡說乎。不知註中自戒懼而約之兩段中工夫層級正有在，以位育爲盡頭實證耳。

上一句是工夫盡頭，下二句是效驗盡頭，分明在事上說。註中天地萬物本吾一體，是在題前提明所以然之故，不是仍歸結天地本原也。時文每云吾性中之天地位，性中之萬物育，皆墮魔界。但亦有致中和而位育之功不盡者，此又係時位爲之。故朱子曰：但能致中和於一身，則天下雖亂，而吾身之天地萬物不害爲安泰；其不致者，天下雖治，而吾身之天地萬物不害爲乖錯。其間一家一國，莫不皆然，曰吾身之天地萬物，即實指天地萬物，非懸空語也。然須知此節大旨，是推盡聖神之能事，學問之極功，位育二字，究以平成咸若爲正，如射者之的，行者之歸。

正聖賢接引之意莫淺小看却也。

位育是實事，不是懸空影響如二氏寓言註中天地萬物本吾一體六句，乃推論所以相應之故，非即此是正義一了百了也。時文誤認此意，反以實事爲粗，要將位育倒縮入內來，不道求精得粗，只爲忘却故其效驗至於如此八字耳。

位育是實地效驗，偏要說入性中，眞說得三界唯心，總不是中庸境界。

實見得天命原頭，天地萬物總作一例看，無非本分內東西，位育二字只在日用證明，不是叅虛頭弄大話始得。

位育是實事，此理先信不及，不得不倒說入空虛去，只看末世俶擾汩陳，災沴夭厲，上下咸失其所，不可謂非聖人之咎也。若得箇聖人出來，從頭經緯一番，其氣象又何如。若謂今日天地萬物未嘗不位育。即是漢唐以後之天下未嘗不三代。不知聖人之所謂位育。不是此境界所謂三代之天下。亦不是此境界讀書人胸中。須先有此境界始得。

章世純文云云**評**天地位句信不及只有萬物育還好講人功於是只在這上面說。於是只說氣。只說萬物育便是天地位育萬物只說幾箇蟲蟓位天地只說幾箇節令秀才淺陋至此。只坐以理學書爲迂腐不去理會故耳。

照定註中心氣二字詮發。位育方有个著落位天地育萬物與天地位萬物育分別。焉字義解入微方是千了百當。

兩焉字極有理會不是如何去位育。亦不是他自然位育。只看日星災變。山川崩竭。人物妖異。天下有道自稀少到無道時自頻多。天人相與之際。非偶然也。不然。以法推之。何嘗不是一定之數。又何必修省補救乎。

戒懼以致中。愼獨以致和。故位育分屬。此對待之理也。戒懼兼動靜。愼獨在動幾。猶敦化之於川流。故萬物統乎天地。天地又統乎天。此一貫之理也。

仲尼曰君子中庸章

首節

仲尼曰三字。是萬世之公。若徒作尊祖義。斯淺。

君子之中庸也節

金聲文 道統之亂也。吾未懼于入小人。而先懼其出君子。**評** 君子之中庸也句。其實止與小人對勘耳。出君子便是入小人。更無中間一種。**艾千子** 題止如此。**評** 題止如此。而文能副之。則是先民第一種文字。吾所不慊者。正恐題未必如此耳。問如何見不如此。曰。小人之中庸句。明註小人之所以反中庸者。看此文意。要將小人說高一步。不欲增反字。便是不如此處。曰此是看對面不同。曰對面不同則正位亦走樣。細體認自見。

君子之德。兼性學說是。

看註中君子曰德。小人曰心。則德字自兼質學講矣。

君子以德言。後來學者都在此住了。須知這上面正難。

湯霍林君子時中。分兩層不得。然又不得合講。**評**白文明下而字一轉。故註中特以又字清之。如何分兩層不得。此正講圓融悖傳註之說也。

陳子龍文以時中爲用。則先貴于立本。**評**此章引聖言以釋中庸。其意注重時中。文却倒縮重君子。於理無礙。實失章旨。蓋中庸所謂時中。乃從戒愼恐懼而得。於君子又進一句說。故加而字一轉。所謂君子而處不得中者有之也。大樽將時中看做君子應用機權。故反輕置耳。

時中二字拆不得。

君子只是說个好人。時中只是說个做得恰好的事。無忌憚亦只是不中庸耳。語語射定無忌憚講。方見重而字。時文多放開說隨時。脫却戒慎恐懼。已落無忌憚船去矣。

君子不頓斷。而字一折不分明。而字不出。時中卽不從戒慎恐懼得來。不從戒慎恐懼說時中。卽與下無忌憚無關會矣。

時中與無忌憚正相對。中字本天來。不本心來。惟君子無時不戒愼恐懼。故能隨時處中。若但作達權通變作用看。却正是小人之無忌憚。小人也不是一味狂獗。他也見一種影子。只是憑心起義。不知天命而不畏也。雖偉成事功。已離天則。他何嘗不自以爲時中。所謂本領不是。一齊差却也。

時中正對無忌憚。若將戒懼意講入君子二字。而下截只道得个時字義。亦解題未精融也。

只加一箇時字。便藏得箇庸字。註云中無定體。隨時而在。是乃平常之理。正還庸字下落。若只作因時爲變。不討得戒懼源流。卽是後世講作用學術。未有不流于無忌憚者。中字兼中和。時中兼中庸。中字根戒慎恐懼。方是一滴歸海。水屑不漏。

時中註有二意。曰隨時處中。是逐時戒懼。就君子自修說。曰無時不中。是統體戒懼。在現成看君子說。

徐爲儀 君子之德。是戒懼致未發之中。隨時處中。是慎獨致已發之和。小人反是。非以時中爲戒懼。照下無忌憚也。照無忌憚。當以慎獨對耳。說約按註君子知其在我三句是時中上一層話。

推原其平日也而無時不中一句方是正說小人不知一句對君子知三句不戒懼意已在裏面則肆欲妄行二句對無時不中一句不可以無忌憚對戒慎恐懼存疑說是又爲通之此解最確【評】註先下中無定體隨時而在然後云君子戒慎恐懼而無時不中先講時中之理而後說君子之所以時中則戒慎恐懼正解時中以對照無忌憚非推原平日林次崖顧麟士之說皆誤也蓋時中只在事理上看即首章第二節註中所謂日用事物當行之理無物不有無時不然者也惟戒慎恐懼乃能體得此理於已無時不中即所謂常存敬畏而不使離於須臾者也故程子朱子皆只說戒慎恐懼而不及慎獨縱有意在慎獨只說事幾交接頭上尤要加謹戒慎恐懼兼動靜統始終而言時中者無適而不中亦是統體說不指交接頭說故謂君子貼

戒愼恐懼而時中貼愼獨。不可以戒愼恐懼對無忌憚者皆誤也。

子曰道之不行也章

人莫不飲食也節

此如詩之比體。說飲食便是說道。罕譬而喻。神味無窮。纔見指點領會之妙。每見近文通篇呆講道字。複疊上文。至末略點意趣。索然。或則飲食與道夾說。則已分而爲二。非比喻體也。下流有實做飲食是道者。又癡人夢語。不直腹痛矣。

陳百史 人莫不飲食。書法與此天地之所以爲大政同。若必從飲食轉到不知道。又礙數層矣。贊天地正是贊仲尼。說不知味。卽是不知道。**評** 正復不同。彼是以彼譬此。此是以小喻大。仲尼天地分明兩大。說天地卽是仲尼。故補仲尼便成蛇足。飲食與道分不得兩件。然竟說道不得。即就日用中舉出一件以譬全身。言外有結所以不明行意。故必須轉出道來。正在層次賓主分明耳。陳說非是。

雖不知味。究竟飲食。當飲食時。其味自在。何嘗離得。只人自不去領略。便失之耳。程子所謂飯從脊上過也。飲食是日用。味只日用中道理。此等指點最親切。是比喻。却不是比喻。兩也字意味深長。其音未寂。試緩念之。便得明道言詩之妙。若將道字夾和譬說。或于題外另講。不是對墖說相輪。即是畫蛇添足。語脈盡失矣。

飲食喻日用。飲食之味乃喻道。人都混過。上過不及乃道之所以不明不行。此不知味。乃人所以過不及之由。上智愚在知行之知說。此知味。在覺察之知說。能覺察。然後能知行耳。人亦都混過。

知字非知行之知。統明行而言。乃提撕省覺意。即孟子所謂弗思耳矣也。

子曰舜其大知也與章

中庸引夫子之言。以明行道之必本乎明。乃此章大旨。

此章是言道所以行之故。即可悟大學知止節。及孟子智譬則巧節之理。

此根前章知者過之而言。知如舜。弗可及已。然其所以大者則以其不自用而取諸人。其知而不過如此。全重過一邊說。然又須知執兩端用其中。非聖人之權度親切不差。何以與此。則無不及不待言矣。

知得一分。行得一分。知有一分不到。則道有一分不行。此行道之必由乎智。而智必求其大也。一人之大有限。合天下之善以爲智。故大不可量。此舜之大足以爲法也。

明道必須知。知必不自用而取諸人。此中庸意也。以舜之知。然且不自用而取諸人。所以爲大知。此夫子意也。要之舜之生知而又知此。故成聖人。學者但能博學審問慎思明辨以求知。亦可以至聖人。其歸一也。看註非在我之權度精切不差何以與此若說舜止靠此以爲知。又抹去聖人界分矣。須兩邊說透。

惟大知能取諸人。亦惟取諸人而智益大。

舜本自知。又能合天下之知以爲知。故曰大也。問察四句。正見其大處。非舜之所以爲知處。看註云非在我之權度精切不差何以與此。便得此意。時文竟似舜單靠此以爲知者誤矣。

舜能不自用而取諸人。所以爲大知。然其所以能如此者。舜固自

有其知之本也。而又擇之審如此。此其所以大耳。非全無已知而恃人以爲知也。看註中然非在我之權度精切不差何以與

此二語自明。

其不自用而取諸人處。都有聖人本分在。不是單靠衆人也。其好問好察。隱揚執用。不是大智。如何能有此精切不差之權度。但有聖人權度之精。而又必不自用而取諸人如此。此其知之所以尤大也。

舜好問而好察邇言。此舜字卽統下四句。與末句作呼應。若粘住本句便非。

此章重行處意多。四句直注到用中方住。好問好察。只收拾得中之作料耳。

問察只是無遺。

歸有光文 取善貴公，而不能精者，亦同歸于私而已矣。**評** 此言甚精，可見好問察邇處，便是聖心之知。

兩好字難，正是舜之所以大智處。

問察以成大知，無不解道，正惟大知，故能好問好察，此一層不透，則兩好字無精神，亦說不著大舜身上。

好問察處，正是大知，說做疑了問，不是舜之問，說做沒緊要問，又不是舜之好問。

四句逐節蛻出，問之中，雖邇言必察，是蟬聯兩層，若看做平對兩件，而字便不透。

邇言中正有善惡在，善之中又有兩端在，下文一步緊一步。

陳子龍文 持善惡以用人云云。**評** 善惡指言，不指人也。若人之惡者，則四凶堯所未誅，而舜誅之，聖讒說殄行，侯明撻記，象刑惟

明。豈得隱哉。不自用而取諸人。亦謂用善言。非用人也。不體認

註義。都成亂道。

執字極方。須看得圓。兩字極板。須看得活。端字極偏。須看得全。

兩端都只是善邊事。於此擇取一中。乃所謂至善也。就是衡辨之

意。

惡者已隱。則兩端皆善也。擇其至善者。卽中矣。非兩端之閒別有

中。亦非渾化兩端以爲中也。

此兩端不是兩頭。只兩樣相似。皆善也。於兩樣中審擇其至善之

一。卽謂之中。非卽始暨終由小推大之謂。混論語無知節兩端

義不得。彼兩端有中間。此兩端無中間。

兩端都是善言。其惡者已隱矣。卽善之中而有兩端之不同也。中

卽就兩端而擇其至善者用之。非調合兩端而爲中也。

用中不是參和。

執是執。用是用。若謂不必分析。不但不識文字。并說壞了道理。自己憒憒猶可。直是誤人不小。

聖人所以不自用而取諸人。只爲中無定體。恐有未盡。而求之衆人邇言。正爲中不離庸也。可知道只得中庸。大知乃所以行中庸。此作傳微旨也。

歸有光文 中道散于天下。惟擇之審而行之至。則天下之中。聖人之中也。**評** 子靜伯安不肯此句。故終身墮魔外而不悟。

子曰人皆曰予知章

陳子龍文 云云。**評** 此章重下半段。見明道必須智。然必仁能守。而後見其智之能擇。以起下拳拳服膺勿失之義。上半段乃比興體。與中庸之明行無關係。卽上半予知。亦不過自以爲察知禍患耳。初無以智害人而反受害之說也。

知水火不可犯而姑復犯之者。究不知水火也。知烏喙不可食而旋忽食之者。終不知烏喙也。

子曰回之爲人也章

正爲上章能擇不能守者指示一个樣子。與舜大知章同例。呆贊顏子。便失其理。得一善。正見顏子所擇守無非中庸。不是著向一善上說工夫下手也。

得一善只是一二之一。有將一字說入玄妙者大謬。

一善說得太玄奧者固非。一善說得太輕率者亦非。

服膺不徒是心上記得而已。

子曰天下國家可均也章

道是中庸。却說不可能。則過者止矣。道是不可能。却只是中庸。則

呂子評語卷三十八　中庸

不及者跂矣。反覆玩味言外之神。方恰得箇中之意。

子路問强章

子曰南方之强與節

一望三與字平也。然翫抑字語氣。則而强與南北之强。自見側勢。又細翫南方之强與北方之强。又自有側勢。此無他。只緣意中先有一子路在。

故君子和而不流節

和與中立與國有道無道側看。不重。重在不流不倚下半橛。乃是君子之强處。

歸有光文云云。艾千子時文以致中致和爲此節和字中立字。滿紙可厭。存此正之。評立言自有淺深。道理初無内外。如此節和與中立。自與首章中和迥然兩義。牽扯附會不得先儒之説具在千子之評甚正，後有評云中和無兩義，此從涉世言耳。漫從粗淺處說起，恐涉末世黨錮時節義餘論，故必須說本體。此種謬論，直是强作人言。既曉從涉世言，則不當從本體說明矣。惟其從粗淺處說而强之本體精明醇切，乃見談理之妙。如此即涉末世餘論何害？若必以說入心性爲内爲精，以事物世故爲外爲粗，則全非聖賢道理，最是不通秀才見識。

時文不通，使學庸白文竟重用一字不得，如和與中立與中和之義何涉，而近文每見捋撦，不知此中立二字不可拆也。

强之矯重在下半截，而字不透，則大意不得，中立與不倚都看做一片矣。

兩而字有分看、側串看、合併看、顛倒看之理。

曹序文 流有二弊：知人之不足禮也而故諧之，其流爲玩世；知性之無可制也而故遜之其流爲蕩情【評】晉人高處總不出此弊。
而陸沉由之至今中于士大夫之心而塗毒生民者也。
中立尚有私見客氣在。

子曰素隱行怪章

首節

【金鎡文】彼蓋以平淡無奇之說不足聳一時之聽聞也而必出于非常可喜之論【評】後之著書立說以簧鼓一世者其心曲被此道蠱。

告子遺說至宋而忽猖子靜一宗至明而大熾告子子靜當時幸有孟朱闢之力辨之明然且後世有遞如此若艮知立教至今曾未有孟朱者出雖困知記讀書劄記象山學辨閑闢錄學蔀通辨諸書未嘗不指斥其非然皆如蜀漢之討賊其號非不正

而力不足以勝之。其流毒惑亂正未知所屆耳。願天下有識有志之士。共肩大擔。明白此事。

君子依乎中庸節

依乎中庸句。緊對索隱行怪。或承遵道。或雙承上二節。皆錯也。中庸雖兼過不及。然却只對過一邊說。看註中而已語氣自見。依字是不離此做工夫。戒懼慎獨。正在裏許。

總結上兩節。註中雙承甚明。依乎中庸二句平分直下。唯聖句總對弗爲弗已。白文語勢亦甚明。自胡雲峯倡說側重遯世句。乃云依乎中庸未見其爲難。將兩句強分難易。他看得依乎中庸與遵道而行無異。直是心粗。不知聖學大段全在依乎中庸內。遯世不見知而不悔。正是依乎中庸達天自得之妙。兩句離說不得。一分輕重。連遯世不悔亦不切聖人分上矣。

唯聖者能之。卽所謂中庸不可能也。對照上過不及兩節。緊承上兩句。乃見能字全理。註語甚分明。若只贊不悔遯世。何足云唯聖能乎。

自仲尼曰君子中庸章至此爲一大起結。總以明中庸之義。言過言不及。中庸之所以失也。言知言仁言勇。中庸之所以明而行也。知必如舜。仁如顏淵。勇如子路。分言德之成也。統知仁勇之全者其惟孔子。故開端以民鮮能起此。以惟聖者能之結照應。分明中間鮮能知味起舜之大知。不能期月守起回之爲人。中庸不可能起子路問强。皆一能字作線。直至聖者能之能字總收。以仲尼曰起。言中庸爲孔子之教也。以此章結。言必孔子而後謂之能中庸也。故此章純是說孔子。不是泛講過不及兩種人。與空贊君子也。上兩節重在吾弗爲吾弗能已兩句。若三節末句颺開。却正是孔子全相。收拾上八章過不及知仁勇在內。他人轉説轉遠。似于前面數章作複剩語矣。

呂子評語正編卷三十八終